흥부전

흥부 ^{옹고집전}

젼

옹고집전

흥부전

옛사람 씀 ― 차영덕、조령출(조명암) 고쳐 씀

보리

겨레고전문학선집을 펴내며

우리 겨레가 갈라진 지 반백 년이 넘어서고 있습니다. 그러나 함께 산 세월은 수천, 수만 년입니다. 겨레가 다시 함께 살 그날을 위해, 우리가 함께 한 세월을 기억해야 합니다.

예부터 우리 겨레가 즐겨 온 노래와 시, 일기, 문집 들은 지난 삶의 알맹이들이 잘 갈무리된 보물단지입니다.

그동안 남과 북 양쪽에서 고전 문학을 되살리려고 줄곧 애써 왔으나, 이제껏 북녘 성과들은 남녘에서 좀처럼 보기 어려웠습니다.

북녘에서는 오래 전부터 우리 고전에 깊은 관심과 사랑을 보여 왔고 연구와 출판도 활발히 해 오고 있습니다. 그 가운데 〈조선고전문학선집〉은 북녘이 이루어 놓은 학문 연구와 출판의 큰 성과입니다. 〈조선고전문학선집〉은 가요, 가사, 한시, 패설, 소설, 기행문, 민간극, 개인 문집 들을 100권으로 묶어 내어, 고전을 연구하는 사람들과 일반 대중 모두 보게 한 뜻 깊은 책들입니다. 한문으로 된 원문을 현대문으로 옮기거나 옛글을 오늘의 것으로 바꾼 성과도 놀랍고 작품을 고른 눈도 참 좋습니다. 〈조선고전문학선집〉은 남녘에도 잘 알려진 홍기문, 리상호, 김하명, 김찬순, 오희복, 김상훈, 권택무 같은 뛰어난 학자분들이 머리를 맞대고 연구한 성과를 1983년부터 펴내기 시작하여 지금도 이어 가고 있습니다.

보리 출판사는, 조선민주주의인민공화국 문예 출판사가 펴낸 〈조선고전문학선집〉을 〈겨레고전문학선집〉이란 이름으로 다시 펴내면서, 북녘 학자와 편집진의 뜻을 존중하여 크게 고치지 않고 그대로 내는 것을 원칙으로 삼았습니다. 다만, 남과 북의 표기법이 얼마쯤 차이가 있어 남녘 사람들이 읽기 쉽게 조금씩 손질했습니다.

이 선집이, 겨레가 하나 되는 밑거름이 되고, 우리 후손들이 민족 문화유산의 알맹이인 고전 문학이 지니고 있는 아름다움을 제대로 맛보고 이어받는 징검다리가 되기 바랍니다. 아울러 남과 북의 학자들이 자유롭게 오고 가면서 남북 학문 공동체가 이루어지는 날이 하루라도 앞당겨지기 바랍니다. 그리고 이 자리를 빌려 어려운 처지에서도 이 선집을 펴내 왔고 지금도 그 작업에 몰두하고 있는 북녘의 학자와 출판 관계자들에게 고마운 마음을 전합니다.

2004년 11월 15일
보리 출판사 대표 정낙묵

차례

흥부전

차례

흥부전

옹고집전

1. 《흥부전, 옹고집전》은 북의 문예출판사에서 2005년에 펴낸 《흥부전》을 보리 출판사가 다시 펴내는 것이다.

2. 고쳐 쓴 이와 북 문예출판사 편집진의 뜻을 존중하는 것을 큰 원칙으로 했으나, 맞춤 법과 띄어쓰기는 '한글 맞춤법'을 따랐다.
   ㄱ. 한자어들은 두음법칙을 적용했고, 단모음으로 적은 '계'나 '폐'자를 '한글 맞춤법' 대로 했다.
      예: 락심→낙심, 렴치→염치, 핑게→핑계

   ㄴ. 'ㅣ' 모음동화, 사이시옷, 된소리 따위의 표기도 '한글 맞춤법' 대로 했다.
      예: 도리여→도리어, 대돌→댓돌, 눈섭→눈썹

3. 남에서는 흔히 쓰지 않는 표현이지만, 북에서 쓰는 입말들은 다 살려 두어 우리 말의 풍부한 모습을 살필 수 있게 했다.
   예: 감투끈, 고아대다, 끼치다, 남 없이(남달리), 뜨락, 뜰팡, 몰키다, 방치(방망이), 번 들이마, 번지다, 선듯하다, 섬쩍, 성수(신명), 소장마당, 쏠어나오다, 에끼다, 우쭐 렁거리다, 증(성), 쭝깃거리다, 타개다, 피쌀, 하많다, 허거프다

4. 북의 문예출판사가 펴낸 책에 실려 있던 원문을 그대로 실었다. 다만, 오자를 바로잡 고, 표기를 지금 독자들이 알기 쉽도록 고쳤으며, 몇몇 낱말은 한자를 병기하였다.

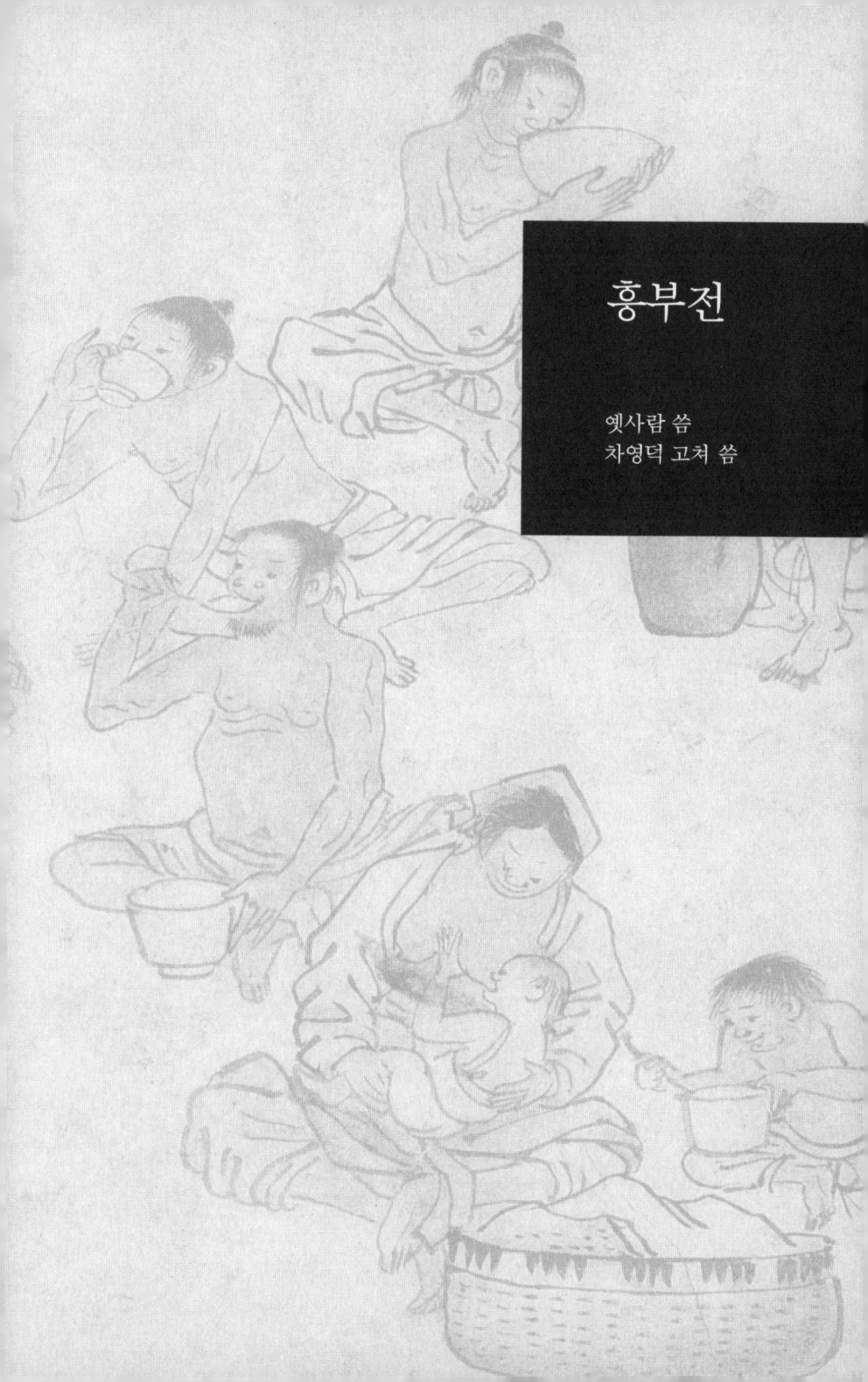

흥부전

옛사람 씀
차영덕 고쳐 씀

놀부 심보 모과나무 뒤틀리듯 꼬인지라

충청, 전라, 경상도 어름에 연 생원이라는 사람이 살았는데 아들 형제를 두었다. 형은 놀부요, 아우는 흥부라. 한 어미 뱃속에서 나왔다면서 어찌나 다른지, 아우 흥부는 살아생전 부모에게 효도하고 동기간 우애가 돈독하건만, 놀부는 오장을 다르게 타고났는지 부모께 불효하고 우애라곤 눈을 씻고 찾아봐도 없으니 참으로 괴이하였다. 남들은 다 오장육보요, 이놈 놀부는 오장칠보로다. 놀부 놈에게는 남들에게 없는 것이 하나 더 달렸으니, 바로 심술보였다더라.

놀부의 심술보가 한번 요동을 치면 썩 야단스러웠으니, 술 잘 먹고 욕 잘하고, 괄괄하니 쌈 잘하고, 초상난 데 춤추기, 불붙는 데 부채질하기, 해산한 데 개 잡기, 장에 가면 억지 흥정, 우는 아이 똥 먹이기, 죄 없는 놈 뺨 치기, 빚값에 계집 빼앗기, 늙은 영감 덜미 잡기, 애 밴 계집 배 차기, 우물 밑에 똥 누기, 오려논에 물 터놓기,

잦힌 밥에 흙 퍼붓기, 패는 곡식 이삭 빼기, 논두렁에 구멍 뚫기, 애호박에 말뚝 박기, 곱사등이 엎어 놓고 밟아 주기, 똥 누는 놈 주저앉히기, 앉은뱅이 턱살 치기, 옹기 장수 작대 치기, 무덤 옮기는 데 뼈 감추기, 남의 양주 잠자는 데 소리 지르기, 수절 과부 겁탈하기, 통혼하는 데 이간질 놀기, 만경창파에 배 밑 뚫기, 목욕하는 데 흙 뿌리기, 담병 붙은 놈 코침 주기, 눈 앓는 놈 고춧가루 넣기, 이 앓는 놈 뺨 치기, 어린아이 꼬집기, 다 된 흥정 깨뜨리기, 중놈 보면 대테* 매기, 남의 제사 때 닭 울리기, 행길에 허방 파기, 비 오는 날 장독 열기라.

이놈의 심사 이렇듯 모과나무같이 뒤틀리고 동풍 안개 속 수숫잎같이 꼬인지라 심보 그악하기 짝이 없지만, 흥부는 그렇지 아니하였더라.

부모에게 효도하고, 어른들 공경하고, 이웃간에 화목하고, 벗들에게 믿음직하고, 굶어 죽을 사람 밥 덜어 주고, 얼어 병든 사람 옷 벗어 주고, 노인 짊어진 짐 져다 주고, 장마 진 물 샀 안 받고 건네 주고, 남의 집 불나거든 세간 지켜 주고, 길에서 보물 보면 지켜 섰다 임자 찾아 주고, 산에 가 백골 보면 깊이 파고 묻어 주며, 수절 과부 보쌈 들면 쫓아가서 빼내 주고, 어진 사람 무함하면 대신 나서 죄 없다 고해 주고, 불쌍한 놈 횡액 만나면 달려들어 구해 주고, 길 잃은 아이 부모 찾아 주고, 주막에서 병난 사람 제집 가서 알려 주고, 막 깨난 벌레 밟지 않고, 풀 나무 꺾지 않고, 늘 남의 일만 하느

---

* 대나무를 쪼개어 둥글게 결어 만든 테.

라 돈 한 푼 못 벌었더라.

형 놀부의 비비 꼬인 심보를 흥부가 보다 못해 그러지 말라 하고 싶으나 말해야 아무짝에도 쓸모없는 일이라 입 다물고 죽이건 밥이건 주는 대로 먹고 시키는 대로 일이나 고분고분 할 뿐이었다. 형 놀부는 부모가 물려준 논이며 밭이며 재산을 혼자 차지하고 아우를 구박만 하였으나, 아우는 조금도 원망하지 않았다.

놀부 놈 부모 제삿날에도 제상에 올릴 음식은 하나도 마련하지 않고 음식 이름만 종이에 써서 놓는데, 떡 접시에는 '떡 닷 돈'이라 쓰고 과일이면 '과일 여섯 돈'이라 써서 상 위에 벌여 놓고 제사랍시고 지내고 나서는, 상을 치우면서 하는 말이,

"이번 제사에도 안 쓴다 안 쓴다 하였는데, 초 값 오 푼은 영 찾을 데가 없게 되었군. 참 내!"

하니 천하에 몹쓸 놈이로다.

하루는 놀부 내외가 얼굴을 맞대고 쑥덕공론을 벌였다.

"여보, 아우인지 흥부인지 집에서 내보냅시다. 내 그 꼴이 딱 보기 싫어 몸살이 날 지경이오. 흥부가 축내는 양식이 얼마며, 먹는 것, 입는 것 다 우리 쌀독에서 푹푹 나가지 않소. 거기다 그 거지새끼 같은 것들이 먹기는 또 얼마나 먹는지."

안해 말에 놀부는 귀를 쫑긋거렸다.

"음, 나도 생각하던 중이오. 아이새끼를 해마다 싸지르니 그 많은 식구들이 처먹는 양이 대단하지. 어디 좀 봅시다."

"쇠뿔은 단김에 뽑으랬다고 바로 어떻게 합시다. 더 생각할 게 뭐 있소? 하루빨리 속 시원한 날을 봐야 내 가슴앓이가 훌쩍 나

을 것 같구려."

이렇게 놀부 안해는 한술 더 떴다.

이튿날 놀부는 아우를 불렀다.

"형제란 것은 어려서야 한 부모 밑에서 같이 살지만 장가를 간 뒤엔 제가끔 벌어먹고 사는 게 옳거든. 너는 이제부터 처자를 데리고 따로 나가 살아라."

놀부가 아우를 빈손으로 내쫓을 판이다.

흥부는 깜짝 놀랐다.

"옛날부터 형제는 손과 발 같다고, 우리 형제가 헤어져 살면 정이 엷어질 것이 아니오. 형님, 다시 생각해 보옵소서."

놀부가 아우의 온순하고 예의 바른 말을 듣고 보니 도리어 심사가 뒤틀려 대뜸 호령하였다.

"이놈 흥부야, 잘살아도 네 팔자요 못살아도 네 팔자인데, 언제까지 형을 뜯어먹고 살 배짱이란 말이냐? 잔말 말고 내일 썩 나가거라!"

흥부가 고쳐 생각하니 형의 속궁리가 이미 정해진지라 더 길게 이야기한댔자 언성만 높아질 것이요, 그러다 이웃에 들리고 보면 형의 허물만 더 드러날 것이라, 잠자코 물러나 제 방으로 발길을 돌렸다.

흥부가 안해와 의논하니 안해도 마음씨가 착해서 조금도 놀부를 원망하지 않고 눈물만 흘렸다. 흥부 안해는 남편에게 나직이 말하였다.

"아주버니께서 나가라 하시나 갈 곳도 없고 당장 방 한 칸 마련

할 길도 없으니 어린 자식들을 데리고 어디로 가오리까?"

내외가 한숨만 주고받는 가운데 어느덧 밤이 지새고 새날이 밝았다. 동녘이 훤해 오자 놀부는 홍부네 방 앞에서 고래고래 소리를 질렀다.

"이놈 홍부야, 내 어제 그렇게 일렀거든 어찌 아직도 그러고 있는 게야? 당장 나가지 아니하면 두들겨 패서 내쫓을 터이다."

꼭두새벽부터 퍼붓는 놀부의 구박에 더는 배길 수 없어 홍부가 안해와 어린것들을 데리고 문을 나서니 동서남북 넓은 땅에 갈 곳이 막막하다. 홍부네 식구들은 건넛산 언덕 밑에 이르러 움을 파고 옹기종기 모여 앉아 밤을 새우고, 아무리 생각해도 갈 곳이 없어 이왕 앉은 자리에 두어 칸 오막살이라도 세워 보자고 하였다.

본디 집을 짓는다고 하면 산에 들어가 커다란 나무를 와르릉 퉁탕 지끈둥 찍어 내려다가 안방, 대청, 가운데채, 사랑을 네모반듯하게 입구 자로 짓고, 부챗살 같은 추녀에 말굽도리 바르고, 툇마루를 널찍이 낸 뒤에 안팎으로 창살문을 덧달아 놓고, 난간 둘러친 다음 사방 벽에 회칠을 눈부시게 해 놓아야 제격이지만, 오늘 홍부 처지에서야 어찌 꿈이나 꿀 수 있으랴.

홍부는 낫 한 가락을 잘 들게 갈아서는 지게에 꽂아 가지고 아이들 손목을 이끌고 묵정밭으로 어슬렁어슬렁 내려갔다. 이리저리 돌아다니며 수숫대, 뺑대를 모조리 베어 짊어지고 돌아서노라니 마음이 허전하고 서글프기 댈 데 없다.

홍부가 집을 짓는데 어슷한 언덕을 괭이로 깎아 내리고 집터를 닦아서는 집 꼴을 만들었다. 안방, 대청, 행랑, 몸채를 그저 하나로

해서 한나절에 지어 끝내고 보니 수숫대 반 짐이 그대로 남아 있다. 집은 이름뿐이요, 볼꼴이 말이 아니로구나.

방이란 것이, 누워서 발을 뻗으면 발목이 벽 밖으로 쑥 나가고 보니 죄인이 발에 차꼬 찬 모양이고, 멋모르고 일어서면 모가지가 지붕 밖으로 나가니 관가에 잡혀가 칼 쓴 놈도 같고, 잠결에 기지개를 켤 양이면 발은 마당 밖으로 나가고 주먹은 벽으로 나가고 엉덩이는 울타리 밖으로 나가 동네 사람들이 오가매 거치적거린다고 궁둥이 불러들이라 소리치니, 흥부 안해 그 소리에 깜짝 놀라 일어앉아 대성통곡한다.

"애고 답답 설움이야. 어떤 사람 팔자가 좋아 고래 등 같은 기와집에 부귀영화 누리면서 비단옷과 고기반찬에 겨워한다는데, 이내 팔자 어이 이리 곤궁하여 말박만 한 오막살이에 한 몸 부쳐 살 수도 없구나. 마른날에는 지붕마루에서 별이 총총 뵈다가 하늘에서 가랑비라도 내리는 날이면 우리 방엔 큰비가 쏟아지누나. 앞문엔 살 하나 없고 뒤창엔 종이 한 장 바르지 못하니 동지섣달 눈바람이 휘몰아칠 때는 어찌 견뎌 내랴. 어린 자식은 젖 달라고 칭얼대고 다 큰 자식은 밥 달라고 성화니 이 노릇을 어이하리. 차마 서러워 못 살겠네."

살림은 이 모양인데 밤 농사는 어찌나 잘하던지 어린 자식이 해마다 생겨 충충이 낫살 먹으니 이것들 옷을 어찌 다 감당하랴.

큰놈, 작은놈이 한구석에 몰켜 앉아 몸을 못 가리고 우들우들 떨고 있으니 냇가에서 미역 감고 금방 나와 앉아 있는 꼴이다. 흥부 기가 막혀 옷 해 입힐 생각 하나 사흘에 한 끼도 먹이지 못하는 형편이니 언감생심 옷을 어찌 해 주랴. 궁리궁리하던 끝에 어디서 헌 멍석 한 닢 주워다가 자식 수대로 구멍을 뚫고 내리 씌워 놓으니, 머리만 콩나물 대강이처럼 내밀어, 한 녀석이 똥을 누러 갈 적이면 나머지 녀석들도 꼼짝없이 따라간다.

그런 중에도 맛난 것을 제가끔들 찾는다. 한 녀석이,

"어머니, 열구자탕에 국수 좀 말아 먹었으면."

하니, 또 한 녀석이,

"벙거짓골에 고기 지지고 달걀 풀어 먹었으면."

하니, 또 한 녀석이 나선다.

"어머니, 난 무시루떡 좀 먹었으면."

뱃속에서는 꼬르륵 소리가 자꾸만 새어 나온다.

흥부 안해 기가 막힌다. 싸라기 한 줌이 없고 깨진 밥상이 네발을 쳐들고 하늘만 보며 달려 있고, 이 빠진 사발들이 시렁에 먼지 앉은 채 얹혀 있은 지 오래다. 밥 가마도 언제 불을 지펴 보았는지 벌겋게 녹이 슬었다. 쥐새끼들은 밤낮 부뚜막으로, 시렁 밑으로, 수챗구멍으로 들락날락하다가 먹을 것을 못 찾아 열사흘 만에 다리에 가래톳이 나서 앓는 소리 시끄러우니 어이 아니 슬프랴.

"아이구 이 녀석들아, 호박국도 못 먹으면서 온갖 맛난 음식은 다 먹고 싶다니 어쩌하잔 말이냐."

그중에 한 녀석이 와락 뛰어나오며 한다는 말이,

"애고 어머니, 나는 올부터 불두덩이 간질간질하니 장가 좀 들었으면."

이번엔 젖먹이가 또 울음을 터뜨린다. 젖이 나올 리가 있나. 흥부 안해는 우는 아이에게 빈 젖꼭지를 물리고 자장가를 불렀다.

"아가 아가 울지 마라. 우리 아가 착하지야. 아가 아가 울지 마라."

형편이 이러니 홍부는 절로 긴 한숨이 나온다. 그저 손발 닿는 대로 삯일을 부지런히 하니, 남의 삯김매기는 물론, 산에 가서 나무하기, 짚신 삼기, 새끼 꼬기, 무엇인들 마다하랴. 그래도 식구들 입에 풀칠하기도 어려웠다.

어느 날 홍부 안해는 하도 답답해서 남편을 돌아보며 말했다.

"여보, 이러다가 다 키운 자식들 굶겨 죽이겠소. 아주버님 댁에 가서 쌀이든 돈이든 무엇이나 좀 구해 오시구려."

홍부는 고개를 설레설레 흔들었다.

"허, 어림도 없는 소리 하지 마오. 형님 댁에 갔다가 보리나 타게 되면 어쩌라고."

홍부 안해는 보리라니까 먹는 보리로만 알고,

"아이고, 배부른 말씀 그만 하시구려. 보리는 흉년 곡식이라 느루 먹는 데는 쌀보다 낫소. 어서 건너가 보오."

하였다. 홍부는 내키지 않는 말로,

"여보 마누라, 보리라니까 갈보리, 봄보리, 늦보리로 아나 보오 그려. 참 고지식도 하오. 우리 형님이 주는 보리는 물푸레 몽치로 함부로 치는 그런 보리요. 보리타작 매타작 당할 판이라는 말이오."

하니, 홍부 안해 깜짝 놀란다.

"애고 그게 웬 말이오? 속담에 '동냥은 아니 주더라도 쪽박은 깨뜨리지 말라.' 했는데, 설마하니 매질이야 하겠소? 한번 가 보지 않으시려오?"

홍부는 마지못해 형네 집으로 가는데, 차림새 보니, 살 터진 망건 물렛줄로 끈 달아 쓰고, 헌 갓 실로 얽어매어 대나무 줄기로 끈 달아 쓰고, 깃만 간신히 남은 중치막에 동강동강 이은 술띠로 가슴 아래 눌러 매고, 다 떨어진 고의적삼에 칡넝쿨로 대님 매고, 헌 짚신 찾아 들메하고, 세살부채 들고 작은 자루 하나를 꽁무니에 비스듬히 차고서, 앓고 난 사람처럼 비슬비슬 걸어갔다.

형네 집에 들어서니 왼켠 바른켠, 앞뜰 뒤뜰에 노적가리가 하늘 높이 솟아 있다. 형은 아우가 오는 싹만 보여도 성을 내니 홍부는 맞닥들기 전에 겁부터 났다. 홍부는 온몸을 떨며 마루 아래 서서 두 손을 마주 잡고 공손히 인사를 아뢰었다.

"형님, 그동안 별고 없으신지요?"

여느 형제 같으면 와락 뛰어나와 동기간 손을 잡아 올리며, "형제 사이에 마루 아래 인사가 웬 말이냐?" 하고 반가워하련마는, 놀부는 홍부가 분명 돈 아니면 쌀을 구걸하러 왔으리라 짐작하고 못 본 체하다가 시침을 떼고,

"네가 누구인고?"

하면서 생판 모르는 사람 대하듯 하였다.

홍부는 기가 막혔으나 내색 않고 대답하였다.

"저 홍부올시다."

놀부는 버럭 소리를 질렀다.

"홍부가 어떤 놈이야?"

흥부는 울음이 왈칵 솟구쳤으나 마음을 눅잦히며 공손히 대답하였다.

"애고 형님, 그 웬 말씀이오. 그리 마옵소서. 형님께 비나이다. 세끼 굶어 누운 자식 살려 낼 길 전혀 없어 염치 불고하고 왔사오니 형제 사이 정을 생각하여 벼든 쌀이든 주옵시면 품을 팔아서든지 일을 해 드리든지 꼭 갚으오리다. 아무쪼록 인정을 생각하여 죽는 목숨 살려 주옵소서."

흥부가 애걸하자 놀부는 도리어 천둥같이 화를 내며 모진 눈 무섭게 치뜨고 목에 핏대 세우고 욕설을 퍼부었다.

"참으로 염치없는 놈이로다. 사람이란 누구나 하늘이 정해 준 복대로 사는 건데 너는 어째 남들 다 타고나는 복을 타지 못하고서 나한테만 쌀을 내라 돈을 내라 보채느냐? 네가 죽고 사는 것이 내게 무슨 상관이란 말이냐? 잔말 말고 썩 나가거라!"

흥부는 울며 말하였다.

"어린 자식을 데리고 굶다 굶다 못하여 형님 처분만 바라고 염치없이 왔사오니 양식으로 안 되오면 돈 서 푼만 주옵소서. 그리하면 죽는 목숨을 살리겠나이다."

"이놈아, 쌀이 많다 한들 너 주자고 쌀섬을 헐며, 돈이 많다 한들 너 주자고 돈뭉치를 풀며, 양식 되나 주자 한들 너 주자고 가득 채운 독에서 퍼내며, 헌옷가지 주자 한들 너 주자고 행랑것들 벗기겠느냐? 찬 밥술이나 주자 한들 너 주자고 마루 아래 청삽사리 굶기며, 술지게미 주자 해도 새끼 낳은 돼지는 어찌한단 말이냐? 또 콩 되나 주자 해도 너 주자고 농사짓는 소를 굶기랴? 이 염치

없고 체면 없는 놈아!"

홍부는 놀부가 심술을 부려도 사정을 그치지 않았다.

"아무리 그러하실지라도 죽는 동생 살려 주오."

놀부는 마침내 화를 더럭 내며 벼락 치듯 마당쇠를 불렀다. 마당쇠가 곧 뛰어왔다.

"마당쇠야, 광에 가면 보릿자루가 있느니라. 냉큼 꺼내오너라."

홍부 속마음에,

'옳다, 우리 형님이 보리 말이나 주시려나 보다.'

하고 은근히 좋아하였더니, 놀부가 마당쇠를 시켜 내온 것은 보리섬 뒤에 해 둔 도낏자루 묶음이었다. 놀부는 곧 달려들어 손아귀에 맞는 것을 골라잡아 홍부 뒤꼭지를 움켜잡고 사정없이 내리패기 시작하였다. 어린 중이 불경 외는 늙은 중 옆에서 북 치듯, 손 잰 아이가 마당 비질하듯 했다.

홍부는 울면서 말하였다.

"애고 형님, 이것이 웬일이오? 형제 사이에 어찌하여 매질이 이다지도 심하오? 아니 주면 그만이지 매질은 너무하오. 애고 어머니, 나 죽소."

놀부는 애처롭게 부르짖는 홍부의 말은 들은 체도 않고 핏줄 뻗친 눈자위를 헤번덕거리면서 지끈지끈 한바탕 두들겨 대더니 제풀에 기운이 빠져 몽둥이를 홱 뿌리쳐 던지고 숨을 가쁘게 쉬었다.

"이놈, 내 눈앞에서 썩 사라져라. 다시는 내 눈앞에 나타나지 마!"

놀부가 사랑방으로 들어가 문짝을 벼락같이 닫아 버렸다.

홍부는 된매를 어찌나 맞았던지 온몸이 쑤시지 않는 데가 없고 결리지 않는 데가 없다. 어서 집으로 돌아가고 싶으나 그래도 형수를 보고 가려고 엉금엉금 기다시피 하여 부엌으로 갔다.

형수는 마침 밥을 푸고 있었다. 홍부가 여러 날 굶은 창자에 밥냄새를 맡으니 오장이 뒤집혀,

"아이고 형수님, 밥 한술만 주오."

하니, 놀부 마누라는 놀부의 천생배필로 인정머리라고는 털끝만치도 없는 여자라, 와락 홍부를 밀치며,

"남녀가 유별한데 어디를 함부로 들어서누?"

하고 새된 소리를 지르며 밥 푸던 주걱으로 홍부의 뺨을 지끈 때렸다. 홍부가 그 뺨 한번 맞으니 두 눈에 불이 화끈하며 정신이 어찔하다가 뺨을 슬며시 만져 보니 밥알이 볼때기에 붙었는지라 어서 입으로 훔쳐 넣으며 말한다.

"아주머님은 뺨을 쳐도 먹여 가며 치시니 참으로 고맙소이다. 수고스럽지마는 이 뺨도 마저 쳐 주시오. 밥 좀 많이 붙은 주걱으로. 그 밥 갖다가 아이들 밥알 구경이나 시켜야겠소."

놀부 안해는 화가 더욱 치밀어 이번엔 밥주걱 놓고 부지깽이를 들었다.

홍부가 형님과 형수한테 매를 호되게 맞고 눈물을 삼키며, 겨우 몸을 가누어 집으로 돌아오니 막막하고 또 막막하구나.

이때 홍부 안해는 우는 아이에게 빈 젖 물리고 고달프게 물레질을 하면서 밥 조르는 큰 애들을 달랬다.

"아가 아가 울지 마라. 엊저녁 김 동지네 보리방아 찧어 주고 쌀

한 되 얻어다가 너희들만 끓여 주고 애미 애비는 잔입 그대로니라. 너희 아버지가 큰아버지 집에 가셨으니 돈이 되나 쌀이 되나 아무거나 얻어 오면 밥도 짓고 국도 끓여 너도 먹고 나도 먹자. 울지 마라, 아가 아가 울지 마라."

어린것은 좀처럼 그치지 않고 더 악을 쓰며 보챈다. 하는 수 없이 애를 업고 밖으로 나왔다. 남편을 기다리는 흥부 안해 입은 꼴이 말이 아니다. 끝동은 다 해져 나가고 등과 앞자락은 누덕누덕 기운 자리만 보이는 헌 저고리에 다 떨어진 누비바지, 앞만 남은 몽당치마, 목만 남은 헌 버선에 뒤축 없는 짚신을 끌며 남편이 어서 돌아오기를 기다린다. 서너 끼 굶은 아이들도 아버지 오기만 눈 빠지도록 기다리나 흥부 모습은 좀처럼 보이지 않는다.

"어제는 쉬이도 가더니 오늘은 어찌 이리도 더디 가누. 덧없는 세월 빠르다는 말도 오늘 와서는 헛말이로다."

한탄이 절로 나온다. 그러다 흥부가 매에 취하여 비틀비틀 걸어오는 걸 보고, 흥부 안해는 반색을 하며 달려 나갔다.

"인제 다녀오시오? 형제간이 참말로 좋기는 하오. 큰댁에 가시더니 술에 잔뜩 취해 오시는구려. 어서 들어갑시다. 애고, 자루는 어찌하였소? 돈이거든 저 건너 김 동지네 집에 가서 한 끼라도 느루 먹을 걸로 사 옵시다."

흥부는 기가 막혔다.

"말은 풍년일세."

흥부는 차마 바로 이야기하지 못하고 좋게 돌려서 말하였다.

"여보 마누라, 큰댁에 갔더니 형님과 형수님이 반겨 나오며 손을 잡고 어서 들어가자고 안으로 데리고 들어가더니 좋은 약주를 내오고 더운점심을 지어 내놓으며 많이 먹으라고 하였소. 또 형님은 돈 닷 냥, 쌀 서 말을 주고 형수님은 돈 석 냥, 팥 두 말을 주며 어서 가서 밥 지어 어린것들 먹이라며 하인을 불러 지워 가라 하기에 하인은 그만두라 하고 내 손으로 짊어지고 나서서 고개를 넘어오다가 도적을 만나 다 빼앗기고 몸만 겨우 빠져나와 이렇게 빈손으로 돌아왔소."

이렇게 말하는 흥부의 눈에서 저도 모르게 눈물이 흘러내렸다. 흥부 안해는 물끄러미 남편을 바라보다가 시형 내외의 심보를 짐작할 만한지라.

"그만두시오, 알겠소. 형님 속도 내가 알고 아주버님 속도 내가 다 아오. 돈 닷 냥, 쌀 서 말이 무슨 소리요. 그런 말 마시오."

한다. 흥부 안해가 남편 몸을 얼핏만 봐도 얼굴이 붓고 군데군데 핏자국이 보이는지라 놀라 온몸을 만져 보니 성한 곳이 한 군데도 없다. 기가 막혀 펄썩 주저앉으며 울음을 터뜨렸다.

"애고, 이게 웬일이오. 가기 싫다는 가장 떠밀어 보냈더니 이 꼴이 웬일이오. 팔자 사나운 몹쓸 년이 남편 하나 못 섬기고 이런 참상 당하게 하니 잠시인들 살아 무엇 하리. 모질고 악한 양반, 산같이 쌓인 곡식 누구를 주자고 아껴 저리 몹시 친단 말인고."

"여보 마누라, 너무 서러워 마오. 가난 구제는 나라에서도 못 한다 하였으니 형님인들 어찌하겠소. 우리 둘이 힘껏 품을 팔아 살아갑시다그려."

흥부 안해는 남편 말을 좇아 기를 쓰고 나서서 품을 팔았다. 남의 집 방아 찧기, 술집 가서 술 거르기, 초상난 집 제복 짓기, 잔칫집 그릇 닦기, 굿하는 집 떡 만들기, 시궁발치 오줌 치기, 날 풀리면 나물 뜯기, 보리밭에 보리 놓기, 온갖 품을 팔았다.

홍부는 홍부대로 이월 동풍에 남의 논밭 가래질하기, 삼사월에 부침질*, 이 집 저 집 이엉 엮기, 날 궂으면 멍석 맺기, 나무장수 따라 나무 베기, 각 읍 주인 삯길 가기, 한술 밥에 말짐 싣기, 오 푼 받고 마철 박기, 두 푼 받고 똥재 치기, 한 푼 받고 비 매기, 식전에 마당 쓸기, 이웃집 물 긷기, 진주 감영 돈짐 지기, 대구 감영 짐 지기, 온갖 가지 삯일에 발 벗고 나서서 일을 해도, 먹는 날보다 굶는 날이 더 많구나.

동네 사람들도 홍부네를 몹시들 가엾이 여겼다.

"오늘은 죽이라도 한 끼 끓여 먹었나? 저 부지런하고 어리무던한 사람이 도무지 고생 속에서 헤어나지를 못하네그려."

"요전번엔 형네 집에 가서 사정하다가 매만 실컷 맞고 돌아왔다지 않소."

"그런 고약한 심사가 어디 있겠나. 집에 노적가리를 산더미처럼 쌓아 두고는 아우를 알몸으로 내쫓았다지? 것도 모자라 독한 매질만 안겼다니 하늘도 무심하지."

허나 동네 사람들도 가난하기는 마찬가지라 어찌할 도리가 없다.

---

* 부침은 논밭을 갈아 농사짓는 일.

매 한 대에 한 냥이오

흥부가 하루는 생각 끝에 읍내 나가 환자 쌀을 얻어 볼까 하였다. 나라 쌀을 봄에 받아 가을에 이자를 얹어 갚는데 이자 쌀이 턱없이 많으려니와 갖은 농간이 많아 백성들 등골을 빼먹는 것이건만, 다른 길이 없었다.

흥부는 안해에게,

"여보 마누라, 내 읍내 잠깐 다녀오리라."

하고 행장을 차려 곧 길을 떠났다.

길을 나섰으나 입성이 말이 아니다. 텁수룩한 머리를 대강 쓸어 매만지고 그 위에 헌 망건을 눌러 쓰고, 살이 비죽비죽 보이는 고의 적삼에 헌 행전을 무릎 밑까지 높이 치고, 갓양태만 남은 헌 갓에 노닥노닥 기운 중치막을 걸친 뒤에, 뼘만 한 곰방대를 손에 쥐고 어 쑥비쑥 갈지자로 걸음을 다그쳤다.

읍내 다다라서 호방이 일 보는 곳으로 찾아갔다. 호방이 마침 자리에 있었다. 호방과는 전부터 잘 아는 터라 마루 위로 올라섰다. 부탁하러 왔으니 빌붙는 말을 해야겠지만 죽어도 반말로,

"호방, 그사이 별일이나 없나? 원님도 평안하소? 어이구 좀 앉자. 삼십 리 길을 걸어왔더니 허리가 뻣뻣하네."

하고 방 아래쪽에 앉으면서 담배라도 가진 듯이 곰방대를 빼들었다. 능갈진 호방이 흥부의 차림새를 보자 벌써 궁한 줄 짐작하고 얼른 담배 함을 흥부 앞으로 밀면서 물었다.

"연 생원이 어찌 먼 길을 왔소?"

흥부는 머뭇머뭇 대답하였다.

"환자 쌀이나 좀 얻어다 먹을까 하고 왔는데, 요새 형편이 어떤가? 될 만할까?"

호방은 정색을 하면서,

"가난한 사람이 당장 급한 생각에 나라의 귀한 곡식을 가져갔다가 나중에 물지 못하면 어찌 감당하려고 그러시오? 그러다 큰일 나오."

하고 시쁜 듯이 대답하더니 뒤이어 태도를 고치고 귀엣말로 은근히 말하였다.

"그런데, 더러 매를 맞아 본 일이 있소?"

흥부는 이 말 듣고 겁이 더럭 났다.

"매 맞는 말은 왜 하나? 그런 말 말고 환자 쌀이나 좀 얻어 주면 어린것들을 살리겠는데."

호방은 흥부 말에 대꾸는 않고,

"좋은 수가 있소. 환자 쌀은 관두고 매를 맞도록 하오. 내 말이 나쁠 리 없으리다. 사실은 이 고을 김 부자가 잘못한 게 있어서 잡아들이라는 영이 떨어졌는데, 지금 김 부자가 매를 맞을 수는 없으니 대신 보낼 사람을 구해 달라고 내게 청을 넣어 왔소. 그러니 연 생원이 김 부자 대신 감영에 가서 매를 맞을 것 같으면 매 맞은 삯으로 돈 서른 냥은 줄 것이오. 돈으로 말하면 여기서 돈표를 내줄 것이니 오죽이나 든든하오? 그래 마음에 어떠시오?"

한다. 흥부는 호방이 구수하게 늘어놓는 말에 귀가 솔깃하였다.

"몇 대나 맞으면 된다오?"

"한 서른 대 될 거외다."

이렇게 말이 오고 갔다.

"매 서른 대를 맞으면 참말 돈 서른 냥을 다 주기는 주겠지?"

흥부는 다짐을 두기까지 하였다.

"아무렴, 매 한 대에 한 냥 되는 셈이오."

호방은 히죽히죽 웃었다. 호방이 김 부자에게서 삯매 값으로 백 냥을 받아 일흔 냥은 제 주머니에 넣고 서른 냥 주려는 검은 뱃속을 흥부가 알 리가 있나.

흥부는 서른 냥 준다는 말에 좋아라 한다.

"여보 호방, 이 말을 뉘게 내지 마오. 우리 동네 꾀쇠 아비가 알면 내 발등을 딛고 먼저 나서려 할 테니 제발 소문내지 마시오."

호방은 그러마 하며 돈 닷 냥을 노자로 먼저 주고 감영으로 올려 보내는 글월을 흥부에게 내주었다.

"잘 다녀오시오. 그리고 내 따로 편지 한 장 써 줄 터이니 그것을 감영 사령에게 주면 사정을 보아 매를 헐하게 칠 게요. 김 부자가 뒤로 사령에게 돈 백이나 보낸다고 하였으니 아무래도 된욕은 아니 보시리다. 걱정 말고 다녀오오."

홍부는 구구히 사정을 하러 왔다가 큰 돈벌이를 얻었고 게다가 선금으로 닷 냥이나 받고 보니 이제는 식구들이 살아났구나 싶어 반갑고 고마운 마음에 몇 번이나 인사를 차렸다.

"여보 호방님, 내 다녀오리다."

홍부는 존댓말로 굽실굽실 인사하고 노자 닷 냥을 허리에 차고서 집으로 돌아오는데, 돈타령이 절로 나온다.

"옛날 이선*이는 금돈을 엽전 쓰듯 했고, 관운장은 위나라 갔을 때 말에 오르며 천금, 내리며 백금을 말로 되어 받았다지만, 나 같은 소장부는 읍내 한번 꿈쩍하면 돈 서른 냥이 우수수 쏟아지누나, 얼씨구!"

어느덧 산모퉁이를 돌아 언덕바지에 올라서니 마음도 후련하고 기분도 상쾌해서 멀찍이서부터 홍부는 서둘러 안해를 불렀다.

"여보 마누라, 거적문을 여시오. 읍내 한번 갔다 오니 돈 서른 냥이 뚝 떨어졌구려."

홍부 안해는 천만뜻밖에 돈 생겼다는 소리에 어찌나 반갑고 좋던지 문을 열고 뛰어나왔다.

"돈이라니 웬 돈이오? 일숫돈을 얻었소, 월숫돈을 얻었소? 다달이 이자만 오 푼씩 무는 돈이오?"

---

* 중국 한나라 때 사람으로, 남의 집 종이었다가 나중에 태수가 되었다.

하고 잔사설을 늘어놓았다.

흥부는 그저 싱글벙글 웃었다.

"아니오, 이 돈은 횡재나 다름없는 돈이오."

흥부 안해는 한편으로 겁이 더럭 났다.

"아무래도 길에서 주웠나 본데, 돈 잃은 사람이 얼마나 애가 타 겠소? 여보 아이아버지, 주운 곳으로 곧장 가서 돈 임자가 나서 거든 도로 주고 오오. 고맙다고 행여 한 냥쯤 주면 고맙고. 그것 이 바른 일이니 어서 가서 찾아 주오."

흥부는 안해 말을 듣자,

"마누라 말을 들으니 본받을 만한 말이구려. 허나 이것은 길에서 주운 돈도 아니고 누가 거저 준 돈도 아니라오. 읍내 김 부자 대 신 볼기 서른 대만 맞고 오면 돈 서른 냥이 생기는 것이라오. 벌 써 노잣돈 닷 냥을 이렇게 먼저 받았다오. 이거야말로 횡재지. 감 영으로 가서 눈 끔쩍할 동안에 볼기 서른 대만 맞으면 된단 말이 오."

하고 늘어놓았다. 흥부 안해는 깜짝 놀랐다.

"여보시오 아이아버지, 남의 죄를 어찌 알고 매품이오? 그게 살 인죄인지, 강도질한 죄인지, 남의 재물 속여 먹으려던 죄인지 그 속을 어찌 아오? 여러 날 굶은 몸에 그 독한 매를 맞으면 몇 대 안 맞아서 죽기 십상이지. 어서 가서 그 일 못 하겠다 하오. 가지 마오. 갈 터이거든 부디 나를 죽여 땅에 묻고 가소. 나를 살려 두 고는 못 가리다. 가지 마오. 가지 마오. 제발 내 말대로 가지 마 오. 갔다가 매 맞아 죽으면 우리 집에 무리죽음이 생길 테니 부디 내 말 들으시오."

안해가 간곡히 말하였으나, 흥부는 돈 서른 냥이 손에 잡힐 듯 눈에 어른어른하였다.

"여보, 마누라 말이 그럴듯하기는 하오마는, 볼기로 말하면 내가 언제 과거에 급제하여 높다라니 의자에 앉아 볼 수 있으며, 훌륭한 장수 되어 말 위에 덩실 앉아 보며, 이방이나 되어 관아 의자에 앉아 보며, 동네 웃어른이 되어 윗자리에 앉아 볼 수 있겠소? 쓸데라고는 도무지 없는 이 볼기를 감영에 올라가 서른 대만 맞고 보면 돈 서른 냥이 꿈같이 생길 터이니, 먼저 열 냥은 장독 풀어 원기 회복하고, 열 냥은 쌀 팔아 식구들 배불리 먹고, 또 열 냥은 소를 사서 부리다가 팔아서 맏아들 장가보내면 그 아니 경사겠소."

흥부 안해는 남편 말을 가만히 듣고 있으나 아무리 생각해도 보낼 수 없었다. 마음을 굳게 먹고 남편이 떠나려는 길을 한사코 막아 나섰다. 흥부는 안해 말을 뿌리치기가 어려워 겉으로는 좋게 따르는 것처럼 하였다.

"그럽시다. 당신 말대로 하겠소. 짚신이나 삼게 저 건너 김 동지네 가서 짚 한 단만 얻어 옴세."

흥부는 안해를 이렇게 속이고 서둘러 감영 길을 떠났다. 이왕 노잣돈을 먼저 받았으니 말이라도 삯 내서 타고 가면 빠르기도 하고 덜 고되련마는 흥부는 서른 냥을 모갯돈으로 고스란히 한목 받아서 요긴하게 쓸 작정으로 걸어간다. 하루에 구십 리, 백 리씩 걸어 며칠 만에 감영에 이르렀다.

감영 구경이 난생처음이라 어디가 어디인지 몰라 삼문 밖에서 어정거릴 즈음에 마침 사령 하나가 옷을 갖춰 입고 오락가락하는 것이 보였다.

"허, 저 사람은 털갓 뒤에다 붉은 꼭지를 달고 다니네."

이렇게 혼자 중얼거리면서 삼문 안으로 들어섰다. 흥부는 사령에게 말을 건네 보려고 다가섰으나 사령은 흥부를 본체만체한다. 다시 보니 사령이 한둘이 아니다. 삼문 안에서는 수많은 군사와 사령들이 들고 날 때마다 방울 소리가 떨렁거리고 긴대답 소리가 잇따라 울렸다.

흥부는 차츰 마음이 으슬으슬해졌다.

"아마 내가 저승에 왔나 보다. 아무리 생각해 봐도 살아 돌아가기는 어려울 것 같구나. 마누라 말을 들었더라면 좋았을걸 고집 부리고 왔더니 이를 어쩌누."

혼자 속으로 후회하면서 들어갈까 말까 망설이고 있는데 또 방울 소리가 떨렁떨렁 소름 끼치게 울리더니 사방에서 "예이." 하는 긴대답 소리가 귀청 떨어지게 들리며 사령이 껑충걸음으로 뛰어들어왔다. 이 바람에 흥부는 저를 잡아들이라는 것으로 잘못 알고 엉겁결에 갓을 벗어 들고 사령 앞으로 나섰다.

"여보시오, 나를 먼저 들여보내려오?"

사령이 흥부를 밀치며 소리를 버럭 질렀다.

"웬 사람이 미쳤소? 저리 비키시오!"

흥부는 다시 애원하다시피 말하였다.

"여보시오, 사람 놀리지 말고 어서 나를 잡아들이시오."

사령은 흥부를 위아래로 훑어보더니,

"뉘인데 무슨 일로 와서 잡아들이라고 성화요?"

하고 눈을 흘겼다.

흥부는 사령의 소매를 잡고 늘어졌다.

"나는 우리 고을 김 부자 대신 매 맞으러 온 사람이니 어떻게든 먼저 맞게 해 주시오. 떨려서 견디기 힘들어 그러오."

"그러면 댁이 연흥부라는 분이오?"

"예, 내가 연흥부라는 사람이외다."

흥부는 보고장과 호방이 써 준 편지를 꺼내 놓았다.

이렇게 말이 오갈 때 우두머리 사령이 이 말을 듣고 편지를 훑어 보더니 사령에게 일렀다.

"여보게, 저 사람이 김 부자 대신 온 모양이니 아랫방에 들여앉히게. 매를 치거들랑 아무쪼록 상처 나지 않도록 헐하게 치게. 호방 편지도 있을 뿐더러 김 부자가 우리한테 편지와 돈 백 냥을 보내왔네."

사령은 벌씬 웃고 흥부를 아랫방으로 데리고 가서 걱정 말라고 위로해 주며 기다리라 하였다.

그런데 별안간 무슨 일이 생겼는지 부르고 대답하는 소리가 들리면서 웬 행차가 삼문 안으로 들어오더니 한참 만에 명령이 내렸다.

"각 도 각 읍 죄인들 가운데 살인 죄인만 남겨 두고 모두 놓아주랍신다!"

영이 떨어지자 우두머리 사령이 다시 나타나 흥부에게,

"일이 잘되었소. 무슨 죄인이든지 모두 석방하라는 분부가 계시니 매를 안 맞아도 좋게 되었소. 그러니 어서 집으로 돌아가시 오."

하고 일러 주었다. 흥부 이 말에 낙심천만하여,

"여보시오, 나는 매를 맞아야 수가 나오. 매 한 대에 한 냥씩 작정하고 왔는데 그저 가면 낭패가 아니오?"

하고 한숨을 길게 쉬었다.

사령이 흥부에게 웃어 보이며,

"여보시오, 이번에 김 부자 일로 해서 수백 리 길을 걸어 여기까지 왔는데 매를 안 맞고 그저 왔다고 해서 약속한 삯을 안 주겠다하거든 곧장 감영으로 찾아오오. 그러면 우리가 어떻게 해서든지 돈을 받아 줄 터이니 낙심 말고 어서 돌아가오."

우두머리 사령이 뒷일까지 보아주겠다는 데야 더 할 말이 없었다. 흥부 하릴없이 되돌아서 오는데, 환자 쌀을 갚지 못한 사람들이 볼기 맞는 소리가 철썩철썩 난다. 고지식한 흥부는 그 사람들도 자기처럼 삯 받고 매 맞는 사람들인 줄 알고,

"흥, 저기는 매 풍년이 들었는데……."

하고 한탄하면서 노자 쓰고 남은 돈 한 냥으로 아이들 줄 떡을 사들고 집으로 돌아왔다.

이때 흥부 안해는 남편이 기어이 감영으로 간 것을 알고 뒤뜰에 나가 우물에서 맑은 물 한 사발 떠다 소반에 받쳐 놓고 탈 없이 돌아오기를 빌고 있었다.

"비나이다, 비나이다. 애기 아버지가 남의 죄 대신으로 매를 맞으러 갔사오니 하늘 같고 바다 같은 은혜를 베푸시어 무사히 다

녀오도록 빌고 또 비나이다."

이렇듯이 정성을 들이고는 방으로 들어와서 어린 자식에게 젖을 물렸으나 눈물이 두 뺨을 타고 걷잡을 수 없이 흘러내렸다.

"가난이 원수 되어 하늘 같은 우리 남편 매품팔이 웬 말이오. 불쌍한 애기 아버지 독한 매를 맞으면 살아 돌아올 길이 없지. 매를 맞고 독기가 배어 누웠는가, 기운 빠져 쓰러졌는가? 이 노릇을 어이하나."

안해가 이렇듯이 울고 있는데 흥부가 돌아왔다. 흥부 안해는 반색을 하며 달려 나갔다.

"이제 오시오? 그래, 상처가 어떠하오?"

떨리는 목소리로 물으니, 흥부는 일껏 갔다가 매도 맞지 못하고 돌아오는 길이라 심사가 뒤틀려 안해에게 핀잔을 주었다.

"방정맞게 울기는 왜 우나? 나더러 상처 어떠냐 묻느니 당신 친정 할아비더러 묻든지. 매를 맞기는커녕 구경도 못 하였소."

흥부 안해는 마음이 놓여 노랫가락이 절로 난다.

"좋을시고, 지화자 좋을시고! 매 맞으러 갔던 낭군 매 안 맞고 돌아오니 이런 경사가 어디 있나. 낭군님 떠나신 뒤로 뒤뜰에 단을 뭇고 하느님께 빌고 빌어, 덕택으로 무사히 돌아왔으니 반가울사 우리 낭군. 못 먹어 주린 낭군 감영의 매를 맞았다라면 속절없이 죽었을 것을, 그저 무사히 돌아오니 이 아니 좋을시고. 나는 배곯아도 좋고 헐벗어도 그만이오."

흥부는 안해가 좋아하는 모양을 보니 기가 막히고 어린 자식들이 판판 굶는 생각을 하니 한스럽기 그지없다. 흥부는 신세 한탄을 하다 못해 가슴을 쾅쾅 치며 통곡을 한다. 안해가 그 모습을 보니 기쁘던 마음은 어디로 가고 슬픔이 솟구쳐 따라 운다.

"울지 마오. 가난한 사람에게도 즐거운 일이 있다 하였으니 세상일을 어찌 알겠소. 부지런한 사람은 하늘도 궁한 채로 두지 아니하니, 옛사람 중에 젊어 고생하다 나중에 부귀영화 만난 이가 한둘이오? 세상사 어찌 될 줄 모르는 것이니, 우리도 마음만 옳게 먹고 부지런히 일하면 좋은 때를 만날지 어찌 아오리까."

흥부 안해가 간곡히 위로하고 있을 때 김 부자 조카가 흥부 돌아왔다는 소식을 듣고 찾아왔다.

"자네가 변변히 먹지도 못한 몸으로 감영에 가서 그 매를 맞고 어찌 견디고 왔는가."

흥부는 매를 맞고 온 것처럼 어름어름 꾸며 댈 생각도 잠깐 들었으나, 본디 곧은 사람이라, 그저 돌아온 사연을 사실대로 말했다. 김 씨가 다 듣고는,

"자네가 마음이 여간 착하지 않으이. 나도 그런 줄을 어디서 듣기는 했네마는, 그저 오고야 돈을 달랄 수야 있는가. 그러면 우리 삼촌 일도 그럭저럭 무사히 마무리된 셈이로군. 마침 내게 돈이 일고여덟 냥 있으니 쌀말이나 사다 먹소."

하고 훌훌 가 버렸다. 흥부는 그 사람 가는 것을 보고 혼잣말로,

"매를 한 대도 아니 맞고 남의 돈을 거저먹으려니 염치는 없지만, 열흘 굶어 군자 없다고, 어찌할 수 없구먼."

하고는 허거프게 웃었다. 그 사람이 주고 간 돈으로 쌀 팔고 반찬 사서 며칠을 살았으나, 굶기는 또 그 턱이라. 궁리 끝에 안해한테

말했다.

"여보 마누라, 내 짚신을 삼아 볼까 하니 저 건너 김 동지네 가서 짚 한 뭇만 얻어 오오. 땅이 없어 농사도 못 짓고 밑천이 없어 장사도 못 하니 짚신 장사나 해 보세."

흥부 안해는 내키지 않는 투로 대답하였다.

"그동안 아쉬울 때마다 얻어 온 것이 얼마요? 나는 또 가서 말할 염치가 없소."

흥부는 자리를 털고 일어섰다.

"그만두소. 내가 가지."

흥부는 그길로 김 동지네 집을 찾았다.

"자네가 어찌 왔나?"

김 동지가 물으니, 흥부는 계면쩍은 생각이 앞섰으나 눌러 참고,

"그 많은 식구가 차마 굶고 있을 수 없어서 짚신이나 삼아 팔까 하고 짚 한 뭇 얻으러 왔나이다."

하니, 김 동지는 흔쾌히 들어주었다.

"자네 형편이 참 딱하이. 형은 부자로되 자네는 그리 가난하니 하늘도 무심하지."

김 동지는 곧 뒤뜰로 돌아가 짚동을 풀어 놓고 한 뭇 두 뭇 짝을 맞추어 내주었다. 흥부는 몇 번이고 고개를 숙였다.

흥부가 부지런히 짚신 한 죽을 삼아 장에 지고 가서 팔았더니 겨우 서 돈이 손에 쥐이었다. 그날은 그 돈으로 쌀 팔고 반찬 사서 어린 자식 데리고 한 끼를 에웠으나, 짚인들 만날 얻을쏘냐.

다음 날부터 또다시 살아갈 길이 아득하여, 흥부가 어린 자식을

어루만지며 한숨만 쉬는데, 흥부 안해도 기막힌 사정을 하소연할
길이 없으니,

"가난이 이다지도 야속한가. 자식들 굶주리게 하는 이내 신세 하
늘도 무심하지. 이 세상에 답답한 일 가난 말고 또 있을까. 고생
고생 해도 이에서 더할쏘냐."

하며 땅을 치고 우니, 흥부가 울다가 마누라 보고 눈물을 거두며 달
랜다.

"부자도 삼대 못 가고 가난도 삼대 가지 않는다 하였으니 설마
이대로만 살겠소? 마음만 곧게 먹고 옳지 못한 일을 삼가면 하늘
이 도와 굶어 죽지 않으리니 너무 서러워 마오."

이렇게 흥부 내외는 서로 위로하고 달래면서 앞으로 살아갈 길을
의논하였다.

저 제비 박씨 물고 왔네

　세월이 흘러 이 달 저 달 다 가고 스산하던 겨울도 물러가고 꽃 피고 시냇물 소리 맑으니 봄이 돌아왔다. 삼월에 접어들자 기러기 떼는 북쪽으로 떠나가고 강남에서 날아온 제비들은 하늘 높이 떠서 "지지배배 지지배배" 쌍으로 날아돈다.

　흥부는 글줄을 아는지라 수숫대 집일망정 입춘 글귀를 운치 있게 써 붙였다.

　　문을 활짝 여니 기쁨이 집안으로 들어오고
　　뜰을 깨끗이 쓸어 내니 황금빛이 눈부시더라.

　이때 제비 한 쌍이 흥부네 집으로 날아드는데, 둥지를 틀려는지 부리에 검불을 물었다.

흥부는 제비를 물끄러미 바라보다가 혼잣말로 중얼거린다.

"고래 등 같은 집들을 다 두고서 수숫대로 지은 집에 찾아와서 둥지를 틀려느냐? 그랬다가 오뉴월 장마에 이 집이 넘어지는 날에는 속절없이 네 둥지도 휩쓸려 버릴 테니 이 아니 낭패냐. 한낱 날짐승일망정 내 말 귀담아듣고 좋은 집 찾아가서 온전한 집 짓고 새끼 치려무나."

허나 저 제비 말을 알아들을 리 없으니 한사코 흙을 물어다가 둥지를 틀었다. 얼마 뒤 제비가 새끼를 쳤는데, 새끼들은 날로 커서 어느덧 오르락내리락 날기를 배우고 있다.

흥부 마음에 제비 하는 짓이 대견하고 귀엽게 보였다.

어느 날, 난데없는 구렁이 한 마리가 어미 제비 없는 틈을 노렸던지 지붕으로 해서 제비 둥지에 모가지를 빼 드리우고 제비 새끼들을 모조리 잡아먹고 이제 한 마리 남았다. 흥부가 깜짝 놀라 작대기를 들고,

"이 흉악한 짐승아, 먹을 것이 없어 불쌍한 제비 새끼를 잡아먹느냐? 참 모질구나, 이놈."

하는 사이, 남은 새끼 제비가 간신히 몸을 솟구치더니 뚝 떨어져 발발 떨었다. 흥부는 작대기를 내동댕이치고, 피 흘리며 떨고 있는 제비 새끼를 곱게 들어 손바닥에 올려놓았다. 찬찬히 살펴보니 다리가 부러졌다. 곧 제비 새끼 다리에 얄팍한 조기 껍질을 곱게 감아 정성껏 싸매는데, 흥부 안해가 나와서 보더니만 시집올 때 가지고 온 당사실로 동여 주었다. 흥부는 제비 새끼를 둥지에 사뿐히 얹어 주었다.

하루가 지나고 이틀이 지나고 열흘 좀 넘으니 제비 새끼 다리가 거의 다 나아 앞뜰에 드리운 빨랫줄에 날아 앉아 고맙다고 인사하듯 지저귀었다.

여름도 쉬이 가고 가을이 돌아오자 벌써 기러기 떼가 날아들더니 제비들이 강남으로 떠날 채비를 서두른다. 흥부네 집에 있던 제비도 주인한테 작별 인사를 하듯 조잘거리더니 바다 건너 멀리 강남으로 떠났다.

그 제비가 강남 몇만 리를 날아 제비 왕이 앉아 있는 왕궁에 들어섰다. 제비 왕이 뭇 제비들의 인사를 받다가 다리를 좀 저는 제비를 보고 물었다.

"그대는 어이하여 다리를 저는고?"

그 제비가 공손히 대답하였다.

"저희 부모가 조선이란 나라에 머물러 흥부라는 사람의 집 처마에 둥지를 틀었삽더니 뜻밖에 구렁이란 놈이 제 형제들을 다 잡아먹어 저만 간신히 살았나이다. 제가 몸을 빼다 그만 땅에 떨어져 다리가 부러져 죽게 된 것을 주인 흥부가 구해 주어서 이렇게 절름발이로나마 살아 돌아왔나이다. 흥부는 평소에도 부지런하고 착해서 누구를 보든 다 도와주고 좋은 일을 많이 하는 사람이옵니다. 그런데 인간 세상은 별나서 흥부는 가난하여 몹시 고생하며 살아가고 있나이다."

제비 왕은 그 말을 듣고 말하였다.

"과연 어진 사람이로다. 은혜도 은혜지만 그 사람 됨됨이로 보아서도 우리가 도와주어야겠구나. 내 박씨 하나를 줄 터이니 내년 봄에 가지고 나가서 은혜를 갚도록 하여라."

제비는 고맙다고 인사하고 물러나왔다.

그렁저렁 그해가 가고 다시 만물이 움트는 봄철이 돌아왔다. 제비는 제비 왕에게 인사를 드린 뒤 박씨를 물고 하늘 높이 떠서 너울너울 바삐바삐 부지런히 날았다. 유비와 두 부인 놀던 성도 땅 지나, 장비가 호령하던 장판교 지나, 적벽강 건너 소동과 놀던 곳 보고, 경화문 올라앉아 연경 풍물 구경하고, 만리장성 바삐 지나 산해관 구경하고, 요동 칠백 리 봉황성 보고 압록강을 얼른 건넌다. 의주 들어가 백마산성에서 의주 성중 굽어보고, 평양 감영 이르러 모란봉 얼른 올라 보고, 대동강 건너 황주 병영 구경하고, 그길로 훨훨 올라 송악산 빈 터 본 뒤, 삼각산 당도하니 명랑한 천봉만학이 그림을 펼쳐 놓은 듯하구나. 종각 위에 올라앉아 종로 오가는 행인과 온갖 물건 구경한 뒤 남산 올라 누에머리 보고 서울을 내려다보니, 집이며 사람이며 많기도 많다. 남대문 밖으로 내달아 동작강 건너 전라, 경상, 충청 어름에 와서 빙빙 돌다, 흥부네 집 찾아 너울너울 넘노는데 꼭 용이 여의주 문 듯, 봉황이 귀한 열매 문 듯, 황금 꾀꼬리가 봄빛 가득히 이리 기웃 저리 기웃 하듯 노니니, 흥부 안해가 먼저 알아보고 반가워 어쩔 줄 모른다.

"여보, 작년에 왔던 제비가 왔나 보오. 입에 무엇을 물고 와서 저리 빙빙 도니 어서 나와 구경하오."

흥부가 달려 나와 보니, 제비 입에 이상한 것이 물려 있다. 제비가 흥부 머리 위에서 돌다가 입에 물었던 것을 사뿐히 떨어뜨렸다.

흥부가 떨어진 것을 집어 들고는 희한하고 이상하여 안해를 바라

보며,

"여보 마누라, 작년에 다리 다쳤던 제비가 틀림없는데 지금 이것
이 무엇일꼬? 참 모를 일이오."

하니, 흥부 안해가 얼른 말을 받아 대꾸하였다.

"누르스름한 것이 금이 아닐까요?"

흥부가 대꾸하였다.

"금이 어이 있겠소? 금이란 금은 다 부자 양반들이 손에 잡기만
하면 제 궤짝에 거두어들이니, 세상에 돌아다닐 금이 어디 있겠
소?"

"그러면 옥이 아닐까요?"

흥부는 머리를 설레설레 저었다.

"옥은 부잣집 부인들 옥비녀에 옥가락지로 다투어 뽑혀 나갔는
데 어찌 여기까지 오리오?"

"그러면 쇠일까요?"

"쇠도 아니로세. 옛날 봉덕사 종은 쇠 십이만 근이나 들었고 황
룡사 종은 그 네 곱절도 넘는 사십구만 칠천오백 근이나 들었다
는구려. 이것 말고도 이 절 저 절 너도나도 종 만드느라 쇠가 동
이 났다고 하지 않소. 그러니 쇠도 아닐 게요."

"그러면 대모거나 산호인가 보오."

흥부는 또 왼고개를 꼬았다.

"대모는 병풍감이요, 산호는 난간감이라, 바다 속 용왕이 수정궁
호화로이 지을 때 대모와 산호를 깡그리 써 버렸다 하니, 이는 그
도 아니로세."

홍부 안해는 이리 기웃 저리 기웃 한참 들여다보다가 문득 깨달았다는 듯이,

"옳지, 이것은 씨앗이오, 씨앗! 틀림없소."

하며 눈을 반짝거린다. 홍부도 안해 말을 좇아 다시 한 번 눈여겨보니 씨앗이 틀림없다. 이리저리 자세히 살펴보니 한가운데에 겨우 보일락 말락 하게 은혜 갚는 박씨라고 '보은박' 이라는 글자가 뚜렷이 있다.

홍부는 희한하고 신기해서 박씨를 들여다보며 중얼거렸다.

"그렇구먼. 이게 박씨일세. 하긴 말 못 하는 짐승들도 저를 살려 준 사람더러 고맙다고 구슬이니 뭐니 갖다 주기도 하지. 저 제비가 천리만리 멀다 않고 애써서 물어다 준 것이니 흙이라도 금으로 알고 돌이라도 옥으로 여겨 고이 심어 봅세. 뭐가 됐든 우리 복 아니겠나. 이 박 정성껏 가꾸어 봅세."

홍부 내외는 좋은 날을 가려 그 박씨를 동쪽 울 아래 터를 닦고 공들여 심었다. 사나흘 뒤에 싹이 나고 네댓새가 지나자 순이 뻗어 마디마디에 잎이 나고 줄기마다 꽃이 피더니 박 네 통이 주렁주렁 열렸다. 대동강 물에 뜬 당도리선도 같고 종로 보신각종 같기도 하고 육관 대사 법고 같은 것이 보기 좋게 열리니 홍부 입이 크게 벌어진다.

"유월에 꽃이 떨어지고 칠월에 열매를 맺더니 큰 놈은 항아리만 하고 작은 놈은 동이만 하구나. 이 아니 경사일까 보냐. 여보, 비단옷보다 한 끼라고, 어서 한 통을 켜서 속은 지져 먹고 바가지는 팔아 쌀을 사서 밥 지어 먹어 보세."

그러나 흥부 안해는 속궁리가 달랐다.

"박이 꽤 크고 모양도 고우니 하루라도 더 굳혀 실해지거든 켭시다."

이렇게 의논 끝에 하루하루 더 굳기를 기다리는 동안 팔월 한가위가 닥쳐왔다. 남들은 명절이라고 즐기건만 판판 굶으며 누워 있는 자식들이 밥 달라고 악을 썼다.

"어머니, 배고파 죽겠소. 옆집 얼렁쇠네 집에서는 허연 것을 눈덩이처럼 뭉쳐 놓고 손바닥으로 비벼 가운데를 오목하게 눌러 파고 삶은 팥을 집어넣어 두 귀를 뾰족뾰족하게 만들어서 소반에다 줄줄이 놓던데 그것이 무엇이오?"

"그것은 송편이란 것인데 추석날 만들어 먹는 떡이란다."

또 한 놈이 나앉으면서 뒤를 받는다.

"저기 대갈쇠네 집에서는 검정 송아지를 잡읍디다."

흥부 마누라가 쓴웃음을 지으면서 대답한다.

"아마 돼지를 잡은 게로구나."

이렇게 이야기를 주고받는데, 흥부도 배가 고파 누웠다가 자식들이 졸라 대는 통에 끙 하며 돌아누웠다.

집 얻고 쌀 얻고 흥부네 부자 되었구려

　흥부 안해가 참다못해 치마끈 졸라매고 옆집 목수에게 달려가 톱 하나를 얻어 왔다. 흥부 안해는 굶어 누운 남편을 흔들흔들 깨웠다.
"일어나오. 박이나 한 통 따서 박속이나 지져 먹읍시다."
　흥부는 마지못해 일어나 박을 한 통 따다 놓고 곧바로 먹줄을 친 뒤에 양주가 마주 서서 톱질을 시작하였다. 흥부가 톱질에 맞춰 노랫가락처럼 소리를 한다.

　슬근슬근 톱질이야.
　당겨 주소 톱질이야.
　가난하다 설워 마오.
　팔자 사나워 가난하고
　밑천 없어 가난하고

산소 글러 가난하고
벌지 못해 가난하니
가난한 걸 한탄 마소.

흥부 안해는 남편 말이 마뜩지 않았다.
"산소 글러 가난하면 아주버님네는 잘살고 우리만 가난하겠소?
그런 팔자가 어디 있소? 한 부모 속에서 나온 형만 잘살고 아우
는 못살라는 산소가 있겠소? 어서 톱질이나 힘껏 하오."
흥부 안해 톱질 맞춰 소리를 한다.

슬근슬근 톱질이야.
당겨 주소 톱질이야.
북창 달이 지기 전에
서둘러서 박을 타세.
쌀 씻을 바가지도 좋거니와
층층이나 많은 자손
차례차례 세간 날 제
나눠 줘도 좋을시고.
이 박 한 통 켜거들랑
금은보화 나와 주소.

흥부 내외는 톱 소리를 주고받으면서 주린 배를 달래며 밀거니
당기거니 힘들여 박 한 통을 툭 타 놓았다.

그랬더니 박 속에서 일등 목수들이 꾸역꾸역 몰켜 나왔다. 흥부 내외 깜짝 놀라 목수들의 거동 본다. 목수들이 나오기가 바쁘게 터를 닦고 집을 짓는데 안방, 사랑채, 대청, 행랑, 곳간을 차례차례 눈 깜짝할 새 지었다. 집은 으리으리하기 그지없어, 부챗살 추녀에 말굽도리, 내외 분합을 달고 물림퇴에 살미살창을 들였다. 앞뒤로는 조그만 꽃밭과 동산이 불룩이 솟고 갖가지 기이한 꽃들까지 심어 놓았다. 양달엔 방아 걸고 응달엔 우물 파고, 저쪽엔 벌통 놓고 이쪽엔 버들을 심었다.

양주가 어리둥절한 채, 쌀이나 주면 좋을걸 하면서 바라보았다. 그런데 곳간에 들어가 보니 한쪽 뒤주들에는 입쌀이 그득그득하고 다른 한쪽으로는 팥이며 녹두며 기장 같은 낟알이 뒤주뒤주 넘쳐 나고, 그 위에 참깨, 들깨가 항아리마다 가득했다. 곳간 뒤뜰에는 난데없이 노적가리가 쌓여 있으니 더욱 놀랍구나.

흥부는 벼락부자가 된 것이 믿기지 않았다. 남의 물건을 거저 받아먹는 것만 같아서 죄송스럽고 불안한 생각이 들기까지 하였다.

"여보, 무엇을 그리 골똘히 생각하시오? 내친김에 다른 박도 타 봅시다."

안해 말소리에 놀란 흥부는 고개를 가로저었다.

"여보, 그만둡시다. 우리 신세에 이 많은 재물도 과분하오. 나머지 박들은 곳간에 두었다가 우리처럼 못사는 사람들에게 나눠 줍시다. 이거 웬 감투끈인지 모르겠소. 허허."

"원 별소릴 다 하오. 제비가 물어다 준 박씨를 우리가 공들여 심고 가꾼 건데 죄 될 게 무엇이오? 내친김에 켜 봅시다. 그냥 두었다가 남에게 주어 빈 바가지 두 짝만 나오면 어쩌겠소?"

안해 말이 그럴듯했다.

또다시 양주는 마당 한가운데 박 하나를 옮겨다 놓고 켜기 시작
하였다.

> 슬근슬근 톱질이야.
> 당겨 주소 톱질이야.
> 이번 타는 박에서는
> 무엇이 나오려나.
> 음식 끓여 먹는 법은
> 그 누가 내었으며
> 그물로는 고기 잡고
> 보습으로 밭을 갈고
> 백초로는 약을 짓고
> 누에 쳐서 비단 짜고
> 이런 법을 누가 냈나.
> 우리 둘은 재주 없어
> 박 타는 법 남겨 보세.
> 슬근슬근 당겨 주소.

박이 탁 쪼개지면서 이번에는 온갖 세간살이가 쏟아져 나왔다.
자개 함롱, 반닫이, 용장, 봉장, 귀뒤주, 삼층장, 놋촛대, 운단 이불,
대단 요, 잣베개에 장목비며, 거기다 백통 유기, 요강, 타구 모든 게

눈이 부시다.

사랑채 치레는 더욱 볼만하다. 화류 문갑, 화류 체경, 용연 벼루, 거북 연적, 대모 책상, 대모 안경, 호박 필통이 빛을 뿌리는데, 방 안에 사서삼경에 오만 귀한 책들이 질질이 그들먹하게 쌓이고, 산호 필통에는 좋은 붓에 먹이 그득하고, 또 귀한 종이들이 한가득이로구나.

박 속에서 나온 옷감은 또 얼마나 많은지, 길주 명천의 가는베, 회령 종성의 고운 베, 당포, 춘포, 육진포, 바리포, 사승포, 중산포, 강진 해남의 극세목, 안성목, 송도 야다리목과 일광단, 월광단, 운문단, 모본단, 수갑사, 은초사, 궁초, 영초, 관사, 삼팔, 갑증, 생초, 춘사가 번쩍번쩍했다.

흥부 안해는 입이 활짝 벌어졌다.

"여보, 밥부터 지어 먹고 옷 한 벌씩 해 입읍시다. 비단 댕기, 비단 저고리, 비단 적삼, 비단 치마, 비단 바지까지 지어 봅시다."

흥부는 허허 웃으며 말했다.

"여보 마누라, 나는 무엇을 해 입을꼬?"

"아기아버지는 비단 갓이며 비단 망건에, 당줄, 관자까지 모두 비단으로 하고, 그것도 모자라거든 비단으로 큼직하게 자루를 지어 내려 쓰시구려."

흥부 웃으며,

"숨 막혀 죽으라고? 또 한 통을 타 봅세."

이렇게 말을 주고받으며 박 한 통을 또 굴려다가 톱질을 신명 나게 한다.

슬근슬근 톱질이야.

당겨 주소 톱질이야.

우리 일을 생각하니

어제 일이 꿈이로다.

남 없이 고생타가

하루아침 부자 되니

이 아니 즐거운가.

슬근슬근 톱질이야.

당겨 주소 톱질이야.

박이 또 타개졌다.

그러자 갑자기 주위가 환해지더니 일곱 색 구름이 일어나고 속에서 푸른 옷 입은 사내아이 한 쌍이 걸어 나왔다.

흥부는 놀랐다.

"하, 이것이 웬일인고? 박 속에서 사람 나오는 것 보아라. 이젠 먹을 것 입을 것 걱정 없겠다. 식구가 늘어나니 이런 경사 어디 있누?"

박 속에서 나온 사내아이 하나는 이상한 병을 여럿 들고 다른 아이는 옥쟁반을 들고 흥부 앞으로 다가와 공손히 절하고 말했다.

"이 은병에 든 것은 죽은 사람을 다시 살리는 술이요, 옥병에 든 것은 앞 못 보는 사람 눈 뜨게 하는 술이요, 이것은 말 못 하는 사람 말문 틔어 주고 귀머거리 소리 듣게 하는 술이요, 이 병에 든 것은 몸 움직이지 못하는 사람 일어서게 하는 술입니다. 이 쟁반

에 쌓여 있는 것은 녹용, 인삼, 웅담, 주사朱沙 갖가지 명약이오
니 요긴하게 쓰소서."

홍부가 정신이 황홀하여 어찌 된 일인지 물으려 하니 두 아이가
간데온데없이 사라졌다.

홍부는 절로 춤이 나왔다.

　세상 사람 들어 보소.
　박속이나 먹으려다
　복이 당장 쏟아졌네.
　인간 세상 넓은 땅에
　부자들이 많다 한들
　이런 보배 없을지니
　나와 같은 벼락부자
　이 세상에 또 있을까.

홍부 안해도 입이 함박만큼 벌어졌다. 홍부 안해 기쁜 김에 불쑥
하는 말이,

"우리 집에 약국을 차리면 좋겠네."

하니, 홍부가 눈 흘기며 핀잔한다.

"소갈머리 없는 소리 마소. 우리 집이 약국인 줄 뉘 알고 오겠소?
뭐니 뭐니 해도 밥이 가장 요긴하지."

"자아, 또 켜고 봅세."

양주가 박 하나를 또 굴려 왔다.

슬근슬근 톱질이야.
당겨 주소 톱질이야.
우리 집이 가난키로
삼남에서 유명터니
하루아침 부자 되니
이 아니 좋을쏘냐.

입이 헤벌어진 흥부 안해는 연신 사설을 멈출 줄 모르고,
"아까 나온 약이 얼마나 되는지 구구 좀 놀아 볼까."
하더니만,

일구는 구, 구천에 사무쳤던 가난이 구름처럼 흩어지고
이구 십팔, 팔자가 기박타던 탄식이 어제런듯 꿈속 같다.
삼구 이십칠, 칠칠야밤 기나긴 밤에 공산명월 밝았네.
사구 삼십육, 육칠월 짓궂은 장마가 언뜻 개어 맑은 하늘
오구 사십오, 오는 날 오는 세월 우리 집은 넘치나니 즐거움뿐
육구 오십사, 사람 났다 살아가는 보람도 이 가슴에 가득 찼네.
칠구 육십삼, 삼삼오오 짝을 지어 이 기쁨 노래하세.
팔구 칠십이, 이 세상 사람마다 길이길이 복되게 살아 보세.
구구 팔십일, 일생이 다하도록 너와 나와 의좋게 지내 보세.

"제법이로세."
흥부는 안해의 구구풀이에 껄껄 웃었다.

슬근슬근 슥삭슥삭 톱질하니 마침내 박이 벌어졌다.

박 속에서 순금 궤짝 하나가 나오는데, 금거북 자물쇠가 채워져 있고 종이에 "흥부는 열어 보아라." 쓰여 있다. 흥부가 꿇어앉아 조심히 궤짝을 여니 속에 황금, 백금, 은, 산호, 호박, 진주가 가득하다. 그런데 그것들을 꺼내 놓으면 금은보화가 또 궤 속에 그들먹하니 채워진다. 흥부 내외가 좋아라 밥 먹을 새도 없이 엿새 낮밤을 꺼내었지만 한이 없구나. 몇 차례 꺼내 놓은 채 다시 자물쇠를 잠가 새 집 새 뒤주에 잘 간수해 두었다.

흥부 안해는 좋아라고 춤을 추고 돌아다니는데, 흥부가 박 덤불 밑에서 조그만 박 하나를 찾아 가져왔다.

"여보, 이 박일랑 켜지 맙시다."

안해가 말하자, 흥부가,

"이것도 내 복으로 굴러온 것인데 어이 아니 켜겠소? 잔말 말고 톱이나 당기소. 슬근슬근 톱질이야, 당겨 주소 톱질이야."

하고 켜 내니, 박 속에서 어여쁜 여자가 나오며 흥부에게 나븟이 절을 한다.

"뉘신데 내 집에 오시었소?"

"내가 비요."

"비라니 무슨 비요?"

"양 귀비요. 강남국 제비 왕이 나더러 그대 첩이 되라 하시기에 왔으니 귀히 보소서."

흥부야 좋지만, 흥부 안해는 기가 막혀 한탄을 한다.

"아이고, 아주 잘되었네. 우리가 언제부터 팔자가 폈다고 첩을 두고 살아? 그 꼴을 내가 볼 줄 아는가? 내가 그 박을 켜지 말자 하였지?"

흥부가 다독이며 말하였다.

"걱정 마소. 내 설마 조강지처를 괄시할까."

흥부는 고대광실 좋은 집에 처첩을 거느리고 호의호식 더없이 태평하게 살아갔다.

저 놀부 화초장 지고 가는구나

발 없는 말이 천 리를 간다고, 흥부가 부자 되었다는 소문이 날개 돋친 듯 퍼졌다. 제 아우가 잘살게 되었다는 말을 들으니 놀부 그 고약한 심술보가 벌컥 뒤집혔다.

"이놈이 도적질을 하였나? 갑자기 부자가 되다니 모를 일이로다. 내 가서 그놈 재산을 반은 뺏어 오고야 말리라."

놀부는 게거품을 물고 흥부네 집으로 뚱기적거리며 걸음을 빨리 빨리 떼었다.

놀부가 흥부네 집에 이르러 바라보니 솟을대문에 고래 등 같은 기와집이 떡하니 자리 잡고 놀부 기를 눌렀다. 집 네 귀에 달아 놓은 풍경이 바람에 댕그랑댕그랑 맑은 소리를 내니, 놀부 심술이 불끈 치솟는다.

"이놈 봐라, 주제넘게 추녀 끝에 풍경을 다 달았구나. 맹랑한지고. 그런데 집 안이 왜 이리 조용해? 또 도적질을 나갔나 보지?"

놀부는 혼자 쑹얼거리다가 대문을 발로 차면서 벼락같이 소리를 질렀다.

"이놈 흥부야!"

이때 흥부는 어디 볼일 보러 나가고 흥부 안해가 홀로 방 안에 앉아 있다가 듣고 밖에 누가 왔는지 나가 알아보게 하였다.

어여쁜 계집종이 맵시가 똑똑 흐르는 자태로 대문턱에 나가 서서 공손히 여쭌다.

"어데서 오신 손님이오니까?"

놀부 놈이 평생 그런 미색은 처음 본지라 기가 차서,

"소인 문안드리오. 헌데 이 집 주인 놈은 어데 갔나이까?"

하니, 계집종 무안하여 들어와서 고한다.

"어데서 괴이한 손님이 왔나이다. 생원님더러는 그놈 저놈 하고 쉰네를 보고는 문안을 드리더이다."

흥부 안해가 혹시나 하여 물었다.

"그 양반이 어찌 생겼더냐?"

"머리는 부엉이 대가리 같고, 수리 눈에 왜가리 주둥이, 맹꽁이 모가지에 얼굴엔 욕심과 심술이 더덕더덕하옵디다."

흥부 안해 듣더니,

"시끄럽다. 그 입 다물라."

하고는 옷끈을 고쳐 매고 놀부를 바삐 맞아들였다.

놀부는 괴춤에 손을 찌른 채 인사도 받지 않고 뻣뻣이 서서 흥부 안해를 위아래로 한참 훑어보더니 비단옷이 눈꼴에 틀렸는지 메기

같은 입술을 비죽 내밀고 빈정거렸다.

"흥, 관가 기생마냥 맵시를 부리고 거드렁거리네."

흥부 안해는 들은 척 않고 놀부를 방으로 맞아들였다.

"온 식구 모두 평안하시나이까?"

흥부 안해의 인사말이 놀부 심술보를 더 뒤집어 놓는다.

"왜, 평안치 못하면 어찌할 테요?"

놀부 대답은 한껏 비틀어져 무슨 트집이든지 잡아 보자는 수작이로구나.

흥부 안해는 유리같이 반들거리는 장판 위에 비단 방석을 내놓으며 앉으라고 권하였다. 놀부는 방석에 궁둥이를 올려놓으려다가 일부러 미끄러지듯 엎드러지며,

"이놈의 장판이 이리 미끄러우니 그대로 두었다가는 사람 잡겠구면."

하더니, 허리춤에서 장도칼을 꺼내 장판을 드윽드윽 바둑무늬로 그었다. 흥부 안해는 놀부 하는 짓이 괘씸하였으나 못 본 체 내버려 두었다.

놀부는 방 밖으로 눈을 돌렸다. 뜰에는 한가을 꽃나무들이 한창 고운 빛을 자랑한다.

심술궂은 놀부는,

"저놈의 꽃들이 어째서 핀 놈 안 핀 놈이 있누? 저 꽃을 한꺼번에 모두 피게 할 수 있지. 섶나무 서너 단만 가져다가 불을 질러 놓으면 단번에 활짝 필 터인데. 저 두루미는 다리가 너무 길어 못 쓰겠으니 한 마디 분지르게 이리 잡아 오오."

하고 씨불였다. 놀부는 문득 벽에 붙인 글씨를 알아보는 체하다가,

"벽에다 무슨 놈의 달을 저렇게 많이 그려 붙였는고."

하고는 일부러 기침을 돋우어 침을 벽에다 탁 뱉었다.

흥부 안해는 보다 못해 타구를 밀어 놓으며,

"왜 침을 벽에다 뱉으십니까. 여기 뱉으셔요."

하였다. 놀부는 고개를 외로 꼬고 눈깔을 부라리며,

"우리는 본디 눈에 보이는 대로 아무 데나 뱉는 성미요. 아무 놈
의 집이든지 계집이 너무 잔말이 많으면 그 집안은 망하는 법이
렷다."

하고 뇌까렸다.

이윽고 점심상을 차려 내왔다. 그동안 온 집안이 귀한 손님을 맞
아 부산을 떨었다. 입쌀을 다시 희게 쓿어서 질지도 되지도 않게 물
맞추어 밥을 짓고, 벙거짓골, 너비아니구이에 알젓, 굴젓, 소라젓,
아감젓에 수육, 편육, 어회, 육회, 초장, 게장에 갖가지 나물에 섞박
지며 동치미며, 기름진 암송아지 잔칼질하여 석쇠에 익는 대로 돌
려 가며 바꾸어 놓고, 민어에 새우에 숭어구이에 전복에 갖추갖추
차려서는, 은수저 은주전자 은잔에 반주를 따뜻이 데워 여러 상에
받쳐 들고 어여쁜 계집종에게 들려 내오는데, 상을 눈썹에 맞추어
공손히 들고 와 내려놓는다.

"마님께서 졸지에 진지를 차리느라고 찬이 변변치 못하다고 하
옵사와요."

놀부는 이런 음식을 난생처음 대하는 터이지만 잘 차린 밥상을
받고 보니 또 심술보가 뒤틀려 밥 먹을 생각보다도 밥상을 깨두드

려야 시원할 터인 고로 수저를 함께 몰아 쥐고,

"이 그릇은 얼마짜리고 이것은 또 얼마나 주고 산 것이냐? 밥사
발은 너무 커서 밥이 헤프겠군. 대접은 헤벌어져서 어디 쓰겠나?
간장 종지는 어째 이리 작고, 접시는 왜 요리 바라졌누?"

하며 이 그릇 저 그릇 탁탁 쳤다.

흥부 안해가 밥을 권하려고 옆에 앉았다가,

"아주버님, 그 사기는 중국서 온 것으로, 성이 말라 자칫해도 톡
톡 터지기 쉬우니 그리 치지 마소서."

하였다. 이 말을 들은 놀부는 심술이 괴어오르던 끝이라 화를 벌컥
내면서 벼락같은 소리로,

"그렇게 아끼는 것이면 차려 내오기는 왜 내와? 내 이놈의 밥 안
먹으면 그만이지."

하고 밥상을 냅다 걷어찼다. 상다리가 부러지고 종지는 방바닥에
구르고 접시는 폭삭, 사발은 떨걱 깨지고 쪼개지고, 수저는 떵그렁,
국물, 젓갈, 술이 모두 장판에 흘러 죽탕이 되었다.

흥부 안해 그릇 깨진 것이 아깝지 않은 것은 아니나 하늘도 구박
못 하는 음식을 이리 못 먹게 한 것이 더 언짢았다. 부러진 상다리,
깨진 그릇과 쏟아진 음식들을 주워 담고 걸레를 치느라 땀을 흘리
고는,

"아주버님, 언짢은 게 있으면 사람을 치시지 왜 밥상을 치십니
까? 밥이 얼마나 귀한 것인데요. 임금님께 올리면 수라요, 양반
이 잡수면 진지요, 내가 먹으면 밥이요, 제사 때는 젯메라 이르는
것이니 그 얼마나 중하던가요. 이러신 줄 동네에서 알면 쫓아냄

이 마땅하며, 관가에서 알면 볼기를 침이 마땅하며, 감영에서 알면 먼 데로 귀양을 보낼 것이외다. 이 아니 죄스러운 일이오이까."

사리에 맞는 말을 듣자 놀부는 뜨끔하였으나 시침을 떼고 천연덕스럽게 대꾸하였다.

"쫓겨나더라도 형 대신 아우가 당할 것이요, 볼기를 맞아도 형 대신 아우가 맞을 것이요, 귀양을 가도 아우나 조카 놈이 대신 갈 터이니 나는 아무 걱정 없소."

이럴 때 마침 흥부가 돌아왔다. 흥부는 형에게 공손히 절을 하며 인사를 올렸다.

"형님 오셨습니까?"

흥부는 오래간만에 형을 보니 반가운 마음에 눈물을 흘렸다. 놀부는 도리어 심사가 틀려 탁 내쏜다.

"뉘 죽었다는 기별을 받았느냐? 그 눈깔 보기 싫다."

흥부는 형을 조금도 탓하지 않고 안해에게,

"여보, 형님께 어서 점심상을 드리구려."

하고 말하였으나, 놀부는 다짜고짜로 호령이다.

"이놈, 네가 요사이 밤이슬을 맞는다더구나!"

흥부는 어이없었다.

"밤이슬이라니 그게 무슨 말씀이오?"

놀부는 더욱 소리를 높였다.

"밤이슬을 맞고 돌아다니면서 도적질을 얼마나 한 게야?"

흥부는 터무니없는 말에 깜짝 놀랐다.

"형님, 그게 웬 말씀입니까?"

흥부는 집에 둥지를 틀었던 제비 새끼를 구해 준 이야기며 박씨를 심어 박에서 보물이 쏟아져 나와 부자가 된 이야기를 낱낱이 말하였다.

"그러면 네 집 구경 좀 하자."

흥부는 놀부를 데리고 집 안팎을 돌아다니며 방세간이며 곳간들이며 노적가리를 하나하나 보여 주는데, 별별 희귀한 것이 많았다. 놀부는 저희 재산쯤은 흥부네 백분의 일도 못 되는 듯해 심술이 터져 올랐다. 세간을 두루 구경하다가 번쩍번쩍하는 장 하나를 한참 바라보더니 물었다.

"저기 저 으리으리한 장 이름이 무엇이냐?"

"화초장이라는 것이올시다."

놀부는 대뜸 소리 질렀다.

"저것은 네게 당치 않은 물건이니 내게로 보내라!"

"이 장에는 무엇이 들었는지 아직 손도 대지 못하였나이다."

그러자 놀부는 골을 내며 목소리를 높였다.

"이놈, 손을 안 댔으면 안의 것이 그대로 있을 테니 더 좋지 않느냐! 형제간에 내 것이 네 것이요 네 것이 내 것이라, 화초장은 내게로 보내라. 만일 못 하겠다면 네 집에 불을 질러 놓으리라. 내놓을 테냐, 안 내놓을 테냐?"

흥부는 하는 수 없이 화초장을 끌어내었다.

놀부는 곧 등을 돌려 댔다. 흥부는 질빵을 가져다 걸어서 형의 어깨에 꿰어 주었다.

놀부는 신이 나서 화초장을 지고 제집으로 오다가 그만 이름을 잊었다. 그 무거운 것을 지고 다시 흥부네 집으로 왔다.

"이놈아, 이 장 이름이 무어라고 했지?"

"화초장이라고 하옵니다."

놀부는 다시 돌아서서 장 이름을 잊지 않으려고 한 걸음 떼어 놓고 화초장, 두 걸음 내디디고 화초장, 걸음마다 화초장, 화초장 하고 중얼대면서 걸어갔다. 집에 거의 다 가서 개울을 건너느라고 애쓰다가 장 이름을 또 깜박 잊어버리고 말았다.

"간장? 된장? 아니 그런 게 아니야. 초장? 송장? 아니 그것도 아니야. 이름이 까다롭기도 하지. 에라, 이런 거라면 우리 마누라가 아는 게 많으니 집에 가 물어보세."

이렇게 혼자 중얼거리면서 땀을 흘리며 숨이 턱에 차서 제집 문 앞에 이르자 마누라를 목이 터져라 부르며 야단스럽게 대문을 걸어챘다. 놀부 안해는 무슨 일인가 하고 뛰어나오다가 놀부가 화초장을 지고 땀투성이가 되어 들어오는 것을 보고 거들어 줄 생각은 않고 묻기부터 하였다.

"그것이 웬 것이오?"

"자네 이것 이름 모르나?"

놀부는 놀부대로 물었다. 놀부 안해는 화초장을 쓸어 보고 만져 보고 하였다.

"참, 눈이 부시구려. 어찌 이리도 희한할까."

입에 침이 마르게 감탄이다. 놀부는 다시 물었다.

"자네도 정말 모르겠나?"

"아, 이름 말이오? 저 건너 양반 댁에 이런 장이 있는데 화초장이라 합디다."

놀부는 무릎을 탁 쳤다.

"옳지, 화초장일세."

놀부는 너털웃음을 웃었다. 놀부 마누라가 원체 욕심이 많기로는 제 서방보다도 한 수 위인지라, 남의 집 좋은 물건을 보면 그것을 못 가져서 몸살이 나 며칠씩 앓고, 장마당에 갔다가 점방 주인이 물건 팔고 돈 세는 것을 보면 심술이 나서 와들와들 떨다가 제풀에 혼절하여 업혀서야 돌아오기 일쑤에다 남의 혼인 구경가면 신부의 새 원앙금침을 덮고 땀을 내야 앓지 않는 위인이다. 그러니 제 차지가 된 화초장을 보고는 기뻐 날뛰지 않고 배기랴.

"얼씨구나, 곱기도 하지. 우리 남편이 복 있는 사람이라 어디를 가든 빈손으로 돌아오는 법이 없거든. 숟가락을 보면 슬쩍 호주머니에 넣어 오고, 부젓가락이든 부삽이든 괴춤에다 찔러 오지. 밥주발은 갓 속에 숨겨 오고, 강아지는 소매 속에 넣어 오며, 아무 때고 헛걸음한 적 없지만 이번 길은 집어 오던 중 제일일세. 여보 영감, 어디서 이걸 가져왔소?"

놀부는 웃음을 입가에 함뿍 담고 안해를 바라보다가 일렀다.

"알고 싶거든 이리 가까이 와서 들어 보게. 이야기를 하자면 참 기가 막히고 분해 죽겠네. 아, 흥부 놈이 부자가 되어도 이만저만한 부자가 아니 되었네그려."

놀부 마누라 대번에 붉으락푸르락해서는,

"아우가 그렇게 부자가 되었다는데 겨우 요만 것만 얻어 온단 말이오?"

하고 남편을 나무랐다.

"그놈 말을 들어 보니 도적질한 게 아니라네. 작년에 제비 한 쌍이 흥부 놈의 그 알량한 오막살이에 둥지를 틀고 새끼를 쳤더라나. 그런 걸 구렁이가 달려들어 다 잡아먹고 새끼 한 놈이 어떻게 빠져 날아가다가 떨어져 다리가 부러졌더래. 그래 흥부 놈이 다리 부러진 것을 동여 주었더니, 아 글쎄 그놈의 제비가 올봄에 박씨 한 개를 물고 왔더라나. 저를 살려 준 은혜를 갚노라고 말이야. 그래 그 박씨를 심었더니 박이 큼지막한 것으로 여러 통 열렸더라는구려. 지난 추석날 먹을 것은 없고 해서 박속이나 끓여 먹자고 그 박을 따다가 켰더니, 원 빌어먹을 놈의 일도 다 있지, 글쎄 그 박 속에서 은금보화에 곡식이 쏟아져 나와서 흥부 놈이 벼락부자가 되었단 말이네. 그러니 우리도 그놈의 제비 다리 부러진 것 하나만 만나면 그 아니 좋겠나."

운수 사나운 저 제비, 놀부한테 걸렸구나

놀부 내외는 동지섣달부터 제비를 기다리다가 목줄이 켕길 지경이었다. 놀부는 애가 타서 끝내 그물과 막대를 들고 제비를 후리러 나섰다. 놀부가 웬 곳에 다다르니 새 한 마리가 날아오고 있다.

"옳지, 이제야 제비가 날아오는구나."

바삐 그물을 던지려 하니 제비가 아니라 태백산 깊은 숲 속에서 버러지 한 마리도 얻어먹지 못해 먹을 것 찾아 헤매는 갈까마귀로다. 그놈이 하늘에 높이 떠서 "갈곡갈곡" 울고 가니 놀부 눈을 멀겋게 뜨고 쳐다볼 뿐이다. 이렇게 놀부는 하루가 멀다고 두루 돌아다니며 제비를 몰아들이려 하나 한겨울에 있을 턱이 있나. 놀부는 지쳐 기진맥진하였다.

이때 동네 사람이 놀부를 골려 주려고 찾아와서 살살 꾀었다.

"여보게 놀부, 제비를 무턱대고 찾아다닌다고 보일 리가 있나.

제비가 어디서 나타나는지 썩 잘 가려내는 사람이 있으니 그 사람에게 값을 넉넉히 주고 데리고 다니면 좋은 싹수가 보일 걸세."

놀부는 반색하며 곧 그 사람을 불러오게 하였다. 놀부가 제비 한 마리 보는 데 스무 냥씩 주기로 정하고 그 사람과 함께 상상봉에 올라가서 제비가 날아오는가 사방을 바라보았다. 그 사람이 산꼭대기에 서서 이리저리 둘러보는 체하다가 제법 제비를 찾아낸 듯이 놀부 옆구리를 꾹 찔렀다.

"저기 제비 한 마리 날아오네. 분명 자네 집으로 들어가려나 보네. 그러니 한 마리 값을 먼저 내게."

놀부는 눈을 비비며 찾아보았으나 아무것도 뵈지 않았다. 허나 제집으로 올 것이라는 말에만 정신이 홀려 선뜻 스무 냥을 내준다.

조금 있다가 그 사람이 또 한군데를 가리키면서 놀부 옆구리를 찔렀다.

"여보게, 또 한 마리가 날아오네. 자네 아주 운이 텄구먼. 저놈은 먼저 오던 놈의 짝인데 저놈도 자네 집으로 날아가네. 한 마리 값 더 내게."

놀부는 제비란 말에 가슴이 팔딱거려 스무 냥을 또 내주었다. 허나 제비는 끝내 한 마리도 놀부 눈에는 띄지 않고 더욱이나 놀부 집으로 날아 들어오는 것도 없었다.

놀부는 제비를 기다리다 기다리다 상사병이 나서, 길짐승은 족제비를 사랑하고, 마른 그릇은 모제비만 사고, 음식은 칼제비 수제비만 먹고, 종이만 보면 간제비를 접고, 화가 나면 목제비를 하였다.

그렁저렁 동지섣달 지나 우수 경칩 닥쳐오니, 놀부는 제비를 후릴 욕심이 다시 불끈 솟아올랐다.

그물과 막대를 들고 다시 제비를 후리러 나섰다. 얼마를 지나자 흰 구름을 헤치고 검은 구름 속을 빠져 훨훨 날아예는 제비들이 보인다. 놀부는 조바심이 나서 한탄이 저절로 나왔다.

"너 어디로 가느냐. 내 집으로만 오려무나."

이때 그 많은 제비들 가운데 운수 사나운 제비 한 쌍이 놀부네 집 둘레를 빙빙 돌더니 흙과 검불을 물어다가 집을 짓더니만 알을 낳았다. 놀부는 마음이 바빠서 밤낮으로 제비 둥지 아래 턱살을 받치고 앉았다가, 엄지 제비가 먹이를 얻으러 나가면, 언제쯤 새끼를 깔까 궁금해서 둥지 안에 손을 넣어 자꾸 만져 보곤 하였다. 그러니 손독이 올라 알이 모두 곯고 겨우 한 개가 남아서 새끼를 깠다.

때가 가고 날이 가서 새끼 제비가 차차 날기를 배우기 시작하였다. 그런데 인제는 구렁이를 밤낮으로 기다려도 통 나타나지 않는다. 놀부는 답답하여 마침내 구렁이를 잡으러 나서야겠다고 생각하였다. 구렁이를 저 혼자는 몰아올 수 없으니 땅꾼 서넛을 데리고 두루 싸다녔다. 그런데 뱀이라고는 능구렁이고 살무사고 흑구렁이고 독구렁이고 무자치고 율모기고 다 어디로 숨어 버렸는지 그 흔한 도마뱀 하나도 만날 수가 없으니 맥없이 돌아오다가 길에서 까치독사 한 마리를 만났다. 그것도 뱀은 뱀이라 놀부는 춤이라도 출 듯이 기뻤다.

"얼씨구 이 독사야, 오늘에야 만났구나. 반갑구나, 이 짐승아. 내 집으로 들어가서 제비 집으로만 가 주려무나. 제비 새끼가 너를 보고 놀라 떨어져 다리가 부러지는 날에는 큰 부자가 될 판이니 네 은혜를 내 모를쏘냐. 병아리 한 마리, 달걀 열 개 한목에 내어 줄 테니, 어서 내 집으로 들어가자."

놀부가 이렇게 까치독사를 보고 말하면서 작대기로 몰려고 건드리자, 독사는 독이 잔뜩 올라서 새빨간 혀를 날름날름하더니 어느 결에 놀부 발가락을 딱 물어 떼었다. 금세 발가락이 쑤시기 시작하는데 정신이 아뜩해졌다. 놀부는 기어 왔는지 뒹굴어 왔는지 모르게 간신히 집으로 돌아와 침을 맞는다, 약을 바른다, 떠들썩하니 죽는소리를 해 댔다.

며칠이 지나자 놀부는 목숨이 질겨 그랬는지 워낙 모진 놈이라 그랬는지 채독같이 퉁퉁 부었던 몸뚱이에서 독이 차츰 풀려 자리에서 일어났다.

어느 날, 놀부는 마침내 제가 구렁이인 체, 아무도 모르게 가만히 제비 둥지로 다가가서 제비 새끼를 끄집어내어 그 우악스러운 손으로 제비 새끼의 한 발을 재끈 분질러서 땅에다 떨어뜨려 놓았다.

놀부는 깜짝 놀라는 체 허둥거리면서 중얼거렸다.

"아이고 불쌍하다, 이 제비야. 어떤 몹쓸 구렁이가 네 다리를 이다지 모질게 분질렀누. 가엾고 불쌍하구나."

놀부는 발발 떠는 제비 새끼를 집어서 흥부가 했다는 대로 부러진 다리를 조기 껍질로 싸고 청올치로 동여매어 둥지에 올려놓았다. 워낙 우악스러운 놈이라 곱게 동여매지 못하고 사공이 닻줄 감듯, 얼레에 연줄 감듯 칭칭 마구 동여맸다. 제비는 얼마 뒤 간신히 살아났다. 놀부 놈 혼내 줄 제비니 그냥 죽을 리가 있으랴.

구월 구일은 빨리도 와서 온 제비가 강남으로 돌아갈 제 다리 부러진 제비도 떠나게 되었다. 제비는 놀부네 지붕 위를 빙빙 돌면서 작별을 고하였다.

"원수 놈의 놀부야, 내년 삼월 다시 와서 내 다리 분질러 준 은혜를 갚으리니 그때까지 잘 있어라. 지지위지지."

제비들은 강남에 도착하자 제비 왕에게 인사를 드렸다. 제비 왕이 여기저기서 돌아오는 제비들의 인사를 받다가 제비 한 마리가 다리를 저는 것을 보자 물었다.

"너는 어찌하여 다리를 저느냐?"

다리 부러진 제비가 울면서 아뢰었다.

"다 놀부 놈 때문이옵니다. 그놈은 지난해 왕께서 박씨를 내보내시어 부자 되게 해 주신 흥부란 사람의 형이온데, 형제가 아주 달라서, 놀부 놈은 본디 심보가 고약한 놈이옵니다. 이놈이 저도 큰부자가 되어 볼 욕심으로 일부러 제 다리를 분질러 이렇게 생병신이 되었으니, 이 원수를 갚게 하여 주옵소서."

제비 왕은 이 말을 듣자 크게 노하여,

"놀부 놈이 나쁜 짓을 해서 재물을 긁어모으고 돈과 곡식이 그렇게 많건마는 착한 아우를 조금도 돌보지 않더니 그런 짓까지 하는구나. 그 몹쓸 심술과 욕심은 차마 용서할 수 없도다. 네 원수를 갚아 줄 터이니 이 박씨를 간수하였다가 내년 봄에 그놈에게 갖다 주어라."

하고 박씨 한 개를 내주었다.

박씨를 받아 보니 원수 갚는 박이라 '보수박' 하고 쓰여 있다.

제비는 머리 숙여 인사하고 물러 나왔다.

놀부 놈은 정월 보름에 제비 올까 앉은뱅이 삯꾼 얻어 강남으로 심부름도 보내 보고, 앉질 난 놈 비싼 삯 주어 제비 오나 망도 보며 제비에게 드는 돈을 아끼지 않고 써 대노라니, 세월은 빨라 이듬해 삼월이 돌아왔다.

이 제비가 원수 갚을 마음이 바빠서 누구보다 먼저 제비 왕에게 인사 올린 다음 박씨를 물고 하늘 높이 떠서 조선 쪽으로 날개를 젓고 또 저었다. 낮에 밤을 이어 날아서 놀부네 집에 이르렀다.

놀부는 이제나저제나 하고 제비가 오기를 기다리고 있던 참이라 제비를 보자 입이 함박만큼 벌어졌다.

"네가 참말 의리 있는 제비로구나. 기다리고 기다리던 네가 이제야 왔구나. 하도 소식이 없어 꿈결에도 기다렸더니 춘삼월 좋은 때에 네가 나를 찾아 돌아왔구나. 기특하고 반갑도다."

놀부는 제비가 박씨를 물고 왔는지 어떤지를 알고 싶어 뚫어지게 찬찬히 살펴보았다. 아닌 게 아니라 제비는 입에 희끄무레한 박씨를 물고 놀부 머리 위를 돌았다. 놀부는 급한 마음에 박씨가 풀밭에 떨어지면 찾지 못할까 걱정스러워 삿갓을 받쳐 들고 이리저리 쫓아다녔다.

제비는 놀부 마음을 알아차렸는지 박씨를 사뿐히 놀부 앞에 떨어뜨렸다. 놀부가 좋아라고 고이 집어 들고 보니 한 치나 되리만큼 커다란 박씨였다. 마음이 바쁘니 '보수박'이라는 글자를 알아볼 리가 있나. 그저 흥부네 박씨와 같은 은혜 갚는 박씨로만 믿고 싱글벙글 하였다.

놀부는 좋은 날을 골라서 동쪽 처마 아래 밑거름을 듬뿍 놓고 박 씨를 심었다.

닷새가 지나자 움이 트더니 그날로 순이 돋고 또 사나흘이 지나 자 덩굴이 뻗어 났는데, 줄기가 돛대만큼이나 굵고 잎사귀가 고리 짝만큼씩하게 사방으로 얼크러져서 놀부네 집은 말할 것도 없고 동네 집들까지 모두 덮어 놓았다.

놀부는 날마다 이웃으로 돌아다니며 소리쳤다.

"여보시오 동네 사람들, 내 말 들으시오. 집이 무너지면 새로 지어 줄 터이요, 물건이 깨지면 갑절로 쳐 주리다. 그리고 박 속에서 비단이 나오면 주머닛감 한 감씩 줄 터이니 박 넌출 절대 다치지 마오."

박 넌출은 굉장한 기운으로 뻗어 마디마디에 잎이 나고 줄기마다 꽃이 피더니 박이 일곱 통 넘게 주렁주렁 열렸는데 어찌나 탐스러운지 마치 만경창파에 둥둥 떠다니는 당도리선같이, 백운대 바위같이 줄레줄레 열렸다.

놀부는 박만 보면 웃음이 절로 나와 입이 함박처럼 벌어져, 안해를 보고 말하였다.

"흥부는 겨우 박 다섯 통에 부자가 되었으나 우리는 일곱 통도 넘게 열렸으니 이 박을 다 타 놓고 보면 천하에 당할 자 없는 부자가 될 것이 틀림없네. 제아무리 큰 부자가 있다 해도 이제 우리가 그놈을 하인으로 부릴 만하게 되려니, 세상 어느 나라 부자인들 부러워할 게 있겠나."

양주가 하루빨리 박이 굳기만 손가락을 꼽아 가면서 기다리는데,

이틀, 사흘 포집어 가 주지 않는 데 안달이 나고 울화까지 치밀었다.

그렁저렁 삼복더위 여름이 지나가고 팔구월 선듯한 기운이 돌았다. 일여덟 통 되는 박이 곯거나 썩은 것 없이 하나같이 쇠뭉치처럼 굳었다.

각다귀 같은 양반들이 쏟아져 나오누나

놀부는 수없이 많은 보물을 얻을 생각에 들떠 제일 먼저 열린 박 하나를 따다 놓고 안해와 단둘이서 켜려고 하였다.

헌데 박이 쇠처럼 굳어 톱이 좀처럼 들어가지 않는다. 하는 수 없이 삯꾼을 얻기로 하였다. 재 너머 목수를 청하여 먹통이며 자를 가지고 오라 하고, 동네에서 병신이든지 성한 사람이든지 힘깨나 쓴다는 사람들을 모조리 불러 놓고, 누구든지 보물 박을 켜 주는 사람이면 세끼 밥에 술 다섯 차례, 개 잡고 돼지 잡아 먹이고 삯도 넉넉히 주겠다고 희떠운 소리를 한다. 부모 제사에도 음식 차리는 법이 없는 위인이 마음이 함지박만큼 넓어졌네.

놀부가 불러온 사람들 가운데 째보와 곱사등이가 있었다. 이 사람들은 놀부 말을 듣고 때나 만난 것처럼 나섰다.

"한 통에 스무 냥씩 선셈해서 준다면 우리 둘이 타 보겠네."

곱사등이도 째보 말에 잇달아서 수작을 했다.

"아무렴, 그렇지 않고. 그보다 덜 받고야 그런 힘든 일을 할 잡놈이 어디 있겠나. 여보게 놀부, 이게 자네 일이니 한동네 정분을 생각해서 삯을 헐하게 정한 거라네. 그런 줄이나 알고 재물 얻은 다음에는 다시 더 생각해 줘야 하네."

놀부는 마음이 흐뭇해 먼저 스무 냥을 냈다. 째보와 곱사등이가 반씩 나눠 가진 다음 박 한 통을 들여다 놓고 톱질을 시작하였다.

곱사등이가 먼저 톱질 소리를 먹이는데,

"슬근슬근 톱질이야."

하자, 째보가 소리를 받는데 입술이 짜개져서 말이 새 나왔다.

"흘근흘근 홉질이야."

곱사등이는 증을 냈다.

"이놈 째보야, 홉질이란 말이 무슨 소리냐?"

째보도 성을 발끈 내었다.

"입술 터진 놈이 무슨 소리를 잘하겠나? 이담부터 잘할 테니 걱정 말고 어서 소리나 먹이게."

곱사등이는 다시 소리를 먹인다.

"슬근슬근 톱질이야, 힘을 써서 당겨 주소."

째보는 째진 입술을 억지로 오므리고 소리를 받는다.

"흐근흐근 홉끙이야, 헴을러서 캉켜 주소."

곱사등이는 벌떡 허리를 펴고 째보 뺨에 딱 하고 손을 붙였다.

"이놈, 누구더러 홉끙홉끙 하고 욕을 하는 거냐? 헴을러서는 또 뭐고?"

째보가 대들었다.

"내가 너더러 욕을 했으면 네 아들놈이 되겠다."

곱사등이는 째보 말에 능청스럽게 돌려 댄다.

"그러면 뺨을 잘못 쳤구나. 오냐, 이따 칠 뺨이 있거든 시방 친 뺨으로 에우자꾸나. 어이여라 톱질이야, 슬근슬근 당겨 주소."

"어이여라 흡질이야."

"이놈 째보야, 남의 보물 박 타는 데 채신머리없이 그냥 흡질 소리만 내니 미안하지 않으냐? 네 이쪽 뺨마저 칠까 보다."

인제는 째보도 가만있지 않는다.

"이놈아, 네 손목이 내 뺨에다가 단골을 정했더냐? 걸핏하면 뺨을 치고 야단이냐? 또 한번 손찌검해 봐라. 네놈의 꼬부라진 등허리를 지르밟아 곧게 펴놓을 테다."

곱사등이는 찔끔하여 수그러들면서 능청을 부렸다.

"또 그럴 리가 있느냐? 어서 박이나 타자. 흡질 소리만 내지 마라. 어이여라 톱질이야."

허나 언청이가 어찌 소리를 제대로 내랴. 그저 길게만 소리를 뽑는다.

"어이여라 흘근흘근 당기어라. 어이여라 흡질이야, 어이여라 애고 고질이야."

이렇듯이 두 병신 녀석이 저희끼리 입심대로 옥신각신 주고받는 사이에 박 한 통이 툭 타졌다.

박이 타지자마자 박 속에서 구성진 목청으로 글 읽는 소리가 나왔다. 《맹자》 읽는 양반, 《자치통감》 읽는 양반, 하늘 천 따 지 《천

자문》 읽는 도령, 늙은 양반은 관을 쓰고, 젊은 양반은 갓을 쓰고, 도령은 도포를 떨쳐입고 앞서거니 뒤서거니 꾸역꾸역 나왔다.

놀부는 놀라 궁둥방아를 찧고 뒤로 벌렁 넘어졌다.

"아니 여보시오, 어디 과거 보시러들 가는 길이오?"

놀부는 기막히고 얼떨떨하여 엉겁결에 물었다.

그러자 양반의 호령 소리가 뜨락에 찌렁찌렁 울린다. 늙은 양반의 다기진 호령 소리다.

"이놈 놀부야, 네 애비 에미가 우리 집에서 드난을 살다가 밤중에 도망한 지 수십 년에 이제야 네놈을 찾았구나. 네 애비 에미의 몸값이 삼천 냥이니라. 당장 바치렷다!"

말이 떨어지자 늙은 양반이 하인을 시켜 놀부를 빨랫줄로 꽁꽁 묶어 높다란 나뭇가지에 매달아 놓고 참나무 절굿공이로 짓찧어 댄다. 놀부는 동네 창피해서도 하는 수 없이 갖다 바쳤다.

이때 젊은 양반이 썩 나서며 호령하였다.

"이놈, 네가 모두 몇 형제나 되느냐?"

놀부가 어찌나 겁이 났는지 정신이 들락날락해서 불쑥 대답한다는 것이,

"예, 그저 한 놈, 저 하나올시다."

"음, 네가 혼자다? 동생이 없단 말이지. 그러면 누이도 없느냐?"

놀부가 또 헛대답을 하였다.

"아니올시다. 누이동생은 셋 있습니다."

"그래 맏누이는 몇 살인고?"

"지금 스물두 살이올시다."

"네 집에 있느냐?"

"서울 용산에 큰 배 부리는 집으로 시집보냈습니다."

"둘째는 어찌 됐는고?"

"올해 열아홉 살이온데 서울 다방골로 시집보냈습니다."

"그러면 셋째는 어디 있느냐?"

"셋째는 올해 열여섯 살이온데 아직 출가하지 않고 집에 그저 있습지요."

"마침 잘되었구나. 내가 박통 속에 오래 들어앉아 있어서 마침 심심하더니 잘됐다. 그것을 당장 불러오너라!"

젊은 양반의 호령이 서릿발 같았다.

놀부가 겁결에 정신없이 대답한 것이 큰 근심거리가 되었다. 누이가 있어야 데려올 것이 아닌가. 놀부가 설설 기어 안으로 들어왔다. 놀부 안해는 남편의 말을 듣자 화를 벌컥 냈다.

"원, 홍부 서방님네 잘산다는 말을 해서 그리로 보낼 것이지 그런 말은 아니 하고, 없는 누이는 왜 있다고 헛소리를 했단 말이오? 당장 데려오라니, 어데 가서 꾸어 올 수가 있나, 사 오기를 하겠나? 이런 일이 어데 있단 말이오?"

놀부는 제 딴에도 하도 어처구니가 없어서 뒤꼭지를 툭툭 치면서 중얼거렸다.

"하긴 그놈의 홍부 놈을 끌어댈걸 그랬네. 허나 저 양반님 호령이 벼락같으니, 마누라가 머리를 땋아 늘이고 잠깐 나갔다 들어오구려. 다른 수가 있나."

"무슨 소리를 하오? 죽어도 그런 일은 할 수 없소. 어디로 도망치

고 없다고 하소. 아니, 저 흥부 서방님네는 첫 통부터 보물이 나
왔다더니 우리는 이게 뭐요? 웬 양반들이 상전이랍시고 돈을 내
라지 않나, 여자를 올리라 하지 않나. 원수 놈의 박 아니오?"

"모르긴 해도 흥부네도 어느 통에선가는 양반들이 나왔겠지. 그
각다귀 같은 양반들이 게라고 안 갔을라고."

"하여튼 나는 못 나가오. 내가 왜 거길 나가오?"

놀부는 하릴없이 그대로 다시 나와서 무릎 꿇고 사정을 하였다.

"소인의 누이가 어디로 달아나고 없으니 황송하오이다."

젊은 양반은 성을 발끈 내며 강호령을 하였다.

"네 이놈, 달아났으면 제가 어디로 갔을꼬! 잔말 말고 어서 바삐
찾아 들여라."

놀부가 손이 발이 되도록 애걸복걸하면서 돈 삼천 냥을 떨리는
손으로 바쳤다.

"그저 이 돈 받으시고 용서하여 주옵소서."

젊은 양반이 못 이기는 체 돈을 간수하면서,

"쓰다가 떨어질 만하면 또다시 올 것이니 용돈 마련을 착실히 해
두어라."

하고 으름장을 놓았다.

이윽고 늙은 양반, 젊은 양반, 도령들이 모두 어디로 사라졌다.

놀부 안해는 분이 치밀어 놀부에게 앙탈을 하였다. 곱사등이와
째보도 어데 숨었다가 슬금슬금 나왔다. 곱사등이는 아직도 놀란
가슴이 가라앉지 않은 듯 눈을 찔끔하며,

"여보게 놀부, 무슨 보물이 그렇게 호령을 치고 돈을 빼앗아 간

단 말인가?"

하니, 쩨보가 그 말을 받아,

"여보게 놀부, 자네가 말하기를 비단이 나오면 삯전 외에 주머닛
감을 주마 하더니 그 양반들 따라온 하인이 내 삼승 주머니를 떼
어 갔네. 그놈에게 부대낀 생각을 하면 비단도 귀찮네. 나는 그만
타겠네."

하고 고개를 흔들었다.

놀부가 할 말이 없으니까 언청이더러,

"자네가 톱질도 잘못하고 소리도 괴상하게 받으니까 보물이 변
해서 속을 떠보느라고 그런 것일 게야. 이담부터는 아무 소리 말
고 톱이나 힘써 당기게."

하고 핀잔을 주었다.

상제, 무당, 등짐장수, 초라니 나가신다

놀부는 박 한 통을 따다 두 사람 앞에 놓고 샀도 내놓았다. 둘이 또 슬근슬근 타 놓으니, 이번에도 뭔가 시끄럽다.

박 속에서 늙은 중이 쑥 나오는데, 대삿갓을 숙여 쓰고 백팔 염주 목에 걸고 먹빛 장삼을 떨쳐입고 세 마디 참대 지팡이를 짚고 중얼 중얼 외었다.

"나무아미타불 관세음보살."

그 뒤로 제자 중들이 한 패거리 몰려나오며, 바라와 방울과 경쇠 와 북을 들고 나와 요란하게 울리고 드세게 쳐 대더니,

"이놈 놀부야, 우리 스승님이 네 집을 위하여 부처님께 칠칠이 사십구 일 동안 재를 정성껏 올렸으니, 그것을 재물로 셈해 보면 몇만 냥일지 모를 것이로되, 다 그만두고 오천 냥만 바쳐라. 그리 고 불공드리느라고 꿇어앉았다 일어났다 하다 가사가 다 해졌으

니 옷감이란 옷감은 있는 대로 다 내놓으렷다!"

하고 호령호령하였다.

놀부는 기가 막혀 떨리는 목소리로 한마디 물었다.

"나를 위하여 무슨 정성을 드렸소?"

늙은 중이 한 걸음 나서며 꾸짖었다.

"이놈 놀부, 듣거라. 네가 턱없이 재물을 바라면서 부처님께는 아무런 정성도 드리지 않고 공으로 재물을 얻을 성싶으냐? 그래서 우리가 네 대신 정성을 드렸다는 게야, 알겠느냐?"

"그러면 이다음에는 재물이 나오리까?"

"음, 이 뒤에 나오는 사람이 자세히 알 듯하다."

수염을 무릎까지 드리우고 얼굴이 불그레한 늙은 중이 저를 위하여 부처께 정성을 드렸다는 말에, 놀부는 속으로,

'다음 박에서는 정녕 보물이 쏟아져 나올 듯하구나.'

하고는 뜨악하게 돈 오천 냥과 옷감을 있는 대로 꺼내 바쳤다. 중들이 사라지고 나자, 째보가,

"이번에도 내 탓이오?"

하며 비웃적거리니, 놀부 더더욱 분하다. 그래도 이 뒤에 재물이 나온단 말에 또 한 통을 따다 놓고 째보를 달래어 켜라 한다.

다음 번 박 타는 소리가 높게 울렸다. 째보는 소리를 통 하지 않고 곱사등이 혼자서만 소리를 한다.

"슬근슬근 톱질이야, 당겨 주소 톱질이야."

톱질 소리가 그치고 박이 벌어졌다.

이게 또 웬일인가. 딸랑딸랑 요령 소리가 나더니만, 박 속에서 난

데없이 붉은 만장에 상여꾼이 줄레줄레 나오고 상제가 연달아 나오는데, 곱사등이 상제, 소경 상제, 언청이 상제, 귀머거리 상제, 벙어리 상제 다섯이 나온다. 그 뒤로 상여꾼이 떼 지어 나오니 놀부네 마당을 가득 채우고도 넘치는데, 구성지게 소리를 하는구나.

　　너호 너호 너호
　　북망산이 어드메뇨.
　　바라 소리에 눈물난다.

　　너호 너호 너호
　　일락서산 해 저무니
　　황천길은 얼마인고.
　　살아생전 욕심내다
　　아차 한번 죽고 보면
　　한 줌 흙이 되는구나.
　　다리 아파 못 걷겠다.
　　너호 너호 너호

　소경 상제가 상엿소리를 좇아 슬피 울며 따라가는데, 소경 상제를 속이려고 상엿소리도 요령 소리도 없이 가만가만 메고 가니, 소경 상제가 크게 외친다.
　"요놈들 앞 못 보는 사람을 속여? 눈 어두운 사람 속이면 큰 벌을 받느니라."

이때 마침 마주잡이 송장이 지나가며 너호 너호 소리하니, 소경 상제가 그 소리 듣고,

"옳지, 우리 상여 여기 가는구나."

하고 울며 따라간다. 상여꾼이,

"저 상제 잘못 오는구려."

해도, 소경 상제는 속지 않는다는 듯이,

"너호 너호 소리를 하고서 누구를 속이려고?"

하면서 따라가니, 저편에서 상여 소리를 또 내며,

"소경 상제 어서 오소. 너호 너호, 동무들아, 너호 너호, 놀부가 부자란다. 대접 잘못하거든 여기 이 담뱃대 뽑아 된매를 안기리라. 너호 너호."

하고 상여를 놀부네 마당에 내려놓았다.

"이놈 놀부야, 어른들 잡숫게 백 상만 차려 내와라. 소도 잡고."

맏상제 나앉으며,

"우리가 강남서 예까지 온 것은 다 네 집터에 산소를 모시자는 게야. 어서 헐어라, 산소 쓰게. 논밭 다 팔아 돈 해 들여라, 상석 비석 세우고 가야겠다."

놀부는 마음이 섬뜩하여 두 손 들어 싹싹 빌었다.

"제발 다른 분부를 내리소서. 무엇이든 시키는 대로 하오리니, 제발 집 헐라는 말씀만은 참아 주오."

그러자 상여꾼들이 놀부를 서슬 퍼렇게 부른다.

"이놈 놀부야! 돈 만 냥만 주면 상여를 도로 메고 가마."

놀부 생각에 그 말이 옳은 듯하여 논밭을 급히 헐값에 팔아 돈 삼

천 낭을 애걸복걸 빌며 내놓으니 상여꾼들이 못 이기는 체하고 돈을 받아 상여를 멨다.

놀부가 애가 타서 상여가 어서 나가도록 부추기다 웬 상여꾼 하나를 붙잡고 물었다.

"여보, 한마디 물어봅시다. 다음 통에는 보물이 들어 있소?"

"어느 통에 들었는지 모르나 금 한 통이 들기는 들었나 봅디다."

놀부는 그러면 그렇지 하고 부리나케 박 한 통을 또 따 왔다.

'보물만 나오고 봐라.'

놀부는 다음 박이 갈라지길 기다렸다.

박 속에서 또다시 왁자하게 소리가 나더니, 이번엔 팔도에서 온 무당 패거리들이 뭉게뭉게 나오는 것이었다. 나오기가 바쁘게 징과 북을 두드리며 소리판, 춤판을 벌였다. 놀부는 얼떨해서 또 넋이 나갔다.

무당 하나가 청승맞게 노래를 시작하였다.

각시귀신, 집터 귀신
기와집 귀신, 초가집 귀신
애기 귀신, 할매 귀신
귀신님네 다 오소서.
이 마당에 모여들어
한바탕 노시옵소서.
밤은 닷새 낮은 엿새
용왕님 산신령님

어울려서 노시옵소서.

설설히 노시옵소서.

　다른 무당이 또 노래를 한다.

성황당 뻐꾹새야

너는 어이 우짖느냐.

속이 텅 빈 고목나무

새잎 나라 우짖노라.

새잎 쑥쑥 돋아나면

속잎도 날까 하노라.

　놀부는 무당들이 굿하는 꼴을 넋 없이 바라보며 식혜 먹은 고양이 상이 되었다.

　이때 무당 하나가 한 발을 썩 내디디며 장구통을 들어 벼락같이 놀부의 앙가슴을 내리쳤다. 놀부는 가슴팍이 오그라드는 것 같았다. 갈빗대가 부러졌는지 몸을 움직일 수 없다.

　"아이고, 여보시오 무당님네들, 이 어인 곡절이오? 맞아 죽을 때 죽더라도 무슨 죄인지나 알고 죽으면 원이 없겠소."

　무당이 호령조로 대꾸하였다.

　"이놈 놀부야, 들거라. 우리가 네 집을 위하여 굿을 하느라고 죽을힘이 다 들었으니 굿한 값을 바치되 한 푼 틀림없이 돈 오천 냥과 쌀 백 섬을 내놓으렷다. 만일 거역하면 네 모가지를 빼어 놓으리라."

놀부가 울면서 돈과 쌀을 고스란히 가져다 바치니, 무당들이 사라졌다.

놀부는 벌써 엄청난 돈과 쌀을 빼앗기고 억이 막혔으나, 박 생각은 사그라지지 않고 더욱 치솟아 올랐다.

놀부 안해가 앞으로 나서며 빌듯이 말렸다.

"켜지 마오. 제발 좀 그만 하오. 그 박을 켰다가는 또 무슨 패가 망신을 당할지 모르오니, 부디 박을 켜지 마오. 그만 좀 하오."

놀부가 안해의 말에 더럭 화를 내었다.

"계집이 무얼 안다고 방정을 떨어! 저리 썩 비키지 못할까?"

놀부는 주먹으로 마누라 관자놀이를 쳐서 쫓았다. 그러고는 열에 떠서 혼자 중얼거렸다.

"이번에는 금 덩어리가 나올 게야. 분명 있을 게야. 금 덩어리만 나와 보라지. 분명 나올 게야."

그러다가는 또,

"에라! 둘 중 하나지. 되면 되는 거고, 망하면 망하는 거지, 뭐 별 거 있나? 박을 또 타 보세."

하고, 박 한 통 따다 놓고는 째보와 곱사등이를 붙잡고 사정한다.

"이 사람들아, 여태까지는 신수가 사나워 헛일로 되었지만, 이젠 정말 보물들이 쏟아져 나올 게야. 자, 어서 박이나 또 켜 주게."

"박을 켰다가 또 탈이 나면 뉘게다 떼를 쓰려고 실없는 소리를 하누? 우스운 작자 다 보겠네."

놀부가 아무리 좋은 말로 달래도 째보 놈이 뻗대기만 하고 말을 듣지 않았다.

"괜히 복 없는 나더러 켜 달라 말고 복 있는 놈 얻어다 타게."

놀부는 애써 째보를 달래 톱을 쥐어 주면서 삯전을 내놓았다. 그제야 못 이기는 체 돈을 받아서 꽁무니에 차고 박을 켜기 시작한다.

"슬근슬근 톱질이야, 당기어라 톱질이야."

슬근슬근 밀거니 당기거니 타는데, 놀부가 슬며시 박 속을 들여다보니 금빛이 어른거렸다. 놀부는 제법 낌새를 잘 살피는 듯이 언청이에게 말을 건넸다.

"애 째보야, 이것 보게. 금빛이 비치지 않나? 이 박이야말로 진짜 황금이 든 박일세. 어서 바삐 타고 보세."

이윽고 박이 툭 쪼개졌다.

박 속에서는 누런 농짝을 진 등짐장수들이 꾸역꾸역 몰려나오니, 놀부는 눈이 뒤집힐 지경이었다. 놀부는 떨리는 목소리로 더듬거리며 물었다.

"여보시오, 등에 진 것이 무엇이오?"

"이것은 경이다."

"경이라니 무슨 말씀이오?"

"면경, 석경, 만리경, 요지경이란 말이다. 요 속의 요지연 한번 둘러보아라. 숙 낭자도 뵈고, 양 귀비에 우미인도 뵈는구나. 요건 또 여포의 초선이고, 난양 공주, 영양 공주, 진채봉, 가춘운, 계섬월, 적경홍, 심묘연, 백능파 팔선녀로구나. 네 이런 미색을 보았느냐? 요것은 또 무엇인 줄 아느냐? 못된 놈 경치게 하는 다발경이니라."

얼씨구 좋다 다발경

지화자 좋을시고.

사방을 둘러보소.

주먹 센 망나니패

볼기 치는 집장사령

저저마다 날치련다.

얼씨구 좋다 다발경.

기가 막힌 놀부는 무릎을 꿇고 앉아 애원하였다.

"여보시오, 내가 박 때문에 패가망신 줄에 들었나 본데 이거 약소하나마 노자에 보태 쓰시오. 나는 남은 박이나 마저 타 보겠소."

장사치들은 놀부가 내놓은 돈 삼천 냥을 보자 화를 버럭 내었다.

"당치않은 말이다. 소를 끌어내어 쌀섬을 실어라. 빨리 움직거리지 못할까!"

등짐장수들은 돈과 쌀을 자기네들 요구대로 실어 내고야 떠났다.

놀부는 정신을 차리는 대로, 또 다른 박 한 통을 가져다가 타라고 했다.

슬근슬근 툭 타 놓으니, 이번에는 초라니탈을 쓴 수천 명이 나와 오두방정을 다 떤다.

"바람아 바람아, 네 어디서 불어오느냐. 동남풍에 불어왔나. 대자 운을 달아 보자. 하 임금 상 임금님 경궁요대, 달기를 희롱하던 주 임금 녹대, 이태백 오르던 봉황대, 서시 놀던 고소대, 조조

놀던 동작대, 우리 임금 창덕궁 춘당대, 천대 만대 살대 젓대 붓대 다 던지고 우리 한바탕 놀아 보자."

초라니 놈들이 와락 달려들어 놀부 놈 덜미를 잡아 패대기를 쳤다가, 다리 엇걸어 가로만죽을 치니, 놀부 놈이 거꾸로 매달렸다.

"애고애고 초라니 형님, 이게 웬일이오. 무엇이든 말씀만 하면 분부대로 하오리다."

손이 발이 되도록 비니, 초라니가 호령한다.

"이놈 놀부야, 돈이 중하냐, 목숨이 중하냐?"

놀부가 울며 대답했다.

"사람 나고 돈이 났으니, 어찌 돈이 중하다 하오리까."

"이놈, 그러면 돈 오천 냥을 지체 없이 바치어라."

초라니가 꾸짖자, 놀부 하릴없이 돈 오천 냥을 내준다.

"분부대로 바치오니 남은 박통 속 일이나 자세히 일러 주소."

돈을 받은 초라니가,

"우리는 각통인 고로 자세히는 알지 못하되, 어느 통인지 분명히 금이 들었으니 다 타고 볼 것이니라."

하고 헤어져 갔다.

어중이떠중이 이 왈패들 노는 꼴 보소

놀부가 이 말 듣고 또 생허욕이 치받쳐 동산으로 치달아 박 한 통을 따 가지고 오니, 째보가 위로하는 척한다.

"이 사람아, 그만 켜소. 초라니 말을 어찌 믿겠는가? 또 봉변을 당하면 돈 쓰는 것은 예삿일이라 쳐도 자네 매 맞는 것을 어디 차마 보겠는가."

놀부가 대꾸하였다.

"아무러면 어떤가. 아직은 돈냥이나 있으니 또 해 보겠네. 마저 타고 끝을 보세. 금 덩어리 박만 타 보게. 여태 잃은 건 아무것도 아니지, 암!"

"글쎄 자네 뜻이 그렇다면야 군이 말릴 수야 없지. 허나 이번에 타는 박은 더 달리 생각해 주어야겠네."

놀부는 홧김에 돈 열 냥을 더 꺼내 곱사둥이와 언청이에게 쥐여 주었다.

박이 갈라지면서 이번에도 또 사람들이 고아대는 소리가 왁자하니, 놀부가 겁을 먹는다.

이번엔 사당패 떼거리가 쏟아나왔다. 춤과 잡기로 업을 삼는 패거리들이라, 박 속에서 뛰쳐나오자 곧장 노래판을 벌이고 뜨락이 좁다 하니 뜀박질로 돌아치며 돈 내놓아라, 술상 봐 오너라, 밥상 차려 오너라 하고 야단을 치더니만, 한 여자가 소리를 길게 뽑았다.

오동추야 달 밝은 밤에
님 생각이 새로워라.
님도 나를 생각는지
나니나 나니나 산이로다.

이번엔 남자패가 달풀이로 넘어간다.

정월이라 십오야에
달맞이하는 소년들아
달맞이도 하려니와
부모 봉양 늦어 간다.
부모님께 타고난 몸
하늘같이 중한 은혜
어이하여 다 갚으리.

이월이라 이른 봄날
농사 채비 다그쳐라.
먼 산에 봄이 드니
불탄 풀에 속잎 난다.

어떤 사당은 노래하고 어떤 사당은 단가를 하고 어떤 사당은 권주가를 하고 온갖 소리로 뛰놀 적에 거사 놈 노는 거동 보소. 노랑 수건 패랭이에 길짐 벗어 놓고 엉덩이를 흔들고 사당을 어르면서 번개 소고를 바람같이 두드리며 흔들거리는구나. 한바탕 놀고 나더니만, 놀부를 보고 달려들며,

"옳다 이놈, 이제야 만났구나."

하니, 여러 놈이 놀부의 사지를 갈라 잡고 헹가래를 친다. 놀부 눈이 뒤집히고 오장이 나오는 듯 정신이 아찔하였다.

이윽고 놀부가 정신을 차리고 손이요 발이요 빌었다.

"애고, 사람 살려 주시오. 이게 웬일이오? 사람이나 살려 놓고 말씀들 하시오."

"목숨을 보전하려거든 네 논밭 문서를 다 내놓아라. 우리 말을 어겼다간 급살 맞아 죽으리라."

놀부는 이젠 마지막이라 생각하고 반닫이를 떨리는 손으로 비스듬히 열고 논밭 문서를 모두 꺼내 놓았다. 사당패들은 문서를 다 챙겨 가지고 어디론가 사라졌다.

놀부는 내리막길에서 달음박질하는 셈이라 이제 와서 멈출 수도 없었다.

"고생 끝에 낙이 온단 말도 있지 않나. 설마 끝까지 좋은 일이 없으랴. 마지막까지 켜 보리라."

이렇게 혼자 중얼거리면서 앉았다가 문득 고개를 들고 바라보니 저기 박 넌출 속에 허옇게 둥근 것이 눈에 띄었다.

놀부는 엉금엉금 그리로 가서 덤불을 헤집고 들여다보았다. 희한하게도 먼저 것보다 곱절이나 큰 박 한 통이 둥실하니 놓여 있었다.

놀부는 펄쩍 뛰어오르며 소리를 질렀다.

"그러면 그렇지! 귀한 것은 사람 눈에 쉬이 띄지 않는다고 하더니 이 박이 보물 박임에 틀림없으렷다. 사람 살리는 박이 여기 있소. 여보 마누라, 여보 째보, 곱사등이, 어서 이리들 와서 저 보물 박을 좀 보오!"

놀부는 꽤나 기쁜 나머지 박을 따서 붙안고 일어서다가 박 넌출에 걸려 엎어졌다. 도로 기어 일어서려니까 안고 있는 박 말고도 두 개가 넌출 속에 파묻혀 있는 것이 눈에 띄었다.

놀부는 껑충 뛰었다.

"허허, 박이 아직 더 있었구먼. 이 박들이 나를 살려 줄 박이 틀림없다. 이렇게 숨었다 나타나는 박이야 무슨 조홧속이 있으렷다."

놀부는 남은 박들을 모조리 굴려 왔다. 그러자 째보가 몸을 빼칠 생각이 들어 놀부를 보고,

"나는 집에 급한 볼일이 있어 잠깐 다녀옴세."

하니, 놀부가 성을 더럭 내며 우겼다.

"이 사람아, 이왕 내디딘 바에야 끝을 보아야지! 보물이 나올 듯

나올 듯한데 어찌 중도에서 단념하겠나? 아직 박이 여러 통 남아 있고 어느 통이든지 금이 많이 들었다 하니 차례로 타면 끝에는 좋은 일이 없겠나. 이젠 통마다 삯을 더 주겠네."

쌔보가 마지못해 허락하니, 톱질 소리가 다시 난다.

"슬근슬근 톱질이야, 당겨 주소 톱질이야. 이 박을 타거들랑 잡것들은 나오지 말고 금은보화 나옵소서."

박이 탁 쪼개지며 박 속에서 왈패들이 밀치락뒤치락 고함을 지르면서 뛰어나오는데, 도대체 어느 구석에 그 많은 사람들이 박혀 있었던 겔까. 누구누구 나오나? 어중이, 떠중이, 난죽이, 바금이, 딱장이, 군평이, 태평이, 여숙이, 무숙이, 하거니, 보거니, 난장몽동이, 아귀쇠, 악착이, 조각쇠, 섭섭이, 든든이, 꾸역꾸역 휘몰아 나와 차례로 앉는데, 얼핏만 보아도 보통 부랑배들이 아닐 듯싶은 게, 당장이라도 사람을 때려눕힐 것 같다.

이들은 곧장 놀부에게 달려들어 빨랫줄로 동여 나무에 달아매 놓더니 호령하였다.

"저놈을 사정 두지 말고 단단히 쳐라!"

힘깨나 쓸 듯한 왈짜가 말하였다.

"그렇게 쳤다가 아주 죽으면 어찌한단 말이오?"

여러 왈패가 함께 쑥덕공론을 하더니,

"그도 그래. 그런데 우리가 서로 이렇게 모이기가 쉽지 않은 일이니 놀부 놈 족치기는 나중에 할 셈치고 우선 흥 나는 대로 실컷 놀아 보는 게 어떻소?"

하니, 모두 손뼉을 치며 좋다고 하였다.

한 놈이 썩 나서며,

"그러면 우리가 잘하나 못하나 제가끔 소리 한마디씩 하기로 하
고, 입을 못 떼는 친구가 있으면 떡벌을 주는 게 어떻소?"

하고 말하니, 젊은 녀석 한 놈이 썩 나서며 단가 한마디를 불렀다.

　새벽 서리 날 샌 뒤에
　일떠서라 아이들아.
　뒷산에 고사리 자랐으니
　오늘 일찍 가 꺾어 오너라.
　새 술안주 하여 보자.

또 한 놈이 나서며 불러 젖힌다.

　사랑인들 님마다 하며
　이별인들 다 서러우랴.
　대동강 물 출렁이고
　오봉산에 두견 운다.
　아이야 술 걸러라
　취코 놀아 보게.

한 놈이 또 노래를 받았다.

　정월이라 보름밤에

달구경하는 아이들아
달구경도 좋다마는
피리 소리 처량하다.
누구를 울리는가
애간장을 끊는구나.
너무나도 슬퍼 마소.
울음 끝에 웃음이라.

노랫소리는 뒤죽박죽이요 판은 난장판이다. 이렇게 놀더니 저희끼리 둘러앉아 이름과 사는 데를 묻는다.

"저기 저분은 어디 사시오?"

그놈이 대답한다.

"나 왕골 사오."

"아니 왕골 사다가 자리를 때우려 하오?"

"아니오, 내 집이 왕골이란 말이오."

군평이 내달아 새김질하는 말이,

"옳소, 이제야 알아듣겠네. 왕골 산다 하니 임금 왕 자 고을 골 자, 대궐 앞에 사나 보오."

"또 저분은 어디 사시오?"

"나는 하늘 근처에 사오."

군평이 또 새김질한다.

"사직이 하늘을 위하는 것이니 아마 사직골 근처에 사시나 보오."

"또 저 친구는 어디 사시오?"

"나는 문안 문밖이오."

군평이 이내 새김질로 대답하는 말이,

"창의문 밖 한북문 안이 문안 문밖 되니 종이 만드는 조지서 근처 사시나 보오."

하니, 그 사람이 대꾸한다.

"그곳이 아니오."

"이제야 알겠소. 대문 안 중문 밖 사시나 보구려. 행랑어멈 자식인가 싶으니 저만치 서 계시오."

"또 저분은 어디 사시오?"

"나는 휘뚜루 골목 사오."

그놈이 대답하니, 또 군평이 말한다.

"내가 아무리 새겨 풀기를 잘한다 해도 그 골목은 처음 듣는 말이오그려."

"나는 집 없이 휘뚜루마뚜루 아무 골목이나 다닌다 이 말이오."

군평이 또 묻는다.

"저기 바닥에 첫째로 앉은 저분은 어디 사시오? 성자는 무슨 자를 쓰시오?"

"내 성은 두 사람이 씨름하는 성이오."

"나무 둘이 아울러 섰으니 수풀 림 자 임林 서방이시구려."

"또 저 친구는 뉘라 하오?"

"내 성은 목침에 갓 씌운 성이오."

그러자 군평이,

"갓머리 안에 나무목을 하였으니 댁이 송宋 서방이시오.
하더니 또 묻는다.
"또 저분은 뉘라 하시오?"
"내 성은 계수나무란 목 자 아래 만승천자란 아들자 자를 받친
성이오."
"댁은 이李 서방이구려."
"또 저분은 뉘라 하시오?"
그놈은 엔간히도 무식해서 기역 자를 보면 거멀못으로 아는 놈이
라, 답치기로 대답한다.
"나는 난장뚜기란 목 자 아래 역적쇠 아들이란 아들자 자를 받친
이李 서방이오."
"또 저분은 뉘라 하시오?"
"나는 뫼산 자가 사면으로 두른 성이오."
군평이 가만히 새김질로 생각하되,
"뫼산 자 넷이 사면으로 둘렀으니 밭전 자 전田 서방인가 보오."
하고는, 또 묻는다.
"또 저분은 뉘라 하오?"
그놈은 성이 배가인데 정신이 아주 없는 놈이라, 배를 사서 주머
니에 넣고 다니다가 남들이 성을 물으면 대꾸하지 않고 주머니를
열어 배를 찾는다. 그런데 이날은 배가 간 곳이 없는지라, 기가 막
혀 뒤통수를 치며 하는 말이,
"이런 제미할! 성 땜에 망하겠다. 이번에도 어느 경칠 놈이 남의
성을 도둑질해 먹었구나. 성 때문에 버린 돈이 팔 푼 열여덟 닢이

나 되니 가뜩이나 지질한데 성으로 망하겠다."

하며 부리나케 주머니를 뒤지니, 군평이 핀잔한다.

"성을 묻는 데는 대답 않고 주머니만 주무르니 그런 제미할 경우가 어디 있소?"

그놈이 성을 내며,

"남의 잔속도 모르고 나무라기만 하는구려. 내 성은 사람마다 먹는 성이오."

하며 구석구석 뒤지니, 배는 없고 꼭지만 나오거늘 경황없는 중에도 집어 들고 하는 말이,

"그러면 그렇지 어디 갈 리가 있나. 내 성은 이것이오."

하니, 군평이 허허 웃고 말한다.

"그러면 거기가 꼭지 서방이오?"

"옳소, 옳소. 바로 아셨소."

"또 저분은 뉘라 하시오?"

"나 말씀이오? 나는 성이 안갑이란 안 자에 부어터져 죽는다는 부 자에 난장몽둥이란 동 자를 합하면 안부동이란 사람이오."

"또 저분은 뉘라 하시오?"

그놈이 아무 말 없이 두 주먹을 불끈 쥐고 내밀며,

"내 이름은 이것이오."

하니, 군평이 웃고 말한다.

"알겠소. 거기는 성은 주가요 이름은 먹인가 보오."

"바로 맞히었소."

"또 저기 비켜서 있는 저분도 마저 압시다. 성자가 무엇이오?"

"나는 난장몽동이 아들이오."

"또 저분은 뉘라 하오?"

그놈 대답하되,

"나는 조치안이오."

하니, 딱장이 내달아 책망한다.

"여보, 이 통성명하는 법이 오백 년 전통이 있는 것이거늘 왜 좋지 않다 하오?"

그러자 그놈이 껄껄 웃고 대답한다.

"내 성이 조가요, 이름이 치안이란 말이지, 내가 뭣 하러 좋지 않다고 했겠소?"

"그럴 법하구려."

이처럼 지껄이다가 그중 한 왈패가 내달으며 소리를 한다.

"다시 놀아 보세. 내가 풍 자에 맞추어서 소리를 해 보겠소."

어린애 경풍驚風

늙은 영감 변두풍"

광풍 태풍 질풍

하고많은 풍 자를

어이 다 불러낼쏘냐.

" 편두통.

그놈이 주저앉으니, 다른 왈패가 나서는데, 이번엔 절 자 타령이
었다.

　　꽃 피어 춘절
　　잎 피어 하절
　　황금 단풍 추절
　　백설이 펄펄 동절이라
　　이 아니 그 경치 좋을쏜가.

또 하나가 나섰다. 이번에는 질 자 타령이다.

　　전쟁판에 싸움질
　　오뉴월에 부채질
　　세우 강변에 낚시질
　　깊은 산속에 도끼질
　　가랑잎 속 갈퀴질
　　젊은 아씨 바느질
　　늙은 영감 잔말질.

"숨차서 못 하겠다."
하는구나.
　또 하나가 이번엔 기 자 타령을 내지른다.

곱사등이 등 차기

애 밴 계집 배 차기

달아나는 놈 다리 치기

옹기 장사 작대 치기

불붙는 데 부채질하기로다.

그러자 여러 왈패들이,

"하, 그것은 놀부 심보 고대로구나."

하면서 웃어 대더니만, 놀부에게 달려들었다.

왈패들이 놀부를 붙잡고 이 뺨 치고 저 뺨 치며 발로 차고 뒹굴리고 주무르고 잡아 뜯고 가새주리를 트는데, 한 놈은 연신 잔채질을 한다. 또 두 발목을 도지개에 넣고 트니 복숭아뼈가 우직우직하는 데, 한 놈이 불을 달아 놀부 발가락 사이에 끼우는가 하면, 불에 달군 쇠꼬치로 지지는 놈도 있다. 이렇게 여기저기서 갈마들며 놀부 잡는 소리가 안팎을 울리니 쇠공이 아들이라 한들 어찌 견디리오.

놀부는 입으로 피를 토하고 몇 번이나 까무라쳤다 깨어나며 정신이 오락가락한다. 겨우 정신을 차리자 손을 비비면서 빌었다.

"제발 목숨만 살려 주오. 돈을 바치라면 돈을 드리고 쌀을 바치라면 쌀을 드리겠소. 집이라도 몽땅 들어 바칠 터이니 남은 목숨 살려 주오."

여러 왈패들이 돌려 가면서 한바탕씩 주리를 틀다가 한 왈패가 다른 왈패들을 말리며,

"이놈 놀부야, 우리가 금강산 구경을 가려고 나선 길에 노자가

떨어졌으니 돈 오천 냥과 노적가리를 헐어 내어라. 지체하면 당
장 된 급살을 내릴 터이다."
하고 호령하였다.

놀부가 얼혼이 나가서 대꾸 한마디 못 하고 돈 오천 냥과 노적가
리를 헐어 내주었다.

왈패들이 돌아가자 놀부 머릿속에는 또 박 생각이 떠올랐다.

열 조각 내고 백 갈래 찢어도 시원찮을 놈!

놀부는 매 맞은 몸을 간신히 움직여 박을 앞으로 당겨 놓았다.

또다시 박 켜는 톱질 소리가 울린다.

"슬근슬근 톱질이야, 당기어라 톱질이야."

이제는 톱질 소리도 매가리 없게 들렸다. 놀부는 재물이 몽땅 바닥이 드러나니 오장이 썩어 스러지는 듯 깊은 한숨을 내쉬었다.

"슬근슬근 톱질이야, 당기어라 톱질이야."

이때 박 속에서 난데없는 호령 소리가 울려 나왔다.

"빨리 켜지 못할까! 답답하다."

놀부는 얼떨떨하여 비실거렸다. 박 안에다 대고 물었다.

"뉘시온지요?"

"내가 비다."

"비라면 양 귀비도 있고, 황릉묘 이비도 있고, 어느 비온지?"

"잔말 말고 어서 열어라. 나는 그런 비가 아니라 한 종실 유 황숙*
의 아우 거기장군 장비이노라. 네가 만일 박을 아니 켜면 무사치
못하리라."

놀부 장비란 말을 듣더니 진저리를 치며 엎어졌다. 입안소리로,

"애 째보야, 이를 어찌하면 좋으냐? 이번엔 바칠 돈도 없으니 별
수 없이 죽는 수밖에 없나 보다."

박이 툭 쪼개지면서, 얼굴은 숯먹을 갈아 끼친 듯하고 제비턱에
고리눈을 부릅뜨고 장팔사* 큰 창을 눈 위에 번쩍 들고 쇠북 같은
소리를 우레같이 지르며 몸집 우람찬 장수가 뛰쳐나왔다.

"내가 진작부터 네 욕심 많고 심술 고약한 심보를 들어 아노라.
너는 부모에게 불효하고 아우에게 의리라고는 조금도 없어, 부모
재산을 혼자 깡그리 차지하고 불쌍한 아우는 구박만 하다 내쫓지
를 않나, 네 죄는 네 털을 뽑아 헤아려도 못 셀지니, 어찌 하늘이
무심하겠느냐! 그런데 이놈 놀부야, 아우가 복 받아 부자가 되었
다는 말에 제비 새끼 다리를 부러뜨려? 그저 보물 타령이나 하며
횡재를 바라고, 허허, 이런 고약한 놈이 또 어디 있느냐? 열 조각
내고 백 갈래로 찢어도 시원찮을 놈! 내 오늘 옳지 않은 것을 징
계하러 왔노라."

장비가 한바탕 호령 끝에 놀부 뒷덜미를 잡아 휘두른다. 움파 같
은 손으로 놀부의 덜미를 움켜잡고 공기 놀리듯 하니, 놀부가 정신

▪ 중국 삼국 시대 촉한을 세운 유비.
▪ 장비가 쓰는 창. 장팔사모丈八蛇矛.

을 잃었다가 다시 깨어나 울며 애걸하며 빌었다. 장비가 놀부 놈을 불쌍히 여겨,

"네 죄는 죽어 마땅하나 앞날을 보아 한 번 용서하니 앞으로는 착한 동생 구박 말고 사람의 도리를 지키거라."

말하고 훌훌 떠나가 버렸다.

놀부는 얼이 빠지게 혼이 났으나 장비가 돈 내라는 말을 하지 않고 그냥 돌아가는 것을 보자 이제부터는 운수가 트이려나 하여 혼자 싱글벙글 웃었다.

이때 쩨보는 슬그머니 꽁무니를 뺄 궁리에 바쁘더니 소변보러 간다 하고 도망치고 말았다. 그러자 뒤따라 곱사등이도 핑계를 대고 사라졌다.

놀부는 쩨보와 곱사등이를 기다리다 못해 안해를 불러내 톱질을 시작하였다.

"슬근슬근 톱질이야, 당겨 주소 톱질이야. 한 번 실패는 누구에게나 있는 법. 고생 끝에 기쁜 일이 온다고 옛말에도 하였으니 이 박에서야 보물이 나오지 아니 나올 수가 있나. 언청이, 곱사등이 놈이야 복 없는 놈들이라 나중을 보지 않고 달아났으니, 그게 다 제 팔자니 누구를 탓하랴."

놀부 안해는 놀부가 흥에 겨워 중얼거리는 말이 귀에 들어오지 않고 가슴이 두근두근하고 때로 섬뜩하기도 했다. 놀부 안해는 톱질을 멈추고 놀부에게 사정하였다.

"여보, 박 타는 것 그만둡시다. 어째 무시무시한 생각만 드는구려. 만일 또 몹쓸 놈들이 쏟아나와 매타작을 안기면 어쩌려오?

집에 아무것도 남은 것이 없으니 무엇을 주고 독한 매를 면하겠
소? 제발 그만둡시다."

놀부는 더럭 성을 내었다.

"방정맞고 요사스러운 입 그만 좀 놀리고 톱질이나 마저 하게나.
금은보화가 쏟아지면 자네도 좋고 나도 좋지 않은가."

톱질 소리가 이어졌다.

　　슬근슬근 톱질이야.
　　당겨 주소 톱질이야.
　　흥부만 같게 보물을 내리소서.

놀부 안해가 덧붙인다.

"흥부 서방님네처럼 된다 해도 첩만은 나오지 않게 하소."

"재산 다 털어먹고 상거지가 된 마당에 어디서 그런 새암이 나오
누? 잡소리 말고 톱질이나 제대로 하소."

양주가 박 타느라 욕도 많이 보고 끼니도 건넜기 때문에 몹시 허
기가 졌다.

드디어 박이 갈라졌다. 그런데 이번 박에서는 아무런 탈이 없고
박속이 허연 것이 먹음직스러웠다. 놀부는 배가 고픈 김에,

"박속이 먹음직하니 국이나 끓여 먹고 기운 내어 남은 박을 마저
타 보세. 이제라도 저 남은 박에서 보물이 나오기만 하면 매 좀
맞았기로 대수인가. 처음 고생은 어찌할 수 없는 일이지. 국이나
어서 끓이소."

하였다.

놀부 안해는 박속을 숭덩숭덩 썰어 가마솥에 넣고 간장을 친 다음 통장작을 지펴 흠씬 끓였다.

박국이 먹음직하게 끓자 온 집안 식구들이 한 사발씩 받아 안고 맛있게 먹었다.

놀부는 배가 붕긋하여 게트림을 하며 마누라더러 말하였다.

"거, 국 맛이 희한하게 좋구먼당동."

놀부 안해도 잇달아,

"글쎄요, 참 국 맛이 별스럽게 좋아요당동."

하니, 아이들도 연달아,

"어머니, 맛이 참 좋아요당동."

한다. 놀부는 그제야 이상한 낌새를 챘다. 말끝마다 당동 소리가 묻어 나오고 있었다.

"아니, 그 국을 먹더니 말끝마다 당동당동 소리가 껴들어 나오니, 거 괴상한 일이로군당동."

놀부 안해도 눈이 휘둥그레졌다.

"그러게 말이오당동. 그 국을 먹은 뒤끝에 당동 소리가 절로 나오니 웬일일까당동."

아이들도 덩달아 고아대었다.

"어머니, 당동이 무슨 소린가요당동?"

"그게 웬 소리인지 나도 모르겠다당동."

놀부가 화를 내며 나무란다.

"이놈들아, 무슨 괴상한 소리를 지르느냐당동? 국을 먹더니 어찌

당동당동 소리를 내느냐당동?"

놀부 마누라는 놀부 심사를 건드리지 않으려고,

"그렇단 말이지요당동."

한다. 놀부 딸도 당동, 아들도 당동, 온 집안사람이 모두 당동당동 하는 것이 마치 가야금을 뜯으면서 장단 치는 소리 같았다.

당동당동 소란스러운 소리가 꽉 차니 이웃까지 시끄러웠다. 이때 왕 생원이 지나다 놀부네 집에서 때 아니게 별난 소리가 들려오는 것을 듣고 놀부를 불렀다.

"자네 집에서 괴이한 소리가 들리니 어찌 된 까닭인가? 무엇을 먹었기에 괴상한 소리가 연방 새어 나오는가?"

놀부는 얼굴이 벌게서 머뭇거렸다.

"저희 집에서 박을 심었다가 박이 하도 먹음직하여 국을 끓여 먹었더니 당동 소리가 저절로 나옵니다당동."

왕 생원은 그 말이 미덥지 못하여,

"모를 소리로다. 박국을 먹었기로 난데없이 무슨 그런 소리가 나올까. 어디 그 국 한 사발 떠 오게나."

놀부는 박국 한 사발을 갖다 주었다. 남의 일에 술 덤벙 물 덤벙 참견 좋아하는 왕 생원이 국을 한술 떠서 맛을 보니 천하에 둘도 없는 희한한 맛이라 맛나게 다 먹어 치웠다.

"국 맛이 참말 좋구먼당동. 아차, 나도 당동 소리가 절로 나오는구나당동. 이거 큰일이로군당동."

왕 생원은 먹은 것을 후회하였으나 이미 늦었다. 놀부를 욕하면서 하릴없이 집으로 돌아갔다.

동네 아이들은 놀부네 집에서 괴상한 소리가 난다는 소문을 듣고 우 몰려와 대문 안을 기웃거리며 웃어 댔다.

정녕 마지막일세

그 많은 재산 다 털리고 매까지 흠뻑 맞은 끝에, 병신스럽게 말끝마다 당동 소리가 껴묻어 나오니 놀부는 그만 분하고 원통하여 긴 한숨이 나오고 또 나오고 또 나왔다. 연달아 한숨을 들이쉬고 내쉬고 하다가 뒷동산 박 넌출 있는 데로 가 보니 저기 이파리 사이에 허연 박통이 보였다. 보기에도 크기가 보신각 인경만 하고 무게도 천 근이나 되었다. 놀부가 이 박을 보자 분하고 원통했던 생각은 눈 녹듯 사라지고 다시 설레기 시작했다.

"그러면 그렇지. 이제야 보물 든 박을 얻었구나. 무거운 걸 보니 금이 많이 든 모양이야. 재물이 많이 들어 남의 눈에 띄지 않으려고 덩굴 속에 숨어 있는 것을 모르고 괜히 속을 끓였구나. 여기 있는 줄 알았으면 이 박을 먼저 켰을걸."

지화자 부르며 박을 가지고 내려오니, 놀부 마누라 내달아 나오며 말린다.

"그만두오. 박에 신물도 아니 나시오? 또 몹쓸 놈이 나오면 어쩌려고 박을 또 따 가지고 오시오?"

"방정맞고 요사스럽기는. 이 박은 틀림없는 금박이니 재물 얻으면 당신도 귀히 되지 않나. 잔말 말고 우리 두 양주 정성 들여 켜보세."

놀부는 억지로 안해에게 톱 한끝을 쥐여 주고 다시 박을 타기 시작하였다.

슬근슬근 톱질이야.
정성 들여 톱질이야.
보물 더미 쏟아져라.

슬근슬근 타다가 반쯤 켜고 놀부가 궁금증이 나서 박 속을 기웃이 들여다보니 속이 아주 싯누런 것이 온통 황금 같았다.

"수 났구나. 그럼 그렇지. 마누라 자네도 이 박 속을 들여다보소. 저 누런 것이 황금덩일세."

놀부 안해 하는 말이,

"누런 것을 보니 금인가 싶소만 그 속에서 구린내가 물큰물큰 나니 이게 웬일이오?"

하니, 놀부가 핀잔한다.

"자네도 모자라는 소리 작작 하소. 박이 더 익고 덜 익은 것이 있으니, 이 박은 아주 농익어서 구린 냄새가 나는 줄 모른단 말인가? 어서 바삐 타고 보세."

슬근슬근 일여덟 번 더 타다가 놀부 양주 궁금증이 또 나서 톱을 멈추고 양쪽에 마주 앉아 들여다보니, 별안간 박 속에서 모진 바람이 쏘아 나오며 벼락같은 소리가 나더니 똥 줄기가 무자위 줄기처럼 내쏘았다.

놀부 양주가 똥 벼락을 맞고 나동그라지니, 똥 줄기는 천군만마가 달려 나오는 듯 태산을 밀치고 바다를 메울 듯 삽시간에 놀부 집 안채, 사랑채, 별채 여기저기 가득하였다. 놀부 양주 온몸이 황금덩이가 되어 달아나 멀찍이서 바라보니 온 집안이 똥에 묻혔더라.

놀부가 하 어이없어 가슴을 치며 하는 말이,

"어찌 이런 일이 있나! 이럴 줄 알았으면 동냥 바가지나 가지고 나왔으면 좋을 뻔했구나."

하고, 뻔뻔한 놈이 처자를 이끌고 흥부를 찾아가더라.

옹고집전

옛사람 씀
조령출 고쳐 씀

제 어미를 냉골에 두는 놈이라

옹고집이 사는 집은 사백오십 칸이라고도 하고 오백 칸이라고도 하는데, 그 집이 얼마나 요란스러웠으면 그런 소문이 났을꼬. 옹가의 집은 황해도 옹진군 옹돌면 옹돌촌에 있다. 어떤 이는 옹당면 옹당촌이라고도 하는데 이름부터가 괴이쩍다.

국사봉 기슭에 자리 잡고 있으니 그 터가 기막히게 좋다는 것이 또한 옹고집의 자랑이었다. 낭림의 정기가 뻗어 아호비령 줄기가 되고 그 줄기에 이어 황해도 수양산 줄기와 불타산 줄기가 뻗어 나왔으며 또 그 줄기가 옹진 땅에서 국사봉으로 불쑥 솟으니 그 봉우리야말로 얼마나 기막힌 명산이랴. 그 봉우리 남쪽 기슭에 서남향으로 집을 앉히니 그 집터야말로 명당 중의 명당이라. 복이 있고 덕이 있어, 사람이 났다 하면 총명하고 출중하니 이 집터에서 효자가나고 열녀가 나며 충신이 난다는 것이다.

옹고집은 제가 오늘날 이렇게 잘사는 것이 이 집터 덕이요, 이 집 출생인 자신 또한 총명한 사람이라 제 스스로 생각하고, 제가 효자요 충신이라 자처하며 우쭐렁거렸다. 허나 상투 끝에서 발끝까지 온몸에 가득 찬 것은 탐욕이요 심술이요 고집이요 위선이니, 그 이름을 언제 누가 지었는지 이름 한번 그럴듯하게 지었구나.

성은 옹가요 이름은 고집이라. 아무렇게나 지은 이름이나 본디 옹진 고을 토반 출생으로 관가를 맘대로 드나들며 으스대니 온 고을 사람들이 옹가를 피하였다. 참으로 범이 없는 산골에서 삵이 범 노릇 하는 격이로다.

옹진 고을에 새로 사또가 부임해 와서, 사흘째 되는 날 옹고집을 청하여 고을 좌수의 소임을 주어 향청 일을 맡아보도록 하니, 고을 사람들은 어처구니가 없었다. 그게 벌써 여러 해 전 일이다.

욕심 많은 옹고집에게 좌수 소임 지우니, 옹가 놈이 본디 주제넘고 버릇없이 구는 것 위에다 좌수랍시고 권세를 마구 휘둘러 백성들의 재물을 뺏어 먹은 덕에 큰 부자가 되었다.

고래 등같이 높은 집에다 살림치레며 집치레를 하니 참으로 옹고집 하는 행실이 그지없이 꼴사나웠다. 볕 드는 데는 방아 놓고 응달에는 우물 파고 문밖에는 참외랑 수박이랑 고루 심고 뒤란에는 벌통을 벌여 놓았다.

집채는 들보 다섯을 올린 크고 높은 오량각집이다. 앞뒤로 물림 퇴를 달고 대청에는 분합문을 여기저기 달아 놓고 창문마다 국화 새김에 완자무늬 호화롭고 안사랑 바깥사랑의 살미살창 가로닫이에는 유리 거울까지 붙여 창이 번쩍번쩍한다.

옹고집은 안사랑 바깥사랑도 모자라 바깥사랑 옆에 큰 연못을 만들고 그 옆에 덩그렇게 초당을 세워 놓았다. 그러고는 그 초당에서 자고 일어나며 저 혼자 호강을 하는구나.

사랑 뜰 꽃밭과 초당 연못가에는 철 따라 온갖 꽃이 핀다. 왜철쭉, 진달래, 맨드라미, 봉선화, 복사꽃, 국화, 해당화를 비롯하여 온갖 꽃에 벌 나비 날아들고, 집 둘레에는 소나무와 대를 심어 울바자 하고 오동 심어 정자 하고 버들 심어 꾀꼬리 우니 사철 봄인 양 멋을 돋운다.

지금은 늦은 봄바람이 꽃향내를 풍기고 새들은 벗을 불러 지저귄다. 좋은 때로다.

초당의 창이 드르륵 열리더니 낮잠 자던 옹고집이 얼굴을 쑥 내민다. 번들거리는 이마 밑에 시꺼먼 두 눈썹이 실룩거리고 주먹코에 주걱턱에다, 양쪽 두 볼때기는 축 처져 움씰거린다. 사람들은 그 볼따구니를 심술주머니라 불렀다.

옹가는 무엇을 보았는지 주먹코를 다시 벌름거린다. 마당가에 심은 해당화 쪽에서 자박자박 계집아이 발소리가 들린다. 춘단이다.

"조년이 어느새 저렇게 제 어미 젊었을 때처럼 곱게 번졌는가. 주리를 틀 년."

좌수라는 체면 때문에 계집종 하나 맘 가는 대로 못 하는 것을 생각하면 심술이 나고 화가 치밀었다. 집안의 사내종 놈들이 춘단이를 어째 보겠다고 지분덕대는 것도 심술이 나고 동네 머슴 놈들이 새매 씨암탉 노리듯 감돌아드는 것도 화가 난다.

옹가가 소리를 쳤다.

"요년!"

춘단이는 몸을 움츠리며 바르르 떨었다.

"네 요년, 보아하니 집에서 일은 안 하고 나돌아 다니며 꼬리를 치는 모양인데, 그래 어떤 놈이 네년에게 지분덕거리더냐?"

벼락을 맞은 춘단이는 얼어서 대답도 못 하고 발발 떨기만 한다.

"요년, 왜 아가리가 붙었느냐? 건넛말 천돌이는 무슨 냄새를 맡고 우리 집을 감돌아드느냐?"

"그 댁 둘째 서방님이 좌수님께 여쭐 말씀이 있다고 언제 왔으면 좋겠는지 알자고 하와요."

"그 술망나니가 나를 보자고? 그놈의 아비 곽 서방이 와서 손발이 닳게 빌어도 안 될걸? 그따위 수작은 다 그만두래라. 당장 원님께 고하면 볼기 삼백 대에 도형徒刑* 삼 년은 족히 받을 것이라고 일러라!"

"예."

춘단이는 기어드는 소리로 대답을 하고는 머뭇거린다.

'조년이 곽 서방네를 동정하는 게야 뭐야?'

옹고집은 춘단이를 노려본다.

곽 서방네가 지은 죄란 다른 것이 아니라, 향교에서 제사를 올릴 때 고을 사또까지 나와 제사를 엄숙히 거행하는데 건달패 젊은 놈들이 몰려들어 술내를 피우며 난잡한 소리를 하고, 사또가 돌아간 다음에는 제 놈들끼리 치고받으며 난장판을 벌인 것이다.

---

* 강제로 중노동을 시키는 형벌.

이것을 알게 된 사또도 노하여 옹 좌수에게 그 진상을 밝혀 주동 놈을 잡아 엄벌을 내리라는 분부를 내렸다. 그 주동자라는 놈이 바로 곽 서방네 둘째 아들 술망나니인 것이다.

옹고집은 그놈이 주동이라는 것을 알고도 바로 관가에 고하여 벌을 받도록 하지 않고 딴 속셈이 있어 며칠을 미루어 왔는데, 곽 부자네 둘째는 그놈대로 지은 죄가 있는지라 겁이 나서 옹 좌수의 속셈을 알아내려고 머슴 천돌이를 보내 사내종들도 만나 보고 계집종 춘단이도 만나 보게 한 것이다.

그런데 지금 옹 좌수의 처분이 분명해졌다. 볼기 삼백에 도형 삼년이란다.

"그럼 그렇게 전하겠사와요."

춘단이가 허리를 굽히고는 또 머뭇거린다.

옹고집은 축 처진 두 볼따구니를 움씰거렸다.

"무슨 할 말이 더 있느냐?"

"예, 다른 게 아니오라 노마님께서 병환이 더 심해지시어 의원을 불러 달라고 하시와……."

옹고집은 제 어머니 이야기가 나오자 또 화를 벌컥 냈다.

"다 죽게 된 늙은이가 의원은 또 무슨 놈의 의원이야!"

춘단이는 괜한 말을 하여 오히려 불집만 건드려 놓았다고 한숨을 내쉬며 안채로 들어갔다.

옹고집은 긴대를 들고 혼자 두덜거리며 초당 마당으로 내려섰다.

"사람이 칠십 사는 일이 예부터 드물다 하였는데 칠십을 넘어 팔십을 살았으면 그만이지 의원은 무슨 놈의 의원이야. 명문거족의

한다하는 재상집 부인들도 팔십 장수한 사람이 별로 없거니, 우리 집 늙은이야 그만치 살았으면 내 효성이 지극한 줄 알 일이지 무슨 염치로 아직도 살아서 의원을 불러 달라, 무엇을 어째 달라 성화인고."

옹고집은 바깥사랑의 중문, 안사랑의 중문, 안채의 중문, 뒤채 중문 해서 대궐문 같은 으리으리한 중문들을 거쳐 어둠침침한 뒷골방 앞에 이르렀다.

방 안에서는 여든 살 어머니의 기침 소리와 앓는 소리가 들려 나온다.

옹고집은 골살을 찌푸리고 퉁명을 부렸다.

"왜 아직 살아 고생이오? 의원 불러 병이 낫고 약을 써 오래 살면, 늙고 병들어 죽을 사람이 어디 있겠소. 진시황도 천하를 제 것 만든 뒤 만리성을 길게 쌓고 아방궁을 높이 지어 삼천 궁녀를 거느리며 살다 그것도 모자라, 우리 동방 삼신산에 불사약을 구했지만 하루아침에 목숨이 져서 여산에 묻혔으니 늙은이가 이만 살았으면 무던하지 어찌 고생을 사서 하려 드오?"

자식 놈이 어머니한테다 하는 말이다. 옹가는 춘단이를 불러 뒷동산 약쑥이 제일 좋은 약이니 약쑥이나 어서 달여 노마님께 먹이라고 분부하고 뒷골방 앞을 휑하니 떠나 버렸다.

어둡고 차고 눅눅한 골방 안에 그야말로 산송장이 되어 누워 있던 늙은 어머니는 주먹으로 방바닥을 쾅 치며 흐느꼈다.

"내 팔자 어이 이리 기구한가. 저를 낳아 길러 낼 제 손바닥의 구슬처럼 애지중지 길러 내며 나라에 충성하고 부모에게 효도하라

가르쳤건만 저 혼자 잘된 듯이 저 혼자 호사하며 부모 박대를 이리 하니 이런 불효가 어디 있단 말인가."

늙은 어머니는 죽지 못해 살아간다. 오백 칸짜리 고래 등 같은 큰 집에서 어머니 한 분 모실 방이 없어서 버림받은 뒤채 골방 송장이나 둘 만한 곳에 어머니 혼자 누워 앓게 한단 말인가. 옛날 효자들은 언 강에 들어가 얼음 속에서 잉어를 얻어 부모의 병을 고치고, 눈 쌓인 산속에서 죽순을 얻어 부모를 봉양하며 효성이 지극하였건만 옹고집의 효성은 어찌 이럴까.

옹가는 늙고 병든 어머니를 뒷골방에 가두다시피 잡아넣고 제 마누라며 딸이며 며느리며 하인들이 가까이 가지도 못하게 하였으며 아침저녁 배를 곯리니 이런 자식이 어데 있을까.

그래도 옹고집은 호사를 하며 잘산다.

옹고집의 방 치장을 보면 각장 장판이 번들거리고 화려한 당화지로 굽도리를 하였으며 백설같이 흰 종이로 도배를 한 데다 금빛이 번쩍이는 글씨 족자와 그림 족자를 사면에 붙여 참으로 방 안이 요지경 속 같다. 방 안에는 문인 선비의 기풍이 넘치도록 문갑상이며 벼루상이며 문방제구를 벌여 놓고, 책상에는 옛 경서들을 쌓아 놓았을 뿐 아니라 《사성기봉》이며 《구운몽》, 《춘향전》 따위 이야기책들도 그득하다.

안팎 솟을중문이며 사랑채 높은 추녀 네 귀에는 풍경을 달아 바람이 지날 때면 쟁그랑댕그랑하면서 풍치를 자아낸다.

한데 한 분밖에 없는 어머니가 누워 앓는 방은 냉골에다가 축축해서 장판지가 떨어져 흙바닥이 드러나고, 빛 바랜 벽지는 군데군데 떨어져 너덜거리며, 빗물에 얼룩진 천장은 종이가 여기저기 찢어져 흙이 부슬부슬 내린다. 언제 빨았는지 때가 덕지덕지 앉은 이불깃은 늙은이 눈물에 젖었다 말랐다 하여 꽂꽂하다.

옹고집은 때때로 집 안을 돌아보며 사내종이며 계집종 들이 일을 하는가 안 하는가 살피다 걸리면 곧바로 욕설을 퍼붓는다.

이 집 안방마님인 옹고집 마누라는 딸아이를 데리고 앉아 바느질을 하고, 며느리는 여종들을 데리고 길쌈을 하며, 춘단 어미는 부엌 바닥에 멍석을 펴고 앉아 놋그릇을 닦느라 땀을 흘리고 있고, 춘단이는 건넛마을 곽 부자네 집으로 심부름을 가고, 헛청간 옆 방앗간에서는 앉은뱅이 종놈이 디딜방아를 찧느라 진땀을 뺀다.

앉은뱅이가 디딜방아, 곧 발방아를 어찌 찧으랴만 옹고집은 꾀를 내어 앉은뱅이를 부려먹으니 옹 좌수야말로 벼룩이 간이라도 내먹을 위인이라 하겠다.

방앗간 천장에는 든든한 밧줄이 걸려 드리웠는데, 한끝은 발방아 머리를 동여맸고 다른 한끝은 앉은뱅이가 두 손으로 거머쥐었다. 앉은뱅이가 죽을힘을 들여 밧줄을 잡아당기면 방앗공이가 위로 머리를 들고 올라갔다가 앉은뱅이가 밧줄을 놓으면 방앗공이가 쿵 하고 방아확으로 떨어진다. 이렇듯 앉은뱅이의 힘으로 방앗공이가 올라갔다가 쿵 떨어지면 방아가 찧어진다. 이 쿵 소리가 자주 울리면 옹고집의 욕심보가 편안하지만 그렇지 못할 때는 방앗간 안으로 옹고집의 욕설이 쏟아져 들어간다.

지금은 앉은뱅이가 일을 제법 성수를 내서 잘하는데도 옹고집은 욕을 퍼붓는다.

"아직도 벼 가마니들이 그대로 있으니, 밥만 처먹고 무얼 하느냐? 개똥만도 못한 새끼, 소똥에 앉아 염병을 앓다 죽을 놈아. 앉아서 방아도 못 찧을 바엔 죽어라. 말똥에 코나 박고 죽어라."

옹고집은 이렇듯 욕을 퍼부으며 집안에 있는 병신 종들에게 일감을 주어 모질게도 일을 시킨다. 절름발이 밭 갈게 하고 벙어리더러 심부름 시키고 곰배팔이는 새끼를 꼬게 하고 소경은 멍석을 겯게 하고 등곱새는 지게 지워 짐을 나르게 한다. 이것이 바로 돈 많은 집안을 다스려 나가는 옹고집의 재간이요, 옹고집의 고집이며 스스로 자랑으로 삼는 옹고집의 총명이었다.

옹고집이 집 안을 돌아보고 사랑 초당에 돌아왔을 때 건넛마을 곽 부자네 집으로 심부름 갔던 춘단이가 돌아왔다.

"곽 부자 어른이 뵈오러 오겠다고 하셨사와요. 곧 오시겠다고."

이렇게 말을 하고 춘단이는 돌아서 아기작아기작 중문으로 나간다. 춘단이 뒷모습을 보는 옹고집의 처진 두 볼따구니가 또 움찔거렸다. 공연히 심술이 나서 욕을 한다.

"주리를 틀 년 같으니. 저런 죽일 년 봤나."

얼마 안 있어 곽 부자가 술망나니 둘째 아들을 데리고 왔다. 옹고집이 초당 마루에 앉자, 곽 부자와 그 집 아들은 뜰아래서 허리를 굽혔다.

"진작 뵙고 처분을 받자고 하였는데도 이렇게 늦은 것을 널리 용서하여 주시외다."

옹고집은 노기 띤 눈초리를 들어 곽 부자를 노려보며 호령한다.

"고을 원님께서 내게 물어 오셨네. 지난 사월 향교 제사 때 무엄하게도 제사 지내는 마당을 더럽히고 난동을 부려 기강을 문란케 한 자가 어느 놈이냐고, 얼른 잡아 엄한 형벌에 처하라 하시더란 말일세. 내 이 고을 좌수로서 응당 옹돌촌 아무개가 난동을 부렸다고 사또께 아뢰고 군노 사령들에게 잡혀가게끔 할 수 있으되 한마을 사는 정리로 보아 이날까지 참은 것인데, 그래 은혜는 생각지 않고 아닌 보살 하면 무사할 줄 알았던가?"

곽 부자는 허리를 굽혀 사죄하였다.

"소인이 미처 찾아뵙지 못하고 인사도 드리지 못하여 황송하외다. 허나 그날 술주정한 놈들은 제 둘째 놈뿐이 아니옵고 몇 놈 되옵기에……."

"그 몇 놈 가운데 주동이 저놈이 아니란 말인가?"

이 말에 아비가 대답하기 전에 둘째가 퉁명스럽게 대꾸하였다.

"제가 먼저 박 주사네 아들놈에게 맞았사오이다."

옹고집은 대뜸 소리를 질렀다.

"이놈! 박 주사 아들놈은 네놈에게 맞아 코피가 터져 제사 마당을 더럽혔다. 네놈의 주먹이 피를 흘리게 한 것 아니냐! 네놈의 술망나니 주먹이!"

둘째는 더 대답을 못 하고 목을 비틀며 고개를 푹 떨어뜨렸다.

곽 부자는 땅에 무릎을 꿇고 앉으며 애원하였다.

"그러면 어찌하오리까. 형장 백 대에 도형 삼 년을 받아야 한단 말이오이까? 좌수께서 잘 돌봐 주시면 살아날 구멍이 있지 않사오리까. 좌수 어른, 이 둘째 놈은 볼기 쉰 대면 죽소이다. 어찌 백 대를 견디오리까?"

곽 부자는 얼굴에 진땀을 흘리며 돌층계를 엉금엉금 기어올라 옹 좌수 가까이 가서 은근히 애원을 하였다.

"이번 일만 보아주시면 제 재산도 아낌없이 헐어 바치겠소이다."

옹고집 또한 은근한 목소리로 대꾸한다.

"얼마나 내놓을 수 있나?"

"한 쉰 섬은……."

"쉰 섬? 자네 수천 섬 도조를 받는 논에서 겨우 쉰 섬?"

곽 부자의 이마에선 진땀이 빠직빠직 흘렀다.

'옹고집한테 단단히 물렸구나. 이놈의 욕심보가 내 재산을 송두리째 먹자고 접어들었구나. 엥이 모르겠다. 자식부터 살려 놓고 보자.'

"그럼 일흔 섬짜리 하나를 뚝 떼어 드리겠으니, 이 둘째 놈을 살려만 주사이다."

옹고집은 간사스럽게 웃으며 곽 부자 손목을 잡아 사랑 위로 오르게 하였다.

"그만 이리 올라와 앉게. 한 이웃 사는 정리로 내 어찌 자네 아들이 형장 아래 무참히 죽는 것을 보겠나. 자네도 잘 알겠지만 내 이 고을 좌수가 돼서 얼마나 많은 사람들을 살려 냈나. 저 향교 마을 이 생원도 무덤 송사에서 귀양 가게 된 것을 내가 사또께 잘 말씀드려 살려 내지 않았나. 그러니 그저 증서 한 장만 써 주면 되네."

곽 부자는 옹고집이 이끄는 대로 사랑에 올라앉아 갑자기 살가워진 옹고집의 대접을 받으며 증서 한 장을 썼다.

곽 아무개의 둘째 아들 곽만길을 형장 일백 대와 도형 삼 년에서 구하기 위하여 일흔 섬짜리 땅을 옹 좌수님께 바치노라.

옹 좌수는 증서를 한참 보다가,
"이거 이렇게 쓸 것이 아니라 그저 쉽고 명백하게 어드메 좋은 땅 얼마를 아무 날 아무개에게 소유를 넘겼노라고 쓰면 되겠네. 해해해."
요사스럽게도 웃는다.

곽 부자는 속에서 밸이 꿈틀거렸다. 아들놈 하나 살리려고 두 눈 번히 뜨고 물채 좋은 무논을 빼앗긴다고 생각하니 꿈틀거리던 밸이 끊어지는 듯 아팠다. 그래도 꾹 참고 증서를 썼다.

아무 날 곽 아무개는 옹당벌 암소등 너머 퍼진 물채 좋은 무논 일흔 섬짜리의 소유권을 옹 좌수에게 넘기노라.

"좋네. 그럼 올해부터 이 논의 도조는 내가 받겠네."
"여부가 있겠나이까."
"흐흐 흐흐흐."
옹고집은 웃음을 참지 못하며 증서를 접어 문갑 속에 넣고 춘단이를 불러 술상까지 차려 내오라 해서는 술까지 대접하여 곽 부자를 보냈다.

옹고집은 이튿날 곽 부자 아들에게 먼저 주먹을 휘둘렀다는 박주사 아들을 관가에 주범으로 고하였다.

옹고집은 이런 교활한 짓거리를 거듭하면서 재산이 늘고 붙고 하여 큰 부자가 된 것이다.

도학 대사 옹고집한테 걸렸구려

옹고집은 초당에 누워 불어오는 바람결에 주먹코를 벌름거리기도 하고 기름진 배를 슬슬 만지기도 하며 마음이 흐뭇하여 홍얼거렸다.

"내 잘사는 것이 다 타고난 팔자니라. 하늘이 이미 나한테 준 팔자니라. 설사 이내 몸이 백사지 땅에 귀양을 간다 해도 타고난 팔자로 하여 내가 가는 곳에는 스스로 물이 솟고 풀이 돋으며 나무가 자라 먹을 것이 주렁주렁하리라."

이럴 때 문밖에 중 하나가 와 목탁을 두드리며 염불을 하였다.

"정구업진언 수리수리 마하수리 수수리 사바하."

염불하는 중이 처음에 입을 깨끗이 하려고 외는 주문이다.

이 중은 황해도 구월산 구월암에 사는 도사로, 젊어서 어지러운 세상을 피하여 산중 절간의 중이 된 이다. 중이 되고부터 태백 신선의 도술을 공부하여 하늘땅과 만물의 이치에 통달하니, 앉아서 풍운조화를 부리고 서서 하룻밤 천 리를 가는 신선 같은 도사다. 사람들은 그이더러 도학 대사라고 했다.

이 중이 전부터 옹고집에 관한 이야기를 들어 알고 있었다. 여든다 된 늙은 어머니에게 불효가 막심하며, 가산이 많으나 인색하기 짝이 없어 중들이 동냥을 가도 시주 한 푼 주지 않을뿐더러 외려 중한테 못된 짓만 골라 하는 데다 이만저만 괴롭히는 것이 아니라고 했다.

한번은 아이 중 하나가 옹가네 집에 시주를 받으러 갔다가 매를 맞아 온몸에 멍이 들고 머리에는 뜸질을 당해 살이 타서 돌아왔다.

도학 대사는 이상스럽다 생각하고는 제자들에게,

"사람으로 어찌 그렇듯 악독한 짓을 할 수 있을꼬. 내 스스로 나아가 맥을 좀 보리라."

하고 산문을 나서 옹고집이 사는 마을로 갔다.

도학 대사는 칡베 장삼 떨쳐입고 머리에는 나이 든 스님들이 쓰는 둥글납작한 감투를 눌러쓰고 목에는 백팔 염주 걸고 손에는 주석 고리 여섯 개가 절그렁거리는 육환장을 짚고 옹 좌수 집 앞에 이르러 목탁을 두드리며 염불을 시작한 것이다.

참으로 옹가네 집은 궁궐같이 으리으리하게 솟아 있고 대문 중문 안으로 오락가락하는 남녀종들의 거동은 하는 일 없이 바빠났다. 대사는 점잖게 목탁을 울리며 염불을 하였다.

"정구입진언 수리수리 마하수리."

안에서 염불 소리를 듣고 행랑채 할멈이 달려 나왔다.

"시주하옵시오. 시주하시면 복을 받으오리다."

할멈이 오히려 사정을 한다.

"대사님은 우리 댁 소문도 못 들었소? 이 댁 좌수님이 초당에 누워 잠이 드셨으니 망정이지, 만일 대사님 염불을 듣고 놀라 깨면 큰 봉변을 당할 것이니 어서 바삐 다른 댁으로 가 보소."

"이렇듯 훌륭한 집에 사는 분이니 어지신 양반일 텐데 이 늙은 중이 무슨 봉변을 당하겠사오이까? 착한 공덕을 많이 쌓으시면 반드시 경사스러운 일이 있고 악한 죄업을 많이 지으시면 반드시 불행한 일이 닥친다 하오니 시주하사이다.

소승은 구월산 구월사에 사는 중이온데 절간이 퇴락하여 불상에 바람이 불어 들고 빗발이 떨어지는지라, 좌수님의 고명하신 자비심을 듣고 이렇게 찾아왔으니 황금 천 냥만 시주하사이다."

대사는 할미가 마치 옹 좌수인 양 시주를 권하며 허리 굽혀 절까지 하였다.

이럴 때 초당에서 잠이 깬 옹고집이 목탁 소리를 듣고 달려 나왔다. 본디 옹고집은 중이라면 질색이다. 중을 보면 배곯은 고양이가 생쥐 만난 상통으로 당장 잡아먹을 듯 달려들어 욕을 퍼붓는다. 그것도 성에 차지 않아 종들을 불러들여 중에게 오라를 지워 놓고 중의 귀를 뚫어 놓기도 하고, 수박 같은 민대가리에 음양의 혈을 짚어 가며 생살이 부직부직 타도록 뜸을 떠 주니, 그것이 수백 장에 이른다 한다. 이러니 세상 어떤 중이 옹가네 가까이 가겠는가.

어진 사람들은 그 집을 피해 다니고 빌어먹는 아이들도 옹가 집이라면 가까이하지 않고 애기 장삼에 고깔 쓴 아이 중들은 더더구나 멀리 피해 다녔다. 한데 구월산에서 왔다는 중은 천연스럽게 목탁을 두드리며 시주를 하라고 하니 저런 머저리가 있단 말인가. 이를 딱하게 여긴 할멈은 빨리 다른 댁으로 가 보라고 사정을 한 것인데, 스님 운수가 사나웠던지 옹고집이 어느새 달려 나왔다.

"뭐? 우리 집에 와서 시주를 하라?"

옹고집 눈에서는 고양이 눈빛이 번쩍였다. 그래도 대사는 천연스레 시주할 것을 권하였다.

"좌수님께서 황금 오백 냥만이라도 시주하시면 살아생전에 만복을 받으시고, 죽어 저세상에 가시면 극락세계로 가오이다. 선업을 짓는다는 마음으로 시주하사이다."

대사는 육환장을 두 손으로 눈 위에 높이 들었다가 내리면서 땅에 무릎 꿇고 큰절을 하였다. 옹고집은 더욱 낯빛을 푸들거리며 소리쳤다.

"뭐 시주를 하라? 한두 냥도 아니고 황금 오백 냥을 시주하라?"

옹고집은 발바닥에 불이 이는 듯 겅정겅정 뛰며 욕설을 퍼부어 댔다.

"이 도적놈들아, 내가 이 재산을 모을 제 얼마나 피땀을 흘렸는데, 산중에 앉아 땀 한 방울 흘리지 않고 놀고먹는 놈들이 우리 집 재산을 거저 달래? 염치가 족제비 낯짝만치도 없는 이 도적놈아, 오늘 이 옹 좌수 손맛 좀 보아라."

하고는 안사랑에 대고 소리를 쳤다.

"창쇠야, 악악쇠야, 이 중놈을 당장 덜미를 잡아들여 초당 앞마당에 꿇려라."

"예잇!"

늙은 종 창쇠, 젊은 종 악악쇠 함께 달려들어 주인이 시키는 대로 대사의 덜미를 잡고 초당 마당으로 질질 끌고 가 무릎을 꿇리었다.

초당 마루에 앉은 옹고집은 마치 평양 감사라도 되어 동헌 대청에 올라앉은 듯 두 눈을 부릅뜨고, "이놈, 이놈!" 하며 호통을 쳤다.

"이 중놈 듣거라. 그래 시주를 하면 어찌 돼?"

대사는 태연한 자세로 대답하였다.

"우리 절 부처님이 영험하시니 시주하시면 무병장수하시고 부귀와 공명을 누리시며 자손이 집안에 그득하시고 오복을 대대로 누리실 것이오이다."

"아따, 이 중놈아, 내 말 듣거라. 시주하여 부귀를 누리고 시주하여 오복을 누린다면, 네놈이 내게 시주하고 그 부귀를 네놈이 다 누리고 그 복락도 네놈이 다 차지하거라."

대사는 묶인 몸으로 이마를 땅에 조아리며 눈물을 흘렸다.

"부처님께 시주함을 어찌 그렇게 말씀하시오이까. 착한 일이 있고 악한 일이 있사오이다. 착한 마음으로 시주를 하시면, 진흙에 묻힌 진주 보석을 한 알 한 알 맑은 물에 씻어 유리 쟁반에 모아 놓듯이 모으신 그 착한 마음의 공덕으로 세상에서 이루지 못할 소원이 없소이다."

"허허, 우습기 짝이 없구나 이놈!"

옹고집은 허거프게 웃다가 다시 호통을 쳤다.

"시주하면 못 이룰 소원이 없다 하니, 그래 네 말대로면 명이 짧아 죽을 사람이 어디 있고 자식 없어 한탄할 사람이 어디 있겠느냐? 속담에 사람의 새끼 되다 만 것이 중이라 하더니 네가 정말 음흉한 놈이로다. 시주하면 죽어서 극락세계로 간다 하니 극락세계를 그 누가 가 본 일이 있다더냐?

시주하고 오래 산다 하지만 태곳적 불법이 없을 때도 천황씨 지황씨는 만 팔천 살이나 사시었고 단군께서는 천구백 살이나 사시었느니라.

시주하여 복을 받고 절을 지어 부자 된 사람 몇이라더냐? 옛날 고구려 시절에도 시주 안 하고 복 많이 받은 사람들 수두룩했고, 고려 시절에도 절간에 돈 한 푼 내지 않고 부자 된 사람 수두룩하였느니.

네 이놈, 부모도 일가친척도 다 버리고 산중의 중이 되어 충성으로 나라를 섬기지도 않고 효성으로 부모를 섬기지도 않고 놀고 먹는 놈이, 어른 보면 시주하라 하고 아이 보면 적선하라 하고, 네 무슨 염치로 남들이 피땀 흘려 지은 곡식이며 힘들여 모은 재산을 거저 달라느냐?"

도학 대사는 여전히 태연하게 이마를 땅에 조아리며 말하였다.

"우리 중들이 나라를 충성으로 섬기지 않는다니 그게 무슨 말씀이오이까? 지난 왜란 때 서산대사와 사명대사가 승병을 일으켜 왜나라를 항복시키고 나라를 다시 번영케 하였으며, 소승도 비록 산중에 있을망정 경을 읽고 염불하며 아침저녁으로 나라의 복락을 축원하니 이 어찌 나라에 충성함이 아니며, 온 백성이 자손만대 태평세월을 누리도록 축수하니 이 또한 선심이 아니오리까. 놀고먹는다 말씀 마시고 금 천 냥만 시주하시면 부귀영화 누리시고 후생 길을 닦아 마침내 죽어서 극락으로 꼭 갈 것이니 아끼지 말고 시주하소서."

중이 다시금 간청하니, 옹 좌수는 성난 두 볼때기를 더욱 푸들거리며 선불 맞은 송아지 울듯 소리를 쳤다.

"이 요망 무쌍한 놈아, 네 아무리 나를 속이려 하나 문문히 내가 네놈에게 속을 줄 아느냐! 우리 어머님은 부처님께 시주 안 해도 여든 다 되도록 부귀영화 누리고 있으며, 우리 부부 함께 늙으며 아들딸 번성하고 남종 여종이 수두룩하다. 네놈이 온 백성을 위해 축원을 한다 하니, 내 관상을 보아 길흉이나 알아보아라."

그러자 대사는 서슴지 않고 옹고집의 관상을 보았다. 옹고집의 얼굴도 보고 손발도 보고 행동거지를 다 살피고 나서 말하였다.

"좌수 나리의 관상을 보니 백 살 넘도록 오래 사시며 자손이 집 안에 그득하고 부귀공명을 누리실 신수이지만, 부뚜막신이 갑자기 노하시어 횡액을 당하실 터이니 참으로 조심하여야 하리다. 정성으로 시주하오면 횡액을 면하실 것이오며 그렇지 아니하오면 늘그막에 갑작스레 경풍痙風이 일어나 꼼짝 못하고 죽으리니 각별히 조심하소이다."

옹고집이 이 말을 듣고 몸을 부들부들 떨며 호령을 쳤다.

"이 늙은 도적놈아, 뭣이 어째? 급경풍을 만나 죽는다고? 창쇠야, 악악쇠야, 저 중놈 잡아 묶어라!"

늙은 창쇠와 젊은 악악쇠가 달려들어 대사의 수박 같은 머리 뒷덜미를 잡아서는 엎어 놓고 사지를 꽁꽁 묶었다. 옹고집은 분을 참지 못해 씩씩거린다.

"이놈, 이놈! 네가 산중 도인이라 말하며 남의 돈과 곡식을 거저 달라니 네놈 뱃속도 더럽지만, 우리 집엔 고고조 때부터 중놈들을 대문 근처에도 붙인 일이 없느니라. 네놈의 기골을 언뜻 보니 뭐나 좀 아는 중놈 같기에 관상을 보라 하였더니, 말짱 하는 말이 늘그막에 경풍이 일어나 꼼짝 못하고 죽는다? 네놈이 욕을 해도 지나치지 않느냐. 이 설삶은 말대가리 같은 놈아, 내 나이 쉰에 무슨 일로 경풍이 나랴? 옛글에도 돈만 있으면 귀신도 부린다 하였느니라. 그래 내 재산으로 횡액 하나 못 면할쏘냐? 이 옹고집 걱정은 말고 네놈이나 급경풍 맛을 보아라."

옹고집은 미친 듯 대사 앞으로 달려 내려가 두 종들을 데리고 수박같이 번들번들한 대사의 머리 위에 음양혈을 짚는답시고 여기저기 쿡쿡 찌르며, 남산 누에머리에 봉홧불 놓듯, 오뉴월 더운 밤에 모깃불 놓듯 뜸을 놓으니, 불길이 시뻘겋게 타오른다.

그래도 대사는 태연히 앉아 염불을 욀 뿐이다. 옹고집은 더욱 약이 올라 뜸을 삼백 장이나 놓고도 성에 차지 않아 대사를 형틀에 올려 매고 수양산 물푸레 매채로 볼기 서른 대를 쳤다. 늙은 대사의 볼기에서 피가 흘렀다.

옹고집은 그래도 성에 차지 않은 듯 소리를 질렀다.

"이놈, 네 견디어 보니 어떠냐, 급경풍 맛이?"

대사는 조금도 두려움 없이 대답하였다.

"좌수 나리의 앞일이 걱정될 뿐이외다."

"네놈이 걱정해 주지 않아도 타고난 내 팔자, 내 운수대로 오래오래 잘살 것이니라. 시주 안 해도 급경풍 없이 잘살 것이니 두고 봐라."

"두고 보시오."

옹고집은 이 말을 들었는지 못 들었는지 더 미친 듯 소리를 질러 댔다.

"창쇠야, 악악쇠야, 저 저 저 중놈 대문 밖으로 내던져라!"

종들은 대사를 번쩍 들어 대문 밖 길거리 한옆에 내던졌다.

옹고집은 이렇듯 중에게 경풍 맛을 톡톡히 보여 주었다.

시주를 달라 하여 시주를 주면 말 없는 부처가 무슨 영험이 있어 복락을 주며 죽은 다음에 어찌 극락세계로 보내 주겠느냐? 옳다. 말인즉슨 옳다. 산중에서 놀고먹는 중이 무슨 염치가 있어 남이 피땀 흘려 모은 재물을 거저 달라고 하랴.

그래도 그렇지. 그저 욕이나 좀 퍼부으면 몰라도 머리를 불로 지지고 볼기를 치는 경우가 어디 있으랴. 사람을 한길에다 패대기칠 것은 또 무어람. 인정으로 어찌 이런 악독한 짓을 하랴.

옹고집은 사랑에 들어와서도 분이 풀리지 않은 듯 벌렁 자빠져 심술이 가라앉지 않아 불룩한 배를 쓸어 만지며 줄창 욕지거리를 하였다.

"분한지고, 그놈의 깝데길 홀딱 벗기지 못한 게 분하고 또 분한 지고."

보라매, 범, 여우, 가짜 옹가

도학 대사는 옹고집에게 매를 맞아 꼼짝하기도 어려운 몸을 이끌고 육환장에 의지하여 한 걸음 한 걸음 걸어 구월산 절간으로 돌아왔다. 산문 안에 들어서서 첫 누각인 풍월루 아래 이르러 풀섶에 쓰러지고 말았다. 세속을 버리고 산중에 들어 공부한 지 사십여 년에 이런 봉변은 처음이다.

"아! 하늘이 세상에 선과 악을 내었다지만 어찌하여 악이 이다지도 득세를 한단 말인고. 이다지도 행패가 심한 줄은 내 미처 몰랐도다."

대사는 몸과 마음이 다 괴로웠다. 대사는 도술이 높아 하늘과 땅을 움직일 수 있으니, 그까짓 옹고집이의 막돼먹은 행패 따위는 너끈히 막을 수 있었다. 허나 세상사와 자연에 순응하여 받는 괴로움은 그 무엇으로도 대신할 수 없는 것이려니 하여, 부러 감수하고 겪은 것이다.

대사는 어느덧 새벽별이 반짝거리는 것을 보았다.

'저녁 어스름이 깔릴 때, 나를 일으켜 세워 주고 육환장을 짚고 걷게 해 준 길손! 그이는 얼마나 어진 사람인가. 옹고집의 악은 어디서 온 것일까? 선은 선한 사람의 마음에서 오고 악도 악한 사람의 마음에서 온 것이리라. 그러면 사람의 마음에는 선도 있고 악도 있는 것이리라. 그렇다. 마음의 본바탕은 맑은데 그 마음을 선으로 닦으면 선한 사람이 되는 것이요, 그 마음을 악한 데로 가도록 굴레를 벗겨 내버려 두면 옹고집처럼 되는 것이리라. 제가 악한 줄 모르는 자, 저를 선으로 생각하는 자.'

이렇듯 이 생각 저 생각 하고 있는데 아침 염불 소리가 뎅뎅 들려왔다. 제자들이 산문에 나왔다가 대사를 보고 놀라 안아다가 방에 눕혔다.

대사는 며칠을 두고 앓았다. 도학 대사에게서 옹고집 이야기를 들은 제자들은 모두 분을 참지 못하여 눈물까지 흘렸다.

"스님께서는 어찌하여 하늘과 땅을 움직이는 도술을 지니시고도 그러한 욕을 보셨나이까?"

대사는 자리에서 일어나 앉으며 긴 한숨을 내쉬었다.

"불쌍코 불쌍토다, 어둠 속에 있는 인생이로다. 옹고집의 마음과 행실이 얼마나 큰 악에 묻혀 있는지 그 맥을 좀 보자고 한 노릇인데 뜻밖에도 욕을 보았구나."

대사의 말에는 옹고집을 미워하기보다 가엾이 여기는 빛이 짙게 배어 있었다. 제자들은 젊은 혈기로 분개하여 대사에게 말하였다.

"그런 놈을 어찌 그냥 두오리까! 악독하기 짝이 없는 그런 놈은 잡아다가 지옥 중에도 무서운 풍도 지옥에 보내 세상에 다시 나오지 못하게 하심이……."

대사는 머리를 흔들었다.

"그래서는 아니 되느니라."

"그러면 암탉에 병아리까지 채 먹는 사나운 보라매를 날려 보내 하늘 높이 빙빙 돌다가 두 죽지를 접고 곤두박이며 악독한 옹고집의 두 눈을 뽑아내도록 하여 벌하심이 어떠하오리까?"

대사는 또 머리를 흔들었다.

"그래서는 아니 된다. 어찌 그런 악형으로 보복을 하랴."

제자들은 더욱 분을 이기지 못하여,

"스님께서는 어찌 그런 곤욕을 당하시고도 자비심을 베푸시나이까?"

하며 벌할 방법을 다투어 내놓았다.

어떤 제자는,

"산중의 용맹스러운 범을 불러 어둠침침한 한밤중에 담을 넘어 뛰어 들어가 초당에서 자는 옹고집을 물어다 법당 앞에 세워 놓고 악독한 그놈의 넋을 뽑아 줌이 좋을까 하나이다."

하며 주장하였고, 어떤 제자는,

"산중의 꼬리 아홉 가진 여우를 불러 요사스러운 미인으로 바꾸어서 옹고집이 자는 방에 들어가 그놈 첩이 되어 옹고집을 녹이면 마침내 그놈이 상한上寒 병에 걸려서 피를 토하고 급살 맞지 않겠나이까."

하고 주장하였다.

대사는 또 머리를 흔들었다.

"그렇게 해서는 아니 된다. 옹고집의 포학무도한 짓을 생각하면 내 받은 치욕을 갚아 주고 싶으나 그렇게 하면 악으로 악에 맞서는 것이 되느니라. 내 생각에는 태백 신선한테 배운 묘술로 옹고집을 한번 속여 한바탕 꿈을 꾸듯 어려움을 겪게 하여 스스로 선을 알고 악을 알게 하리라."

대사는 볏짚을 한 단 크게 묶어 가져오라 하여 그것으로 가짜 사람을 하나 만들었다. 그러고는 주문을 한번 외우니 그 가짜 사람이 영락없는 옹고집 모습으로 변하였다.

참으로 신기하여 제자들이 모두 놀랐다.

번들거리는 벌건 이마며 시꺼먼 두 눈썹이 움씰거리는 것하며 험상궂은 주먹코며 두 볼따구니에 심술주머니가 축 처진 상판이며 한 치도 다름없는 옹고집이다.

어찌 겉모습뿐이랴. 도학 대사가 태백 신선을 부르며 부적 한 장을 써 가짜 사람의 품에 넣어 주니 가짜 옹고집은 마치 산 사람같이 말하고 움직이되 옹고집의 말투와 행동거지와 조금도 다름이 없었다. 참으로 희한한 일이었다. 말도 하고 글도 보고 느끼고 생각하고 분별하는 것이 우리네 산 사람과 같았다.

"스님의 도술이 이다지 신묘하신 줄 몰랐사옵니다."

제자들은 모두 합장하고 스님에게 절을 하고 또 하였다.

도학 대사는 가짜 옹고집 가짜 옹가 가짜 좌수를 데리고 산문 밖까지 나아가며, 옹 좌수의 집에 가서 어찌어찌하라는 묘술을 다 일러 주고 만일 일러 준 대로 하지 않을 때에는 털끝만치도 용서치 않으리라 다짐을 놓았다.

이리하여 또 하나의 옹고집 옹 좌수가 옹가네 집으로 떠나갔다.

"아따 이놈, 진짜 옹가는 나다."

　가짜 옹고집은 옹진 옹돌촌 옹가네 집에 이르러 서슴없이 대문을 열고 사랑 중문 안으로 들어섰다. 사랑 마당을 쓸던 곰배팔이가 코가 땅에 닿도록 절을 하였다.

　가짜 옹가가 눈을 부라리며 소리쳤다.

　"이놈아, 하루에 밥 세끼 축내면서 마당 하나 똑똑히 쓸지 못하느냐? 이 죽일 놈!"

　진짜 옹고집과 다름이 없다. 곰배팔이는 두 손을 싹싹 빌며 말하였다.

　"한번만 용서해 주옵시면……."

　곰배팔이는 말을 더 못 하고 무서워 벌벌 떨었다. 가짜 옹고집은 욕을 더 하려다가 그만두고 초당으로 성큼성큼 들어가 마루에 올라앉았다.

마침 이때 진짜 옹 좌수는 고을 관아에 들어가 없으니 집안의 종 가운데 누가 그를 의심하랴. 가짜 옹가는 대청에 앉아 종들을 불러 댔다.

"늙은 종놈 창쇠야, 젊은 종놈 악악쇠야, 사랑방 치우고 어서 말 죽 쑤어라."

"예잇."

가짜 옹가는 춘단이를 불렀다.

"요 망할 년! 어른이 밖에 나갔다 돌아오면 으레 세숫물 올릴 것 이지 뭘 하느냐?"

춘단이가 "예예." 대답을 하고 놋대야에 맑은 물을 떠서 대청 퇴 앞에 갖다 놓으니 가짜 옹가가 도포를 활활 벗고 세수를 하였다. 가 짜 옹가는 세수를 한 다음 마루에 깔린 화문석에 목침을 베고 누워 서 춘단이를 또 불렀다.

"춘단아, 내 오늘 길을 좀 걸었더니 다리가 아프구나. 다리 좀 주 물러라."

춘단이는 세숫물을 버리고 섬돌 앞에서 머뭇거렸다.

"요년아! 왜 그렇게 섰느냐? 어서 올라와 주물러."

춘단이는 하는 수 없이 마루로 올라가 옹 좌수의 다리를 주무르 기 시작했다. 가짜 옹가는 매우 기분이 좋았다.

"어허 좋다. 어허 시원하다. 고 무릎 좀 주물러라. 그렇지! 그렇 지! 어허 시원하다. 춘단이가 내 맘을 알아주는구나. 어허 어허, 허허!"

기분이 좋은 바람에 내처 웃어 버렸다.

이럴 때 진짜 옹고집이 돌아와 사랑 마당으로 들어섰다. 그런데 어떤 놈이 대청에 번듯 누워 춘단이에게 다리를 주무르게 하고 어허 어허허 하며 웃는 것이 아닌가.

진짜 옹가는,

'이것이 꿈이냐? 생시라면 어찌 된 일이냐?'

눈을 비비고 또 비비며 다시 살펴보았다. 과연 어떤 놈이 남의 집을 꿰차고 들어앉은 것이 분명하였다.

"아니, 저 양반이 누구관데 남의 집에 들어와서 계집종까지 옆에 앉혀 놓고 희롱을 하는 게야?"

진짜 옹고집이 가짜 옹고집을 불렀다. 가짜는 그새 잠이 들었는지 모르쇠를 하였다. 약이 오른 진짜는 춘단이를 불러 소리쳤다.

"이년아, 저놈이 웬 놈이냐?"

춘단이는 어느새 댓돌 한옆으로 피해 내려서 오돌오돌 떨기만 한다. 마루에 누운 것도 주인, 마당에 들어선 것도 주인이다. 춘단이는 도깨비한테 홀린 것 같아서 대답을 못 하고 중문께로 달려 내려갔다.

마당의 옹고집은 마루 쪽으로 다시 소리쳤다.

"야 이놈아, 먹을 게 없어 귀가 먹었느냐?"

이 바람에 마루에 누운 자가 벌떡 일어나며 호령을 한다.

"아니, 어떤 놈이 인사도 없이 들어와 소란을 피우느냐?"

"아니, 어떤 놈이라니! 저 저놈 봐라."

마당의 옹고집은 마루에 앉은 놈을 보고 놀랐다. 어쩌면 제 모습과 그리도 같은가. 진짜 옹 좌수는 너무도 기가 막혀 입을 딱 벌렸으나 말문이 탁 막힌다. 마루에 앉은 가짜 옹가는 진짜 옹가를 내려다보며 도도한 기세로 꾸짖는다.

"이놈아, 네 어떤 놈이관데 남의 집에 뛰어들어 두 눈이 시퍼런 주인을 보고 이놈 저놈 하느냐?"

"뭐라고? 네놈이 주인이라? 하늘이 내려다본다, 이놈아. 이 집 재산을 모을 제 내 얼마나 피땀을 흘렸는지 아느냐? 네놈이 주인이라고? 아이고!"

진짜 옹 좌수는 펄펄 뛰며 가슴을 쾅쾅 친다.

가짜 옹 좌수는 더욱 도도하게 빈정거린다.

"피땀을 흘린 거야 주인인 내가 알지, 네가 알겠느냐? 허허."

"야, 이 도둑놈아! 어째서 네놈이 주인이냐?"

"벌건 대낮에 이런 날도둑놈 같으니라고. 도둑놈은 네놈이다."

두 옹고집이 서로 주인이라 서로 도둑놈이라 하며 싸운다.

춘단이는 말죽을 쑤던 창쇠와 악악쇠, 마당을 쓸던 곰배팔이 들과 함께 마당 한구석에서 두 옹고집의 싸움을 보고 있었다. 이 양반이 저 양반 같고 저 양반이 이 양반 같고 한 판에 찍어 낸 두 양반이라, 어이할 바를 몰라 어리벙벙해 있는데 마루에 앉은 옹 좌수가 먼저 이들을 불렀다.

"창쇠야, 악악쇠야, 그래 사랑마루에서 누워 자던 내가 주인이 아니고 이제 밖에서 떠들어온 놈이 주인이란 말이냐?"

이 말에 마당에 서 있던 옹 좌수가 미친 듯 손을 내저으며 맞선다.

"아니다, 이놈아. 떠들어오다니? 내 잠깐 볼일이 있어 나갔다가

오는 길인데, 이놈 뭣이 어쩌고 어째?"

마당의 옹 좌수가 "이놈" 하니, 마루의 옹 좌수가 또 "이놈" 한다.

"네 어찌 사람을 속이려 하느냐, 이놈! 네놈의 모습이 나와 비슷하다고 감히 내 집에 뛰어들어 내 재물을 다 먹자고 하니 네놈의 욕심도 어지간하다. 창쇠야, 악악쇠야, 저놈을 당장 잡아 마당에 엎어라."

마루의 가짜가 호령하니 창쇠와 악악쇠는 "예이." 대답을 하고 마당에 선 옹 좌수한테 달려들었다. 진짜 옹 좌수는 입에 게거품을 물고 호령을 한다.

"이놈들, 그리도 상전을 몰라보느냐?"

창쇠와 악악쇠는 다시 어쩌지 못하고 물러선다.

마당에 선 진짜 옹가는 종들을 물리친 기세로 성큼성큼 걸어 사랑마루로 올라가 가짜 옹 좌수와 동서로 마주 앉아 싸우기 시작하였다. 싸우는 모양이 참으로 볼만하다. 두 옹고집은 입씨름을 하다가 손을 잡고 싸우고 멱살잡이를 벌이다 나중에는 발길로 차며 번들이마로 받기도 하고 서로 상투를 쥐고 늘어지기도 하며 죽을힘을 다해 싸우니, 창쇠와 악악쇠가 달려들어 뜯어말려서야 두 옹가가 상투를 놓고 물러앉아 씨근덕거렸다.

창쇠도 악악쇠도 어느 좌수를 주인으로 섬기고 어느 옹가를 내쫓아야 할지 몰라 갈팡질팡하였다. 그러다 잠깐 마당가에 앉아 곰배팔이와 한탄을 하는데 창쇠는 들은 풍월이 있어 유식한 말로 한탄한다.

"달밤이라 갈꽃 깊은 곳에 학 찾기는 차라리 쉬워도, 초당에 앉은 두 옹 좌수님 중에서 우리 좌수님 찾기는 참으로 어렵구나."

이럴 때 춘단이는 안채로 달려 들어가 마님에게 알렸다.

"마님, 큰 변이 났사와요. 초당 사랑에 좌수님이 둘이 되어 서로 주인이라고 싸우시니 창쇠도 악악쇠도 어쩔 줄 몰라 하와요."

마님은 기절할 듯 놀랐다.

"이게 웬 변이냐? 좌수님이 둘이라니 정녕 네 눈으로 보아도 둘이더냐?"

"예, 아무리 봐도 한 분이 아니라 두 분이와요. 코도 같고 눈도 같고 옷 입은 모양도 똑같사와요."

마님은 "아이고!" 하고는 실성한 사람처럼 낮은 소리로 중얼거렸다.

"집안 망할 일이로다. 이년이 무슨 죄를 지어 이런 일을 당하나. 우리 좌수님이 중이라면 기를 쓰고 사지를 묶고 온갖 못할 짓 다 하더니 그 죄가 어찌 적으며, 팔십 늙은 어머님을 박대하고 일가친척을 멸시하더니 어찌 무사하리오. 이내 말은 듣지 아니하고 고집불통으로 못된 짓만 골라 하더니 이런 일을 당하누나! 아이고!"

마님이 어찌할 바를 모르다가 정신을 차려 춘단이더러 어미를 불러오라 하여, 바삐 나가 다시 알아 오라 하니 춘단 어미는 더럭 겁이 났다.

'좌수 영감이 둘이라니 이런 변괴가 있나! 상전이 둘이면 욕을 먹어도 갑절, 고역을 치러도 갑절, 보기도 싫은 그 상통 더구나

두 영감의 상통을 왜 나더러 나가 보라는고.'

춘단 어미는 가슴이 떨렸다. 그래도 마님의 분부니 할 수 없이 초당 사랑으로 서둘러 나갔다.

아니나 다를까 두 좌수가 초당 마루에 마주 앉아 싸우는 꼴이 해괴망측하였다.

"네가 옹가냐? 내가 옹가지."

"아따 이놈, 진짜 옹가는 나다."

"이놈! 진짜 옹 좌수는 나다, 나야."

서로 으르렁거리는 모습이 어찌 그리도 똑같은지. 두 옹 좌수의 우거지 상통하며 팔다리 길고 짧은 것이며 말하고 행동하는 그 모든 것이 참으로 한 판에 찍어 낸 절편이로다.

이때 동쪽에 앉은 가짜 옹 좌수가 소리를 질렀다.

"춘단 에미야."

춘단 어미는 엉겁결에 "예." 하며 펄쩍 땅에 엎드렸다. 서쪽에 앉은 진짜 옹 좌수가 한 수라도 질세라 소리를 또 질렀다.

"춘단 에미야, 네 종년으로 대를 이어 내 집에 있었으니 응당 내가 이 집의 진짜 주인임을 알겠거늘 네 어찌 그러고만 있느냐? 창쇠, 악악쇠와 함께 이 가짜 옹가를 내쫓도록 하여라."

이 말을 들은 동쪽 옹 좌수가 벌떡 일어나 한 발로 마루를 쾅쾅 구르며 호통을 친다.

"이놈! 누구를 쫓아내?"

이와 함께 서쪽에 앉은 옹 좌수가 또 벌떡 일어나 한 발로 마루를 쾅쾅 구르며 호통을 친다.

"춘단 에미야, 뭘 하느냐? 어서 저놈을 쫓아내라."

춘단 어미는 두 손을 번쩍 들었다.

"쉰네는 모르겠사와요. 누가 누군지 마님이 보시면 아실 터이오
니 잠깐 기다리시면……."

하고 안채로 달려 들어갔다.

"마님, 큰일 났습니다요. 사랑에서 정말 두 좌수님이 으르렁거리
며 싸우시는데 도무지 모르겠사와요. 까마귀 암놈 수놈을 그 누
가 알랴 했다더니 진짜 까마귀 속인지 우리 좌수님을 못 찾아내
겠으니 마님이 어서 나가 자세히 보고 찾으시와요."

마님은 더욱 가슴이 왈랑거렸다.

"내가 어찌 경망히 외당까지 나가 보겠느냐? 지금 좌수님 입으신
도포가 신임 좌수 되실 적에 입으셨던 도포가 아니냐. 그때 다림
질을 서두르다가 불똥이 튀어 도포 안자락이 탔느니라. 도포에
그 흔적이 있으면 분명 우리 좌수님이니 네 다시 가서 알아보아
라."

도포 안자락에 불탄 흔적이라! 춘단 어미는 사랑으로 다시 나가
좌수님들에게 그 말을 하였다. 서쪽에 앉은 진짜 옹고집이 먼저 선
뜻 앞으로 나앉으며 도포 안자락을 보인다. 불에 탄 흔적이 분명하
다. 춘단 어미는 반가웠다.

"이 양반이 우리 좌수님이 분명하오."

이럴 때 동쪽에 앉은 가짜 옹고집이 춘단 어미 앞으로 선뜻 나서
며,

"아따 이년, 우습기 짝이 없구나. 물 맑은 갈밭에는 떼 기러기 제

격이요, 칠년대한 큰 가물엔 비 오기가 제격이요, 어린아이 경풍에는 우황고가 제격이요, 옹 좌수님 도포 자락엔 불똥 흔적이 제격이라. 자 이년아, 내 도포 안자락 좀 보아라. 그만한 흔적은 내게도 있느니라."

하며 도포 안자락을 활짝 젖혀 보이니 그 흔적이 더욱 뚜렷하다.

"어마나, 이 양반 도포에도 불탄 구멍이 있네!"

춘단 어미는 입을 항 벌리고 안채로 달려 들어갔다.

"마님, 두 좌수님 도포 안자락에 불탄 구멍이 똑같이 있으니 이년의 눈구멍으로는 모르겠사와요. 마님이 나가 보시오. 어서 바삐 나가 보시오."

춘단 어미가 헐레벌떡 아뢰니, 주인 마누라는 "으흐으흐." 하며 더욱 통곡한다.

"여자가 세 가지 따르는 법 중에 남편을 따르는 법이 으뜸이라하니, 내 어찌 두 남편을 따르리오. 조물의 시기인가 귀신의 장난인가? 우리 영감 둘이라니 어느 영감 좋다 하고 어느 영감 마다할까. 아이고 내 신세야. 이 일을 장차 어이할꼬."

정신없이 울부짖으며 나가다 초당 사랑 중문 턱에 엎어지며 통곡하니 그 소리가 구슬프기 그지없었다. 동쪽에 앉은 가짜 옹 좌수가 벌컥 화를 내며 꾸짖었다.

"늙은 마누라 무슨 일로 저리 슬피 우느냐? 영감이 멀쩡하게 살아 있는데 통곡이 웬 말이냐. 우리 내외 의좋게 이날 이때까지 살아오고 우리 죽더라도 한 무덤에 묻힐 부부거늘 이 귀중한 영감앞에서 방정맞게 통곡하다니 이게 웬 말이냐. 며늘아가, 네 시어

미 무슨 일로 통곡하는지 아구리를 당장 다물지 않으면 쫓아낸다
고 일러라."

호령이 추상같다. 며늘아기는 겁이 나서 시어머니에게 달려 나와
나직이 떨리는 목소리로 말씀 올렸다.

"어머님 울음을 그치시오. 사랑의 아버님 꾸중이 엄하시니 제발
울음을 그치사이다."

시어머니는 좀처럼 울음을 그치지 못한다.

"아가, 네가 내 기막힌 마음을 모르는구나. 어느 좌수님이 우리
영감님인 줄 알고 울음을 그치란 말이냐."

이 말 듣고 서쪽의 진짜 옹가는 기가 막혀 숨이 넘어갈 지경이라
가슴을 쾅쾅 치는데, 동쪽의 가짜 옹가는 비위 좋게 며느리를 또 부
른다.

"며늘아기 백홍성아, 내가 분명 네 시아버진 줄 모르겠느냐? 우
리 맏아들이 장연 태탄포 백창길의 둘째 딸인 네게 장가들 제 그
예장이 얼마나 훌륭했느냐. 붉고 푸른 값진 비단에 돈 오백 냥
봉ˇ 밖에 무명 두 필이요, 살지고 힘센 제주 총마 네 필에 금비
녀, 은비녀, 금가락지, 옥가락지 자개함에 고이 담고 온갖 귀한
예물들을 말에 실어 이 늙은이가 후행으로 따라가다가, 가운데
말이 펄쩍 뛰어 내닫는 바람에 북두ˇ가 끊어지고 놋양푼이 떨어
져 한복판이 깨지지 않았더냐. 그 못쓰게 된 놋양푼이 지금 네 방

ˇ 신랑 집에서 선채 말고 신부 집에 더 주는 돈.
ˇ 짐 실을 때 매는 끈.

벽장 안에 있을 것이로다. 그래도 이 진짜 시아비를 모르겠느냐?"

이 말 듣자 서쪽에 앉은 진짜가 울부짖는다.

"아이고 가슴 터진다. 예끼 이놈, 내 할 말을 네 잘도 한다. 며늘아가, 이리 올라와 내 얼굴을 자세히 보아라. 아침저녁 보던 네 시아비는 분명 내이니라."

동쪽에 앉은 가짜가 맞장구를 친다.

"며늘아가, 어서 올라와 내 얼굴을 자세히 보아라. 시시때때로 보던 네 시아비는 바로 내이니라."

며늘아기는 눈앞이 아리송하고 머리가 휭 도는 듯하였다. 아무리 보아도 똑같은 두 늙은이 두 좌수님 두 시아비가 서로 으르렁거리다가 며느리더러 올라오라 한다. 며늘아기는 귀신한테 끌리듯 마지못해 올라갔다.

"아가, 이리 와 앉거라."

"아가, 이리 와 앉거라."

서로 자기 앞에 와 앉으라 한다.

며늘아기는 두 시아비 중간에 앉으며 두 얼굴을 뜯어보았다. 아무리 뜯어봐야 그 얼굴이 그 얼굴이다. 벌름거리는 주먹코에 기다란 주걱턱.

"모르겠사와요, 어느 분이 어느 분인지. 우리 시아버님 정수리엔 금이 있고 상투 바로 밑에 흰 털이 하나 길게 나 있으니 그걸 보면 알겠사와요."

서쪽에 앉은 시아비가 손뼉을 탁 친다.

"옳다, 네 말이 옳다. 어서 보아라, 어서 보아."

하며 며늘아기 앞으로 나앉으니, 며늘아기 얼른 정수리를 보고 상투 밑을 본다.

"없어요. 흰 털이 보이지 않아요."

"뭣이라? 다시 잘 보아라. 다시 다시!"

하며 서쪽의 시아비가 머리를 숙이고 바싹 다가드니 며늘아기는,

"에그머니나!"

하고 뒤로 펄쩍 물러앉는다.

이것을 본 가짜 옹 좌수가 호통을 친다.

"저런 불측하고도 무식한 놈이 어데 있으랴! 며느리 앞에서 감히, 쯧쯧쯧. 자 며늘아가, 보아라. 내 정수리와 상투 밑의 흰 머리털이 거기 앉아서도 보일 게다."

며늘아기는 그쪽을 보더니 소리쳤다.

"있어요, 있어요! 흰 머리털이 분명해요. 이 어른이 우리 시아버님이시어요. 저 양반은 뉘신지?"

이 말 듣자 진짜 옹 좌수는 가슴을 치며 울음을 터뜨렸다.

"아이고 하늘이여! 맑고 밝은 하늘이여, 세상에 이런 일도 있으리까! 내 마누라 날 몰라보고 내 며느리 날 몰라보니 억울한 이 사정을 어따 대고 말하리오. 상투 밑의 털이야 있다가도 빠질 수 있거늘 이를 보고 날 아니라니 이런 원통한 일이 어데 있느냐. 버선목이라 뒤집어 보이며 수박이라 쪼개서 보이랴. 어느 누가 항변해 주며 어느 누가 내 편을 들어 주랴. 아이고아이고!"

하며 몸부림치다가 펄펄 뛴다.

"이놈, 너 죽고 나 죽자!"

팔을 걷고 동쪽에 앉은 가짜 옹가에게 달려들다가 마룻바닥에 미끄러져 벌렁 나자빠졌다.

이때 중문께에서,

"하하하 흐흐흐."

하고 웃음소리가 터졌다.

건넛말 곽 부자네 머슴 천돌이가 웃음보를 터뜨린 것이다.

"남의 일흔 섬지기 논 거저 어물쩍 먹을 때는 기세가 좋더니 오늘은 꼴좋다. 허허허 하하하."

옆에 옹크리고 앉아 있던 춘단이가 그놈 옆구리를 쿡 찌르자, 천돌이는 문밖으로 도망쳐 달아났다. 허나 한번 터져 나온 웃음소리는 마을 쪽으로 메아리쳤다.

동쪽에 앉은 가짜 옹가는 더욱 도도하게 주인 행세를 하며 종들을 호령한다.

"창쇠야, 악악쇠야, 남의 집에 감히 들어앉은 저 도둑놈 어서어서 끌어내라."

종들이 와르르 달려들어 진짜 옹고집을 끌어내려 하니 마루에 자빠졌던 옹고집은 기를 쓰며 버틴다.

"이놈들, 하늘이 무섭지 않느냐! 진짜 주인도 몰라보느냐! 자 봐라, 주인어른 팔굽 안쪽에 팥알만 한 사마귀 있는 것 모르겠느냐?"

바른팔 도포 소매를 활짝 올리니 과연 검은 사마귀가 보였다.

이때 동쪽에 앉은 가짜가 또 바른팔 도포 소매를 활짝 올리니 그

팔굽 안쪽에서도 검은 사마귀가 나타났다.

"예끼 이놈아, 이건 사마귀가 아니고 뭐냐?"

이를 본 서쪽의 진짜 옹 좌수 더욱 펄펄 뛰며 소리쳤다.

"저놈의 것은 모두 내 것을 훔쳐 본뜬 것이다."

동쪽에 앉은 가짜 옹가는 여전히 태연한 자세로 호령 소리만 높였다.

"이놈, 본뜨고 아니 본뜨고 간에 상투 밑에 흰 털도 없는 놈이 무슨 말이 이리 많으냐? 생판 가짜인 네놈 어서 물러가라."

"뭐, 나보고 물러가라?"

진짜 옹고집은 이번엔 생사 결판을 내자고 주먹을 부르쥐고 가짜 옹가에게 달려들었다. 마룻바닥에 미끄러지며 주먹으로 면바로 가짜의 얼굴을 쳤다. 가짜 옹가인들 어찌 맞기만 하랴. 가짜도 주먹을 들어 진짜 옹고집의 얼굴을 쳤다. 진짜는 죽기 살기로 덤벼들며 가짜의 멱살을 잡았다. 가짜도 진짜의 멱살을 잡았다. 진짜가 머리받기를 하니 가짜도 머리받기를 한다. 두 옹가의 싸움은 소장마당의 부룩소가 맞붙어 싸우는 격으로 우습기도 하고 처참하기도 하다.

창쇠와 악악쇠가 싸우는 두 옹가를 뜯어말려 사랑마루 동서에 다시 갈라 앉혔다. 그러고는 악악쇠가 옹고집의 맏아들인 젊은 서방님이 나가 있는 남문 밖 활터로 달려갔다.

"서방님, 큰일 났소. 집안에 큰 변이 났소. 좌수님 두 분이 나타나 서로 주인이라 하고 안방마님을 서로 자기 마누라라며 싸우시는데 지금쯤은 좌수님이 몇이나 더 나타났는지 모르겠소. 어서 바삐 집으로 가십시다."

재촉을 불같이 하니 서방님은 넋을 잃은 사람처럼 멍하니 서서 잠깐 말도 번지지 못한다.

"그러면 우리 아버님이 둘이란 말이냐? 잠깐 동안에 둘이 생겼으면 사나흘만 지나면 옹진 고을이 온통 좌수님 천지 되겠구나. 어서 가자. 화, 화살에 전통 넣어라."

이렇듯 전통에 화살 넣으라는 말도 제대로 못 하면서 덤벙북청* 돌아가듯 옹고집의 아들은 악악쇠를 따라 집으로 돌아왔다.

'고집불통에 인색하기 짝이 없는 아버지, 돈을 바리바리 쌓아 두고도 자식한테 눈곱만큼도 안 주던 야속한 아버지. 아버지가 없어지면 좋으련만, 없어지기는커녕 둘이 돼? 둘이라고? 그게 말이 되나? 둘이면 그 둘이 장차 또 몇으로 불어날지 모르는 건가? 이 일을 어이한다?'

초당 마당에 들어서 마루를 올려다보니 아니나 다를까 두 아버지가 똑같은 자세로 앉아 있다. 어느 쪽이 진짜인지 동쪽을 봐도 그 모습, 서쪽을 봐도 그 모습. 어느 쪽에 인사를 해야 할지 눈앞이 캄캄하다. 동쪽에 효도를 하면 서쪽에 불효가 되겠고, 서쪽에 효도를 하면 동쪽에 불효가 되겠고. 아들은 기가 막혀 울음을 터뜨렸다.

"아이고 이 일을 어이하랴. 내 팔자도 기구하다. 옹가 집안에 태어나서 남들은 부잣집 도령이라 부러워들 하건만 용돈 한 푼 못 써 보고 고생고생하다가 오늘 이런 변이 웬 말인가!"

이렇듯 한탄하며 우는데 서쪽에 앉은 진짜 옹 좌수가 큰소리로

• 북청 물장수처럼 아무 때나 급하게 덤비는 것.

꾸짖었다.

"이놈아, 내 언제 용돈 한 푼 안 주더냐? 지난가을에 화살이 없다 해서 돈 서 푼 준 것은 돈이 아니고 뭐냐?"

이 말을 들은 동쪽의 가짜 옹 좌수가 큰 소리로 웃었다.

"하하하. 돈 서 푼도 용돈이라고 참. 하하하. 애, 내 아들아, 어제 는 비록 오시삼중을 못했을망정 오늘은 오시삼중을 하였으니 기 특도 하지."

아들은 놀랐다. 참으로 놀라운 일이다.

"아버님, 어찌 그리 잘 아십니까? 오늘은 화살 다섯 개 중에 세 개를 과녁 한복판에 쏘아 맞혔나이다."

"참으로 장하다. 오늘은 내 돈 열 냥을 줄 테니 친구들한테 오시 삼중한 예를 차려 한턱내고 잘 놀아라."

"아버님, 고맙소이다. 고맙소이다, 아버님!"

아들은 몹시 감격하여 이마가 땅에 닿도록 절을 하였다. 이걸 본 서쪽에 앉은 진짜 옹 좌수는 벌떡 일어나 겅중 뛰며 소리쳤다.

"이놈아, 진짜 아비는 여기 있는데 어데다 대고 절을 하느냐, 이 놈!"

이럴 때 옹고집의 친구 김 풍헌이 찾아왔다.

"좌수 영감 잘 있나?"

진짜 옹 좌수는 석 달 장마 끝에 볕 처음 보듯 친구를 반겼다.

"김 풍헌 오나! 어서 오게, 어서 와."

진짜 옹가는 뜰로 내려가 김 풍헌의 오른팔을 잡고 사정한다.

"날 좀 살려 주게. 우리 집안에 큰 변이 났네. 어데서 알지 못할

놈이 내 모양 본을 똑 떠 가지고 내 집에 들어와서는 내 사랑에 들어앉아 매사를 나와 똑같이 행동하니 어느 누가 진짜 옹 좌수를 알아낼까.

옛글에, 어떤 사람이 제 신분을 감추려고 몸에 검은 칠을 하고 거지 행세를 하며 밥을 빌어먹을 때, 안해는 이를 알지 못해도 친구는 알았다 하지 않나? 내 친구인 자네야말로 내가 진짜 옹 좌수임을 잘 알지 않겠는가. 어서 저놈을 내쫓아 주게."

참으로 그 애걸하는 모습이 가엾기도 하고 우습기 그지없었다. 좌수 소임으로 콧대가 높아 우쭐렁거리던 옹고집이 하루아침에 어찌 이리 비굴해졌는가.

김 풍헌은 웃음을 터뜨렸다.

"하하하하하."

그럴수록 옹고집은 더욱 비굴하게 달라붙는다.

"제발 날 좀 살려 주게."

이때 사랑마루 동쪽에 앉아 있는 가짜 옹가가 점잖게 말한다.

"여보게 풍헌, 그 도둑놈의 가짜 놀음은 상대할 것이 못 되네. 어서 올라와 술이나 한잔하세. 어제 향소에서 만나 내 말한 대로 건넛말 곽 부자네서 보내온 봉산술이나 한잔하세. 황해도 봉산술은 옛날부터 나라님께 진상하는 술 아닌가."

김 풍헌은 정신이 번쩍 들었다.

"옳네, 옹 좌수가 어제 그 말을 했지. 그러니 자네가 진짜란 말이군."

이 말을 듣자 마당의 옹고집이 미친 듯 김 풍헌의 팔소매를 잡아

흔들며 외쳤다.

"저놈의 말은 듣지도 말게. 봉산술 이야기는 내가 한 말인데 저 놈이 훔쳐서 먼저 했네. 아이고, 분통이 터져 못 살겠네. 날 살려 주게. 엉엉."

진짜 옹 좌수는 체면도 없이 울며불며 애원하였다.

김 풍헌은 어리벙벙해졌다. 이쪽을 봐도 친구 옹 좌수가 분명하고 저쪽을 봐도 친구 옹고집이 틀림없다.

"정녕 모르겠구나, 어느 뻐꾸기가 어느 뻐꾸긴지. 옛글에 이르기를 신하를 아는 것은 임금이 제일이요, 자식을 아는 것은 부모가 제일이라 하였으니 자네들 어머님께 들어가 물어보세."

김 풍헌이 재촉하니, 진짜 옹 좌수는 불효한 죄상이 드러날까 봐 머뭇거리는데 가짜 옹 좌수가 선뜻 나섰다.

"옳네, 자네 말이 옳아."

그리하여 김 풍헌은 두 옹 좌수와 함께 늙고 병든 어머니가 있는 곳으로 갔다. 김 풍헌은 놀랐다. 뒷골방 중에서도 가장 구석진 골방에 냉기와 습기에, 장판 썩는 냄새까지 물컥 나는데 그 스산한 방에 노인이 홀로 누워 신음하고 있는 것 아닌가.

김 풍헌은 옹 좌수의 소행이 괘씸하여 그놈의 일을 도와주기도 싫어졌다. 허나 어찌하랴. 진짜 옹 좌수는 찾아야 하지 않겠는가. 김 풍헌은 노인에게 아들이 둘 된 사연을 이야기하고 진짜 아들이 누구인가를 가려 달라고 하였다.

노인은 놀라지도 않고 두 아들의 얼굴도 보려 하지 않은 채 자리에 누워 눈물만 흘렸다.

"고집이 둘이라니 집안 망할 징조로구나. 자식이 있으면 뭘 하느냐. 불효한 자식 둘이 되건 셋이 되건 이 늙은 어미에겐 관계없다. 어서 썩들 물러가거라."

김 풍헌은 더 어쩔 수가 없어 뒷골방 앞에서 물러 나왔다. 옹고집 일에 간참하고 싶지 않으나 인정이 그럴 수 없어 관가에 송사하여 판결을 받도록 주선하였다.

제 고향 땅에서 울며 쫓겨나는구나

옹진 고을 관가에서는 상방의 사또님을 비롯하여 육방 관속이 모두 술렁거렸다. 옹돌면 옹 좌수가 둘이 되어 관가로 송사를 하러 온다니 어찌 신기한 일이 아니겠는가. 그 소문은 곧 온 고을에 퍼졌다. 사람들이 구경을 하자고 삼문 밖에 하얗게 모여들었다.

길 양쪽에 쩍 늘어서서 두 옹 좌수가 삼문 안으로 들어가는 신기하고 해괴한 꼴을 모두가 보고 놀라 눈을 휘둥그렇게 떴다.

두 옹 좌수가 어쩌면 그리도 모습이며 행동거지가 똑같을까? 시꺼면 두 눈썹 밑에 심술이 번쩍이는 두 눈하며 주먹코에 주걱턱, 얼굴 모양새며 거만한 팔자걸음새에 이르기까지 판에 박은 듯 똑같으며, 옥색 항라 저고리에 당모시 도포를 떨쳐입은 옷매무시며 몸놀림이며 똑같지 않은 것이 없다.

옹진 고을이 생긴 뒤로 이런 구경은 처음이라고 사람들은 "히히

히.", "호호호." 웃기도 하고 배를 안고 죽어 가는 소리로 웃는 사람
도 있었다.

두 옹고집은 제 운명이 판가름 나는 문제니 만큼 근엄한 낯빛으
로 동헌 마당으로 들어섰다. 동헌 대청에는 원님이 둥 떠 보이도록
높다랗게 앉아 있고, 댓돌 아래에는 양옆으로 육방 관속이 으리으
리하게 늘어서 있으며, 마당 한옆에는 고을의 모모한 선비들이 구
경차 와서 점잖이 서 있었다. 그전 같으면 동헌 대청으로 서슴없이
올라가 관장 옆에 의젓이 앉을 옹 좌수건만, 오늘은 동헌 댓돌 아래
죄인처럼 허리를 굽히고 서 있다.

원님은 두 좌수를 번갈아 보았으나 아무리 보아도 둘이 똑같으니
그게 신통해서 웃음이 터지는 것을 입술 깨물어 가며 참고 있었다.
옹진 고을에 한 번도 일어난 적 없는 기기괴괴한 송사를 시작하였
다.

형방이 먼저 진짜 좌수가 올린 호소의 글을 원님에게 올렸다. 그
글은 이러하였다.

"옹돌면 옹고집 옹 좌수는 아직 백발은 아니오나 나이 이미 환갑
을 바라보는 이 고을 토박이 양반으로 신수가 불길하여 천만뜻밖
으로 이 근본도 알지 못할 도적의 침해를 받았사옵니다. 그자는
민民*의 집에 들어왔사온데 그자의 용모와 행색 일거일동이 민
과 조곰도 다름이 없사옵니다. 그자는 민을 대신하여 주인 행세
를 하며, 민의 모친을 제 모친이라 하고, 민의 처를 제 처라 하고,

• 백성이란 말로, 여기서는 송사를 낸 이가 스스로를 이르는 말.

민의 아들과 며느리를 제 아들과 며느리라 하고, 민의 남녀종들을 제 종이라 부르고, 민의 논밭을 제 논밭이라 하고, 민의 재산을 제 재산이라 하니, 세상에 이런 날강도가 있소이까. 이 원통함을 밝으신 사또께 아뢰오니, 이 강도를 잡아 엄한 형벌로 다스려 멀리 귀양을 보내 주시기 바라나이다."

원님은 어이없는 얼굴로 두 옹 좌수를 내려다보았다. 아무리 보아야 어느 옹 좌수가 자기와 자주 만나며 자기에게 간혹 진귀한 물건을 은근히 바치던 그 옹고집인지 알 수가 없다. 다음으로 두 번째 옹 좌수의 글을 보았다.

"옹돌면 옹고집 옹 좌수는 아직 백발은 아니오나……."

원님은 놀랐다.

'아니, 글 시작이 어찌 이리 꼭 같을까?'

원님은 놀라서 그 글월을 내리훑었다. 첫 시작만 아니라 문장의 흐름이 같고 구절구절이 같으며 마지막 원님에게 호소하는 끝구도 같았다. 원님은 갑자기 웃음을 터뜨렸다.

"어쩌면 이리 소송 글까지도 같으냐. 한 사람이 한 입으로 쏟아 놓은 말 같으니 이 송사는 판결하기 어렵도다."

두 옹 좌수는 땅에 엎드려 애원하였다. 진짜 옹 좌수는 울면서 거듭 간청하였다.

"사또께서 밝혀 주시지 않으면 갈 곳이 어데리까. 부디 밝혀 주사이다!"

어쩔 수 없어 고을 원은 구실아치를 시켜 두 옹 좌수의 모습과 행동을 자세히 뜯어보고 그 진위를 밝혀 보라 하였다. 구실아치들은 두 옹 좌수를 마당 한가운데 세워 놓고 모습을 하나하나 뜯어보며 장마당에서 황소 흥정할 때처럼 좌수님의 팔도 좀 만져 보고 다리도 좀 만져 보며 욕심으로 불룩한 배도 좀 찔러 보았다. 아무리 해 봐도 알 도리가 없자 형방은 원님 앞에 가서 조용히 아뢰었다.

"아무리 살펴보아도 알 길이 없으니 두 좌수를 각각 가두고 한 사람씩 불러들여 호적강을 받으심이 좋을까 하오이다."

원님은 그 말이 옳다 하고 호적강을 받기로 하였다. 호적강이란 호주와 그 가계를 밝혀 기록한 호적 문서를 외워 바치는 것이다. 먼저 진짜 옹가를 불러들여 강을 받았다. 진짜 옹가는 매우 어설픈 소리로 호적을 외웠다.

"민의 아버님 이름은 옹송이요, 할아버님 이름은 맹송이요, 증조할아버님 이름은 달송이요, 고조할아버님 이름은 알송……, 알송? 아차, 이름이 바뀌었사옵니다. 알송 달송! 먼저 할아버지가 알송이고 다음 할아버지가 달송이옵나이다."

원님은 웃음을 터뜨렸다.

"하하하."

진짜 옹 좌수는 얼굴이 시뻘게져서 몸을 떨며 호적강을 마저 하였다.

"민의 외할아버님 이름도 송자인데 아송이옵고, 외증조할아버님의 이름도 송자인데 이송이라 하옵니다. 아차, 두 분 이름도 바뀌었나이다. 사람들은 그 두 분을 아리송이라 부른다고도 하는데 그 밖의 송자 이름은 잘 모르겠나이다."

원님은 손뼉을 치며 웃었다.

"그대 호적을 들으니 옹송 맹송에 알송 달송 아리송이라 정녕 뒤
송송하여 어느 송자가 누구 이름인지 알 수 없노라. 형방은 듣거
라."

"예이."

"다른 옹 좌수를 부르라."

형방은 진짜 옹가를 데려 내가고 가짜 옹가를 불러들였다.

가짜는 거침없이 호적강을 하되 자기가 좌수 소임 맡을 적 말부
터 명주실 꾸리를 풀어 나가듯 거침없이 하였다.

"경오년 봄에 서울 죽동의 김 판서 대감 내려와 계실 제, 민이 신
임 좌수로 그분을 모시다가 이듬해 섣달에 갈리어 올라가시고,
그 뒤 사또 오시어 작년 삼월 초하룻날 소생더러 다시 좌수 소임
을 맡기시었사오니 어찌 민이 진짜 옹 좌수임을 몰라보시나이까.
민이 호적강도 하려니와 집안 사정도 세세히 아뢸 것이오니 해와
달같이 밝은 정사로 처분하여 주시기 바라옵나이다."

원님은 말머리가 그럴듯하여 고개를 끄덕였다. 가짜 옹가는 얼음
판에서 박을 밀듯 줄줄 말을 이어 나갔다.

"민이 옹진 옹돌면 옹돌촌에 살기 삼대이옵고, 부친 학생*은 옹
송이옵고, 할아버님 학생은 맹송이옵고, 증조할아버님 학생은 알
송이옵고, 외조할아버님은 절충행용양위 부호군*의 벼슬을 하셨
나이다.

• 생전에 벼슬하지 못한 사람에게 쓰는 존칭.
• 무관 벼슬 이름.

민의 가문은 자손이 많은바, 증조할아버님은 넷째 아들이시고, 할아버님은 셋째 아들이시고, 아버님은 다섯째 아들이시고, 민은 삼 형제 중 맏아들이니 임오년 한밤중 자시에 출생하였소이다.

그리고 민의 집에는 남녀종들이 열둘 있으니 여종 막덕이가 첫배에 낳은 것이 춘단이요, 둘째 배로 낳은 것이 하월이요, 셋째 배로 낳은 것이 추월이오이다.

민의 집은 열 칸 모자라는 오백 칸이옵고, 논밭은 만 사십 결하고 두 짐 다섯 뭇이옵고, 쌓아 둔 곡식을 말씀드리오면 동쪽 첫째 곳간에 쌀이 만 사천 섬이요, 서쪽 둘째 곳간에는 들깨만 삼천 섬이옵니다. 술로 말하오면 백일주, 천일주를 비롯한 갖가지 술동이가 집안에 그득하와, 금동이의 아름다운 술과 옥 소반의 좋은 안주로 벗을 삼아 세월을 보내옵나니, 민이 어찌 남의 것을 생각하며 남의 재물을 탐내리까.

악독한 마음을 가진 놈이 민을 죽이고 민의 집 주인이 되어 호사할 욕심으로 민의 집을 침범하였은즉 어찌 그냥 두오리까.

오늘 그 화가 이 관가에까지 미쳤으니 바라옵건대 밝으신 사또께서 엄한 법으로 다스려 저 날강도 놈에게 엄벌을 내리시어 다시는 이런 일이 없도록 뒷날을 경계하시고 백성들을 편안케 하옵소서."

원님은 이자의 말을 들을수록 점점 진짜 옹 좌수로 느껴지고 먼저 호적강을 받은 옹고집에게는 차츰 의심이 들며 분노가 일었다. 그리하여 원님은 우선 가짜 옹 좌수를 대청 위에 올려 앉히고 위로하였다.

"옹 좌수께서 욕을 보시게 하니 실례가 많소이다. 저 강도 놈 때문에 당하신 곤욕 어찌 분하지 않으리까."

가짜 옹 좌수는 매우 도도하면서도 겸손하게 사례하였다.

"그처럼 말씀하시니 황공하옵나이다. 민이 하고 싶은 말을 어찌다 하오리까마는 저놈을 엄형으로 다스리되 저놈의 입으로 제 죄를 실토하도록 함이 좋을까 하옵나이다."

"옳도다, 좌수 말이 옳도다."

원님은 형방을 불러 진짜 옹고집을 끌어 내오라 하였다. 형방은 진짜 옹가를 큰 죄인 다루듯 동헌 마당에 내다 꿇어앉혔다. 진짜 옹가는 울분이 터져 부르짖었다.

"아이고, 사또께서 어찌 이 진짜 옹고집을 이렇듯 몰라보시오!"

"이놈, 네 죄를 모를까!"

원님의 호령은 무서웠다.

진짜 옹가는 더욱 울부짖었다.

"저 하늘이 내려다보옵니다. 으흐흐! 원통하오. 너무나 억울하여 가슴이 떨리고 정신이 아리송하여 호적강을 제대로 못 하였기로서니 이 진짜를 가짜로 여기시나이까? 사또, 사또!"

가을 메뚜기 코방아 찧듯 진짜 옹가는 머리를 조아리며 허우적인다. 원님이 더욱 노하여 꾸짖었다.

"네 어찌 관장을 속이려 드느냐? 벌건 대낮에 날강도 같은 놈을 어찌 살려 두랴."

원님은 형리에게 분부하여 힘센 집장사령을 골라 형장 오십 대를 치라 하였다. 사령들은 진짜 옹가를 형틀에 엎어 놓고 묶었다. 형방의 매우 치라는 소리와 함께 집장사령의 매가 볼기에 떨어진다. 단 매에 피가 터졌다.

"아이고, 옹고집 죽는다!"

옹가는 비명을 쳤다.

어쭙잖은 것이 좌수라 행세하며 우쭐렁거리던 옹가 놈이 오늘은 매를 맞는다. 갖은 악독한 짓으로 남에게 죄를 씌워 볼기를 맞게 하던 그 옹가 놈이 오늘은 볼기를 맞으며 죽는다고 발악을 하고 비명을 지른다.

가짜든 진짜든, 관속들은 터지는 웃음을 참을 수 없어 입술을 실룩거렸다. 매는 연달아 옹가의 볼기에 떨어지고 옹가는 죽어도 제가 진짜 옹가라 발악을 하였다. 허나 매 오십 대를 어찌 견디리오.

옹고집은 속으로 부르짖었다.

'살아야 하느니!'

옹고집은 살려 달라고 소리쳤다. 그러자 매는 잠시 멎고 원님 목소리가 다시 들려왔다.

"지금도 네가 옹고집이냐? 네놈의 본색을 말하여라."

입술을 깨물어 피가 흐르는 옹가가 입속 피를 뱉으며 말하였다.

"소인이 죽게 된 마당에 어찌 속이오리까. 소인은 서울 장안 성중에 사는 후레아들 놈으로 일찍이 부모 재산 다 들어먹고 동서남북 떠돌아다니며 막돼먹은 짓만 하다가, 마침 옹 좌수님 댁에 이르러 소인의 모습이 좌수님과 똑같은 것을 알고는 그 댁을 침범한 것이오니, 사또님께서는 이놈을 불쌍히 여기시어 목숨만 살려 주시기 바라옵나이다."

원님은 준절히 꾸짖었다.

"괘씸한 놈, 어찌 도적의 마음을 먹었던고! 너의 죄상을 나라에 올리면 엄한 형벌을 받고 멀리 귀양을 가게 될 것이로되, 내 이 고을 관장으로서 백성들을 가르쳐 다스리지 못함을 부끄러이 여겨 네 너를 교화하고자 살려 주는 것이니 다시는 그런 죄를 짓지 말도록 하라."

하고, 장교를 불러 옹진 땅 밖으로 내쫓으라 하였다.

진짜 옹고집이 가짜 옹고집에게 다시 어찌해 볼 여지가 없이 패하여, 몸도 놀리지 못할 만큼 처참한 모습으로 짐수레에 실려 "으흐으흐." 울며 제 고향 땅에서 쫓겨 나가는 꼴은 참으로 웃음거리였더라.

옹고집이 뉘우치며 눈물을 흘려?

가짜 옹 좌수는 관가에 남아서 원님한테 술까지 대접받고 집으로 돌아왔다. 집에서는 송사에서 이기고 돌아온 가짜 옹가를 진짜 옹가로 아는지 붙들고 눈물을 흘리며 기뻐하였다. 가짜 옹가는 가장 체모 있는 좌수인 체, 어머니에게는 아들인 체, 안해에게는 남편인 체, 자식들에게는 아버지인 체, 노비들에게는 주인인 체하며 진짜 옹 좌수와 조금도 다름없이 행동하였다.

아니지, 한 가지 다른 점이 있긴 했다. 송사에서 돌아와서는 얼굴에 뉘우치는 빛, 선량한 낯빛으로 식구들 앞에서 눈물을 흘리며 말하였다.

"내 집에 도둑이 들어 큰 변이 생긴 것은 그 누구의 잘못도 죄도 아니요, 내가 잘못하여 하늘이 벌을 주신 거라고 생각하노라. 늙으신 어머님께 효도를 못 하고 어질디어진 처자식의 말을 듣지

아니하였으며, 일가친척들 몰라보고, 중을 보기만 하면 머리에
불을 놓고 볼기를 쳤으며, 빌어먹는 거러지들을 업신여긴 죄 어
찌 적다 하리오."

온 식구가 감동하여 거짓 옹가를 따라 눈물들을 흘렸다. 옹고집
의 마누라는 살다 살다 처음 듣는 이 말에 놀랐다. 천하의 옹고집이
잘못을 깨닫고 뉘우치다니. 옹가 마누라는 누구보다 눈물을 많이
흘렸다.

"부인, 진정하시오. 내 이제부터는 부인 속 썩일 짓은 절대 아니
하겠소. 그만 어머님께 들어가 그동안 불효한 죄를 사죄하고 앞
으로 잘 모시도록 의논하십시다."

참으로 놀라운 일이다. 남편이 어찌 이리 달라졌는가.

가짜 옹가는 안해와 함께 뒷골방 어머니에게 찾아가 송사에서 이
기고 돌아온 사연을 이야기하고 둘이 엎드려 사죄하였다.

"어머님, 그새 이 못난 자식 불효가 막심하였소이다. 이제부터는
불효 자식이 되지 않겠으니 용서해 주옵소서."

가짜 옹가는 도포 자락에 눈물을 떨구었으나 늙은 어머니는 믿지
않았다.

"네놈은 내 자식이 아니다. 내 자식 옹고집은 천생 불효만 일삼
는 돼먹지 않은 놈이니라. 고집불통 심술단지로 남에게 악한 짓
만 하는 놈이다. 네놈은 날 속이자고 나타난 귀신이지? 썩 물러
가거라."

가짜 옹가가 아침저녁으로 인사를 드리며 사죄하니 더는 물러가
라며 화내지는 않았다. 가짜 옹가는 안채 한옆에 별당을 잘 꾸민 뒤

어머니를 거기 모시고 옷이며 이부자리며 모두를 부드럽고 따뜻한 명주 비단으로 마련해 드렸다. 그러고는 제 며느리가 할머니 옆에서 시중들도록 하고 춘단이를 시켜 보약을 지어다가 하루 세 번 끼니 사이에 꼭 드시도록 챙기라 하였다.

가짜 옹가는 집안 재산을 모두 모아 쓸 데 쓰고 쓰지 않을 데는 아끼도록 하며, 병신 노복들은 모두 그에 알맞은 일을 하도록 하고, 가난한 사람들과 못사는 친척들을 구제하고 거지들에게는 옷가지와 먹을 것을 노나주었다. 더 놀라운 것은, 오백 칸 집을 뚝 떼서 삼백 칸을 집 없는 사람들에게 주어 사람을 살리니, 좀 지나 옹고집이 이리이리한다는 소문이 좌악 퍼져 갔다. 사람들은 옹고집이 사는 마을 옹돌촌을 활인동活人洞이라 칭송하였다.

이놈의 신세 똥물에 빠져 죽는가

헌 갓에 해진 도포에 떨어진 신발을 신었으니 누가 보아도 거러지다. 옹진 고을의 내로라하는 부자 양반 옹고집의 신세가 이리될 줄이야 누가 알았으랴.

비가 추적추적 내리는데 허기진 몸을 이끌고 돌부리 산길을 걸어간다. 부슬비는 갓양태며 도포 자락을 흠빡 적시고는 주림에 시달린 몸에 스며든다. 오한이 난다. 옹진 고을에서 쫓겨난 뒤 남의 문앞을 찾아 빌어먹으며 이날까지 말로 다 할 수 없이 고생을 겪고 서러웠다.

옹진 고을에서 멀지 않은 고장들에는 소문이 이미 짜해서 얼굴을 들고 다닐 수 없었다. 빌어먹는 옹고집은 가짜 옹가다, 벌건 대낮에 강도라더라, 밥도 주지 말 것이며 잠자리도 내주지 말 것이며 보는 족족 쫓아내야 한다 하니, 가는 곳마다 아이들이 돌을 던지고 젊은 총각들은 몽둥이를 들고 나와 휘둘렀다.

일가친척한테라도 가면 받아 줄까 하여 한번은 배천 배나뭇골 외사촌누이 배 첨지네를 찾아갔다. 그러나 이 고장에도 옹고집의 소문이 퍼져 있었던지라, 거렁뱅이 행색으로 옹고집이 그 집에 들어서 인사를 하자마자 매부 배 첨지가 고개를 비틀고 내다보다가 펄쩍 놀라며 뜰팡에 놓인 빨랫방치를 들고 달려 나왔다.

"이놈, 가짜 옹고집 놈이로구나. 내 집은 어찌 알고 도적질을 왔느냐? 네 이놈, 썩 나가거라."

옹고집은 대문 옆으로 몸을 피하며 사정하였다.

"매부, 내가 진짜 옹고집이오. 날 좀 살려 주오."

배 첨지는 더욱 소리치며 방치를 다시 들었다.

"진짜고 가짜고 옹고집이라면 이가 갈린다. 우리가 못살 때 일가친척이라고 피쌀 한 말 도와준 적 있더냐? 이 도둑놈, 어서 나가거라."

도둑놈이라 하니 마을 사람들이 "저놈 잡아라!" 하며 달려들었다. 옹고집은 정신없이 달아났다.

이때 동네 개 한 마리가 사납게 짖어 대며 물어뜯자고 쫓아온다. 옹고집은 정신없이 마을길로, 논두렁길로 도망치다가 그만 똥거름 웅덩이에 풍덩 빠졌다. 개는 쉼 없이 짖어 대고 아이들은 손뼉을 치며 웃고 돌을 집어던졌다.

"아이고, 이놈의 신세 똥물에 빠져 죽는가."

옹고집은 그때 죽는 것인데, 요행히 죽지는 않았다. 그때부터 옹고집은 사는 것이 죽느니만 못하다고 생각하였다. 이런 수모, 이런 천대를 받고 어찌 사누.

　황해도에서 빌어먹기보다 차라리 먼 고장에 가서 빌어먹자고 강원도로 들어섰다. 철원에서 금화, 창도를 지나 단발령을 넘어 차츰차츰 들어가니 금강산이었다.

　금강산은 아름답기로 유명한 곳이니 인심도 넉넉하리라. 산골 마을에 찾아 들어가도 남의 문 앞에 가서 애써 밥 한술 빌어야 얻어먹을 수 있고 잠자리도 사정을 해야 얻어 잘 수 있었다. 그도 저도 갈 곳이 없으면 정자나무 그늘 옆 한데서 비루먹은 강아지처럼 불쌍한 꼴로 두 팔 도포 자락 속에 코를 박고 오돌오돌 떨며 잔다. 상갓집 개만도 못한 신세로다.

　한 고을 좌수로 오백 칸 집에서 잘 먹고 잘 입고 비단 이불 속에서 편히 자던 몸이 제집 제 고장에서 쫓겨나 먼 타관, 그것도 바람 부는 한데서 가을밤 찬 이슬을 맞으며 쪽잠을 자다니. 생각하면 가슴을 치며 통곡하다 죽을 노릇이다. 배천 배나뭇골 똥물에 빠져 죽었어야 할 신세가 왜 죽지 않았던가.

　오늘도 옹고집은 표훈사 아래 산골 마을에서 밥 한술 얻어먹고 금강산 만폭동이 볼만하다기에 만폭동 골안으로 차츰차츰 들어섰다.

　금강산은 참으로 아름다웠다. 금강문을 지나 금강대를 거쳐 희고 맑은 너럭바위에 오른다. 올라서도 바윗길, 내려서도 바윗길, 길에는 옥계수, 길 아래는 청계수다. 옥같이 맑은 물이 흘러내려 큰 못이 되고 작은 물이 되며, 그 맑은 흐름이 절벽에 걸려 폭포가 되어 떨어지고, 그 물이 바위에 부딪히면 억만 구슬로 흩어졌다가는 못에 떨어져 다시 옥계수, 청계수가 되어 흐른다.

산들은 또 얼마나 기묘한가. 앞을 봐도 기암절벽, 뒤를 봐도 기암괴석, 산 위에 바위, 바위 위에 또 기묘한 바위가 있도다. 단풍 든 나무들은 오색영롱한 빛으로 수를 놓은 듯 황홀하다. 그래서 옛사람들은 가을 금강을 단풍 든 묏부리라고 풍악산楓嶽山이라 이르지 않던가.

이렇듯 아름다운 금강산을 보아도 옹고집은 그저 서럽기만 했다. 배도 고프고, 지나가는 가을비에 온몸이 젖어 드니 오한이 난다. 밥 한술 얻어먹자고 엎어지며 자빠지며 걸어가도 깊은 산속에 집도 절도 보이지 않는다. 오가는 사람도 없다.

어느덧 산은 황혼에 덮인다. 온종일 아무것도 먹지 못한 옹고집은 목마르고 배고프고 기운이 하나도 없다.

'아이고, 내 신세야. 집에는 어머니와 처자가 있고 수많은 재물과 먹을 게 그득한데, 떠도는 거렁뱅이 신세로 굶주리다 죽는 목숨이 되다니. 이제 내 집으로 돌아간다 해도 아무도 날 몰라줄 것이고, 어딜 가도 나는 가짜 옹고집이니, 어느 피붙이가 날 반겨주리오. 이 세상 어디 간들 누가 이 옹고집을 동정이나 해 주랴.

지은 죄가 많아 이런 벌을 받는 게지. 늙은 부모님께 불효하고 죄 없는 중의 머리를 불태우고 남의 재물을 빼앗았으니, 내 이 세상에 살아갈 낯이 없다. 차라리 죽으리라. 죽어야 한다. 여기서 굴러 떨어지면 아래는 시퍼런 용소다. 아이고!'

눈앞이 아찔해서 그만 바위 위에 쓰러지고 말았다.

얼마나 지났는지 지나던 나그네가 옹고집을 깨워 물을 먹이고 미

숫가루를 타서 입에 넣어 주어서야 옹고집은 정신을 차리며 일어
나 앉았다.

"보아하니 무슨 사연이 있으신 모양이오."

나그네가 물었다. 나그네도 헌 갓에 다 해진 도포를 입은지라 제
마음을 알아줄 것 같아서 옹고집은 제 사연을 대충 이야기하였다.
나그네는 "하하하." 웃었다.

"그래, 이리저리 떠돌면서 빌어먹으니 차라리 죽자고 생각했단
말이지요? 하하하. 당신도 참 머저리구려. 죽는다는 게 쉬운 일
인 줄 아오? 나도 한때는 출세도 해 보고 배 두드리며 잘살아 보
았소. 허나 내 남에게 악한 짓을 많이 하여 하루아침에 망했단 말
이오. 그래서 나도 치욕스럽게 살기보다는 차라리 죽으리라 생각
하였소. 그러다 경치 좋다는 금강산이나 마지막으로 구경하려고
이렇게 만폭동엘 찾아 들어왔소. 한데 욕만 먹었소이다그려."

"욕을 먹다니 누구한테요?"

"하하, 금강산이 나를 보고 욕을 합디다. '머저리 같은 놈아, 죽
자고 생각한 놈이 금강산은 구경해 뭘 하느냐? 그지없이 맑고 굳
센 정기가 차 넘치는 금강이거니, 어찌 너 같은 놈에게 구경을 시
켜 주랴. 썩 물러가거라.' 하고 꾸짖더란 말이오. 하하하. 내 또
죽는다 하여 갈 곳이 어디겠소. 죄 많은 놈이 갈 곳이란 무서운
지옥밖에 더 있겠소? 그래서 죽지 말고 살아서 죄를 좀 덜어 보
자고 인간 세상으로 돌아가는 길이오. 사람이란 고생을 좀 해 봐
야 선이 무엇이고 악이 무엇인가를 깨닫게 되는 모양이오. 그럼
난 가겠소. 죽는 건 어리석은 짓이오. 하하하."

나그네는 웃음을 남기고 다 떨어진 도포 소매를 활활 내저으며
산길을 내려갔다.

'머저리? 사람이란 고생을 해 봐야 안다?'

옹고집은 다시 바위에 벌렁 드러누웠다. 온몸이 구름 위에 둥둥
떠 있는 것 같았다. 그러다 잠이 들었다.

옹고집 고향에 돌아왔구나

꿈인지 생시인지 아리송한데 웬 백발노인이 지팡막대를 짚고 옹고집 앞에 나타났다.

"나는 금강 신령이다. 네 금강산까지 들어오면서 깨달은 것이 없느냐?"

옹고집은 머리를 조아려 절을 하고 대답하였다.

"소인이 지은 죄가 많아 살기 부끄럽고 욕을 보며 살기보다는 차라리 죽으리라 하였으나 그 또한 옳지 않음을 깨달았나이다."

"깨달았으면 눈앞이 밝아질 것이니라. 살면서 죄를 씻도록 하여라. 우선 집으로 돌아가 그새 효성으로 섬기지 못한 어머니께 사죄하여라. 그리고 도사의 머리를 불로 지지고 매를 친 죄를 비롯하여 사람들을 천대 박대한 악행을 깊이 뉘우쳐라."

"알겠사옵니다. 다시 그럴 리가 있겠사옵니까."

옹고집은 절을 하고 또 하였다.

"그럼 집으로 돌아가거라."

옹고집은 몸을 부르르 떨었다.

"소인이 집으로 갔다가는 가짜 옹고집이 몽둥이를 들고 달려들 터인데 어찌하오리까?"

노인이 크게 웃었다.

"하하하, 이미 구월산 태백 신선과 그 제자 도학 대사와도 이야기가 있었노라. 태백 신선의 이 부적을 가지고 가서 가짜 옹고집에게 보이면 알 바가 있으리라."

하며 노인은 부적 한 장을 주었다.

옹고집은 금강 신령이 주는 것을 받아 보고 눈을 들어 노인을 보니 어느새 사라져 간곳없다.

옹고집은 깜짝 놀라 일어났다. 돌베개 위의 한바탕 꿈일까? 아니었다. 꿈이 아니었다. 손을 보니 손바닥에 부적이 한 장 분명히 있는 게 아닌가.

옹고집은 무릎을 쳤다.

'금강 신령이 나를 살길로 이끌어 주셨구나.'

옹고집은 동서남북 네 곳에 대고 절하고 또 절을 하고 나서 그길로 황해도 옹진 자기 집으로 갔다.

옹돌면 옹돌촌은 예나 지금이나 조금도 다름이 없다. 고향 마을로 들어서니 기쁘기보다 떨렸다.

'잘못하단 맞아 죽는다.'

사람들이 몽둥이 들고 당장 달려 나올 것만 같았다.

옹고집은 해가 져서 어둠이 깃든 다음 암행어사처럼 헌 부채로 얼굴을 가리고 제집으로 가 선뜻 안으로 들어섰다.

아니나 다를까 집안에서 저녁 거둠을 하던 창쇠와 악악쇠가 옹고집을 보더니 기절할 듯 놀라 소리를 친다.

"가짜 옹 좌수가 또 왔다. 가짜가 또 왔어!"

집안사람들은 금세 사랑 중문께로 달려 나온다. 하인들은 손에 잡히는 대로 몽둥이도 들고 방망이도 들고 연장도 들고 달려 나온다.

옹고집은 얼른 사랑마루 위로 피하였다.

온 식구들과 사내종, 계집종들이며 모두 달려 나와 사랑 마당으로 몰려갔다.

"가짜 옹가를 쫓아내라!"

"무슨 염치로 또 왔느냐?"

집안사람들은 헌 갓, 해진 도포에 남루한 모습, 거지 중에도 상거지가 된 옹 좌수를 노려보며 술렁거린다. 이제 사랑방 주인 옹 좌수님의 입에서 쫓아내라는 한마디만 떨어지면 몽둥이로 방망이로 사정없이 두들겨 쫓아낼 판이다.

이럴 때 사랑방에서 주인 옹 좌수가 문을 열고 마루로 나왔다. 뜻밖에 옹 좌수의 입에서는 벼락같은 호령이 아니라 온화한 인사말이 나왔다.

"그새 안녕하시었소?"

"보시면 모르겠소?"

거렁뱅이 옹 좌수는 뱃속이 편안치 않은 목소리다. 허나 주인 옹 좌수는 크게 웃었다.

"하하하, 그래 무슨 일로 오시었소?"

"뭐? 내 집에 내가 왔는데, 무슨 일로 와? 자, 받아라. 태백 선인의 부적을."

거렁뱅이 옹고집은 참았던 울분을 터뜨리며 부적을 품에서 내들었다. 주인 옹 좌수는 섬찍 놀라더니, 태연하게 또 웃는다.

"하하하, 내 이날을 기다렸소. 이제 난 가겠소. 잘들 사시오. 내 은공이나 잊지 마시오."

주인 옹 좌수는 부적을 받아 자기 품에 넣었다. 그 순간 번개가 번쩍하면서 천둥소리가 천지를 흔들더니, 텅 하고 주인 옹 좌수가 쓰러진다. 사람들은 몹시 놀랐다. 어찌 된 일인가. 분명 방금 전까지 주인이던 옹 좌수인데 너부러진 그 몸은 볏짚으로 만든 제웅이다. 짚으로 만든 허수아비라니! 사람들은 너무나 놀랍고 신기하여 눈이 휘둥그레졌다. 짚으로 만든 사람이 주인 노릇을 했다니.

"하하하."

"호호호."

"아니 그래, 짚으로 만든 사람한테 진짜 사람이 속았단 말이지? 하하하."

어이없고 놀라움이 커서일까? 거렁뱅이로 돌아온 진짜 옹고집도, 볏짚 허수아비 옆에 쓰러졌다.

중문 담장께에선 동네 사람들이 하나같이 웃고 있었다.

"허허허."

"하하하."

"호호 해해해."
건넛말 곽 서방네 머슴 천돌이는 더욱 크게 웃었다.
아아, 사람들이여, 어이없는 일이라고 웃지만 마시라!

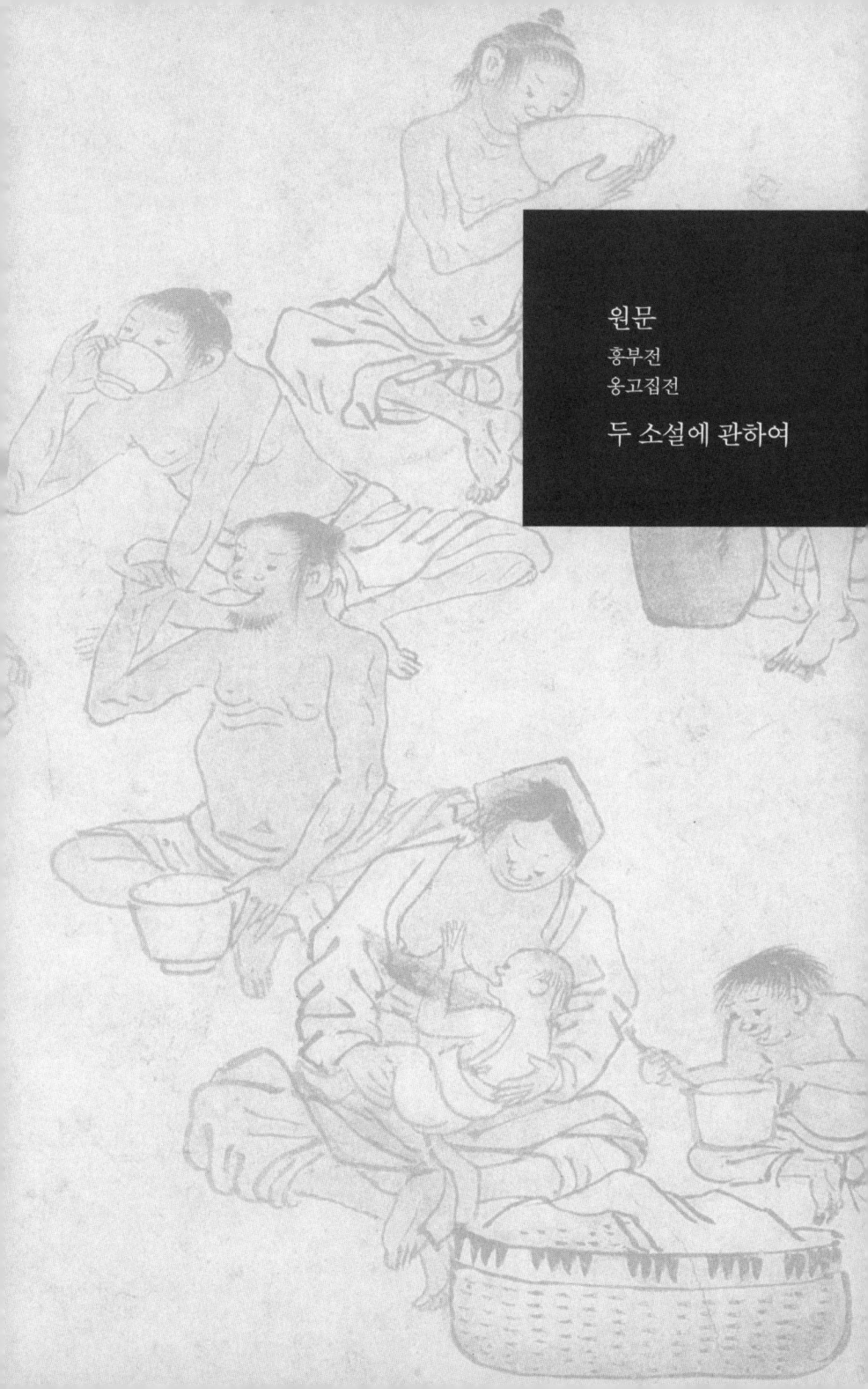

원문
흥부전
옹고집전

두 소설에 관하여

흥부전 원문

1

충청, 전라, 경상도 어름에 사는 연 생원이라는 사람이 아들 형제를 두었는데 형은 놀부요 아우는 흥부라. 한 어미 소생으로 현우賢愚가 판이하여, 흥부는 마음이 착하여 효행이 지극하고 동기간에 우애 독실하되, 놀부는 오장이 달라 부모께 불효, 동기간에 우애 없어 마음 쓰는 것이 괴상하였다.

이놈의 심술을 볼진대, 다른 사람은 오장 육부로되 놀부는 오장 칠부였다. 어찌하여 그런고 하니, 심술부 하나가 더하여 곁간 옆에 가 붙어서 심술부가 한번만 뒤집히면 심사를 피우는데 썩 야단스럽게 피웠다. 술 잘 먹고 욕 잘하고 에테[1]하고 싸움 잘하고, 초상난 데 춤추기, 불붙는 데 부채질하기, 해산한 데 개 잡기, 장에 가면 억매홍정[2], 우는 아이 똥 먹이기, 무죄한 놈 뺨치기와 빚값에 계집 빼앗기, 늙은 영감 덜미 잡기, 아이 밴 계집 배 차기며 우물 밑에 똥 누어 놓기, 오려논에 물 터놓기, 잦힌 밥에 흙 퍼붓기, 패는 곡식 이삭 빼기, 논두렁에 구멍 뚫기, 애호박에 말뚝 박기, 곱사등이 엎어 놓고 밟아 주기, 똥 누는 놈 주저앉히기, 앉일뱅이 턱살 치기, 옹기 장사 작대 치기, 면례緬禮[3]하는 데 뼈 감추기, 남의 양주 잠자는 데 소리 지르기, 수절 과부 겁탈하기, 통혼通婚하는 데 간혼間婚 놀기, 만경창파에 배 밑 뚫기, 목욕하는 데 흙 뿌리기, 담痰 붙은 놈 코침 주기, 눈 앓는 놈 고춧가루 넣기, 이 앓는 놈 뺨치기, 어린아이 꼬집기와 다 된 흥정 파의罷意하기, 중놈 보면 대테[4] 매기, 남의 제사에 닭 울리기, 행길에 허공 파기, 비 오는 날 장독 열기라.

이놈의 심사 이러하여 모과나무같이 뒤틀리고 동풍 안개 속에 수숫잎같이 꼬인 놈이 무거불측無據不測[5]하되, 흥부는 그렇지 아니하여 충후 인자忠厚仁慈한 마음으로 그 형의 행

---

1) 술과 여자와 노름에 빠지는 것.
2) 부당한 값으로 억지로 물건을 사고팔려는 것.
3) 무덤을 옮겨 다시 장사를 지내는 것.
4) 대나무를 쪼개어 둥글게 결어 만든 테.
5) 성질이 아주 못돼 도리에 어긋나는 짓을 많이 함.

사를 탄식하고 때로 간하고자 하나 말하여야 쓸데없는 고로 함구무언緘口無言하고 주면 먹고 시키면 일이나 공손히 하되, 무거無據한 놀부 놈이 일분 회개함이 없으니 어찌 아니 분통하랴. 놀부의 악한 마음 부모의 물려준 재산, 많은 전재錢財와 남전북답南田北畓, 노비, 우마를 혼자 다 차지하고 아우 흥부를 구박하되, 흥부의 어진 마음 조금도 다름이 없더라.

이때 놀부는 세간, 전답 다 차지하고 저 혼자 호의호식하며 제 부모 제사를 지내도 제물祭物은 아니 장만하고 대전代錢으로 놓고 지내는데, 편 값이면 편 값이라, 과실 값이면 과실 값이라 각각 써서 벌여 놓고 제사를 철상撤床[6] 후에 하는 말이,

"이번 제사에도 아니 쓰노라 아니 쓰노라 하였건만 황초 값 오 푼은 지징무처指徵無處[7]일세."

하는 천하에 몹쓸 놈이, 하루는 생각하되 흥부의 가속을 내쫓으면 양식도 많이 얻고 용처用處도 덜할지라, 저희 부부 의논하고 흥부를 불러 이른 말이,

"형제라 하는 것은 어려서는 같이 살되 실가室家를 갖춘 후는 각기 생애하여[8] 사는 것이 떳떳한 법이니 너는 처자를 데리고 나가 살라."

흥부 깜짝 놀라 울며 가로되,

"형제는 수족 같으니 우리 단 두 형제 각산各産[9]하여 살면 돈목지의敦睦之誼[10] 없으리니 형장兄丈은 다시 생각하옵소서."

놀부 본디 집 한 칸 변통하여 주고 나가란 것이 아니라 건乾으로 배송拜送 내려[11] 하다가 흥부의 착한 말을 들으니 불량한 심사 불 일듯 하는지라 눈을 부릅뜨고 팔뚝을 뽐내어 가로되,

"이놈 흥부야, 잘살아도 내 팔자요 못살아도 내 팔자니, 형을 어찌 길게 뜯어먹고 매양 살려 하느냐. 잔말 말고 어서 나가거라."

흥부의 어진 마음 생각하니 형의 심법이 벌써 이러하니 만일 요란히 굴어 남이 알진대 형의 흉이 더 드러날지라, 잠자코 저희 방으로 돌아와 안해와 나갈 일을 의논하니, 흥부 안해 또한 현숙한 부인이라 장부의 뜻을 받아 한마디 원망이 없이 낙루落淚하며 하는 말이,

"시아주버니께서 저리하나 나갈 길 전혀 없고 나가자 하니 방 한구석이 없으니 어린 자식들과 어디로 가서 의지하리까."

---

6) 상을 거두어 치움.
7) 세금 내거나 빚 갚을 사람이 죽거나 도망가 돈 받을 길이 없는 것.
8) 제가끔 살림을 꾸려서.
9) 각살림. 따로 살림을 차림.
10) 우애 깊고 화목한 정.
11) 맨손으로 쫓아내려.

이렁저렁 밤을 새우고 동방이 밝는지라, 놀부 놈이 방 앞에 이르러 호통하되,

"이놈 흥부야, 내 어제 일렀거든 어찌하자고 아니 나가는다? 네 이제로 아니 나가면 난장 박살하여 내쫓으리라."

이렇듯이 구박하니 일시를 어이 견디리오.

흥부 아무 대답 아니 하고 안해와 어린것들을 데리고 지향 없이 문을 나니 갈 바 망연쿠나. 건넛산 언덕 밑에 가서 움을 파고 모여 앉아 밤을 새우고 아무리 생각하여도 갈 곳은 없고, 좌불천坐之不遷 이곳에 수간모옥數間茅屋이라도 짓고 사는 수밖에 다른 변통은 없으니 집을 지으려 할새, 만첩청산 들어가서 크나큰 대부등大不等[12]을 와르릉 퉁탕 지끈둥 베어 내어 안방, 대청, 중채, 사랑 네모반듯 입구 자로 짓고 선자扇子추녀, 말굽도리, 바리받침, 내외 분합分閤, 물림퇴에 살미살창 가로닫이, 분벽주란粉壁朱欄 고대광실 짓는 것이 아니라, 낫 한 가락을 들게 갈아 지게에 꽂아 지고 묵은밭이라면 쫓아다니며 수숫대, 뺑대를 모조리 베어 짊어지고 돌아와서 집을 짓는데, 비슥한 언덕에다 집터를 괭이로 깎아 놓고 집 한 채를 짓는다. 안방, 대청, 행랑, 몸채를 말집[13]으로 한나절에 지어 필역畢役하고 돌아보니 수숫대 반 짐이 그저 남았구나. 안방을 볼작시면 어찌 너르던지 누워 발을 뻗으면 발목이 벽 밖으로 나가니 차꼬 찬 놈도 같고, 방에서 멋모르고 일어서면 모가지가 지붕 밖으로 나가니 후주잡기酗酒雜技[14]에 잠히어 칼 쓴 놈도 같고, 잠결에 기지개를 켤 양이면 발은 마당 밖으로 나가고 두 주먹은 두 벽으로 나가고 엉덩이는 울타리 밖으로 나가 동리 사람들이 출입 시에 거친다고 "이 궁둥이 불러들이라."는 소리에 깜짝 놀라 일어앉아 대성통곡하는 말이,

"애고 답답 설움이야. 이 노릇을 어찌할꼬. 어떤 사람 팔자 좋아 대광보국숭록대부大匡輔國崇祿大夫 삼공육경三公六卿 되어 있어 고대광실 좋은 집에 부귀공명 누리면서 금의옥식錦衣玉食 쌓여 있고, 나 같은 팔자 어이 이리 곤궁하여 말만 한 오막살이에 일신을 난용難容하니 지붕마루에 별이 뵈고 청천한운세우시靑天寒雲細雨時에 우대량雨大量이 방중房中이라. 문밖에 세우細雨 오면 방 안은 굵은 비 오고, 앞문은 살이 없고 뒷문은 외櫳[15]만 남아 동지섣달 설한풍이 살 쏘듯이 들어오고, 어린 자식 젖 달라고 자란 자식 밥 달라니, 차마 서러워 못 살겠다."

형세는 이렇게 가난하되 밤 농사는 잘하던지 어린 자식은 연년이 생기어 층층이 낮살 먹으니 이 녀석들은 이루 의복을 어찌하여 입히리오. 큰놈, 작은놈 몸을 못 가리고 한구석에 우물우물하니 방문을 열어 보면 마치 미역 감는 냇가같이 아이 어른이 벗고들 있는지라,

---

12) 아름드리 매우 굵은 나무.

13) 추녀를 사방으로 삥 둘러 지은 모말 모양의 집.

14) 술주정하고 노름하는 것.

15) 새 벽에다 흙을 바르려고 가는 나무나 수숫대로 엮는 것. 여기에서는 문살을 가리킨다.

흥부 기가 막혀 옷 해 입힐 생각하니 백척간두에 사흘에 한 때도 먹어 갈 수가 없거든 의복을 어찌 생의生意하리오. 주야로 궁리하되 계책이 없더니,

"옳다! 수가 있다."

하고, 모두 다 몰아다가 한방 속에 넣고 큰 멍석 한 닢 얻어다가 구멍을 자식 수대로 뚫고 내리 씌워 놓으니 대강이만 콩나물 대강이처럼 내밀어 한 녀석이 똥을 누러 갈 양이면 여러 녀석들이 후배後陪로 따라가고, 그중에도 온갖 맛있는 음식은 제각기 찾는다. 한 녀석이 내달으며,

"애고 어머니, 우리 열구자탕悅口子湯에 국수 좀 말아 먹었으면."

또 한 녀석이 나오며,

"애고, 나는 벙거짓골에 고기를 지지고 닭의 알 좀 풀어 먹었으면."

또 한 녀석이 나오며,

"애고 어머니, 나는 무시루떡 좀 먹었으면."

흥부 안해 기가 막히어 하는 말이,

"에그, 이 녀석들아. 호박국도 못 얻어먹으면서 온갖 맛있는 음식은 다 먹고자 하니 어찌하잔 말이냐."

그중에 한 녀석이 와락 뛰어나오며,

"애고 어머니, 나는 올부터 불두덩이 간질간질 가려우니 장가 좀 들었으면."

하고, 이렇듯이 여러 자식들이 보채나 무엇을 먹여 살리잔 말고. 집 안에 먹을 것이라고는 싸라기 한 줌 없어 다 깨진 개상반은 네 발을 춤추어 하늘만 축수하고 이 빠진 사발, 대접들은 시렁에 사흘나흘 굴복屈伏하고 밥을 지어 먹자 하면 책력冊曆 긴 줄[16] 보아 갑자일이 되어야 솥에 쌀이 들어가고, 생쥐 쌀 알갱이를 얻으려고 밤낮 열사흘을 분주하다가 다리에 가래톳이 나서 파종破腫하고 앓는 소리 세 동리를 떠드니 어찌 아니 슬프랴.

"아가 아가, 울지 마라. 아무리 젖을 달란들 무엇 먹고 젖이 나며, 밥을 아무리 달란들 어데서 쌀이 나랴."

이처럼 달랠 제, 흥부 마음 인후仁厚하여 청산유수요 곤륜백옥崑崙白玉이라, 성덕을 본을 삼고 악한 일 멀리하며 물욕에 탐이 없고 주색에 무심한지라, 마음이 이러하니 부귀를 바랄쏘냐. 흥부 안해 이른 말이,

"여보 아이아버지, 내 말씀 들어 보시오. 부질없이 청렴한 체 마오. 안자顔子의 누항단표陋巷簞瓢 주린 염치 삼십에 조사무사早死無死하고[17], 백이숙제伯夷叔齊 주린 염치 수양산首陽山

---

16) 책력에 오행五行으로 일진을 보아 무슨 날은 무엇을 하는 데 좋은 날이라고 일일이 밝혀 놓았는데, 책력의 긴 줄은 그것이 많이 적혀 있는 날로 특별히 좋은 날을 뜻한다.

17) 중국 춘추 시대 때 안회顔回가 좁고 더러운 거리에서 밥 한 그릇과 물 한 바가지로 청빈하게 살며 도를 즐기다가 나이 서른에 일찍 죽고.

에 아사餓死하니 청루靑樓 소부小婦 울었으매 부질없는 청렴 말고 저 자식들 살려 보사이다. 저 건너 아주버님 댁에 가서 쌀이 되나 돈이 되나 양단간에 얻어 옵소."

흥부 하는 말이,

"형님 댁에 갔다가 보리나 타고 오게?"

흥부 안해 착한 마음에 보리라 하니까 먹는 보리로만 알고 하는 말이,

"여보, 배부른 소리 작작 하오. 보리는 흉년 곡식이라 느루 먹기는 정말 쌀보다 낫습네다."

흥부 하는 말이,

"여보 마누라, 보리라니까 갈보리, 봄보리, 늦보리로 아나 보오그려. 우리 형님이 음식 끝을 볼 양이면 사촌을 몰라보고 가시목이나 물푸레 몽치로 함부로 치는 성품이니 그런 보리를 어떤 놈이 탄단 말인가?"

흥부 안해 하는 말이,

"애고, 이 말이 웬 말이오. 상담常談에 이르기를 '동냥은 아니 준들 쪽박까지 깨치리까.' 맞으나 아니 맞으나 쏘아나 보다가 그만둡소."

흥부 이 말 듣고 마지못하여 형의 집으로 건너간다.

흥부 치장 차리고 가는 거동을 볼작시면, 앞살 터진 헌 망건에 물렛줄로 당줄 달아 쓰고, 모자 빠진 헌 갓을 실로 총총 얽어매어 죽영竹纓[18]을 달아 쓰고, 깃만 남은 중치막에 동강동강 이은 술띠로 흉복통 눌러 매고, 떨어진 고의적삼 청올치[19]로 대님 매고 헌 짚신 들메하고[20], 세살부채 손에 들고 서 홉들이 오망자루를 꽁무니에 비슥이 차고 바람맞은 병인病人처럼 비슥비슥 건너가서, 놀부 집 들어가며 전후좌우 돌아보니 앞 노적, 뒤 노적, 멍에 노적, 쌀 노적 담불담불 쌓였으니 흥부의 어진 마음 즐겁기 측량없건만, 놀부 심사 무거無據하여 흥부 오는 싹을 보면 구박이 태심한지라, 흥부 그 형을 보기도 전에 이왕에 맞던 생각을 하니 겁이 절로 나서 일신을 떨며 공손히 마루 아래 서서 두 손길을 마주 잡고 절하며 문안하니, 다른 사람 같으면 와락 뛰어내려 와서 잡아 올리며 '형제간에 마루 아래 문안이란 말이 웬 말이냐.' 하며 위로가 대단하련마는, 놀부는 워낙 무도한 놈이라 흥부 온 일이 전곡錢穀 간에 구걸하러 온 줄 알고 못 본 체하다가 여러 번째야 묻는 말이,

"네가 누구인고?"

흥부 기가 막히어 대답하되,

"내가 흥부올시다."

놀부 소리 질러 가로되,

---

18) 대갓끈.

19) 칡덩굴의 속껍질.

20) 신이 벗어지지 않도록 신 신은 위에 끈으로 동여매는 것.

"흥부가 어떤 놈인가?"

흥부 울며 하는 말이,

"애고 형님, 이 말씀이 웬 말씀이오. 마오, 마오, 그리를 마오. 비나이다, 비나이다, 형님 전에 비나이다. 세끼를 굶어 누운 자식 살려 낼 길 전혀 없어 염치를 불고하고 형님 댁에 왔사오니, 동기지정을 고념顧念하시와 벼가 되나 쌀이 되나 양단간에 주옵시면, 품을 판들 못 갚으며 일을 한들 공하리까. 아무쪼록 동기지정을 생각하여 죽는 목숨 살려 주옵소서."

이처럼 애걸하나 놀부 거동 보소. 맹호같이 날뛰며 모진 눈을 부릅뜨고 피 올려 하는 말이,

"너도 염치없는 놈이로다. 내 말을 들어 보라. 천불생무록지인天不生無祿之人이요 지불생무명지초地不生無名之草라[21]. 너는 어이하여 복이 없어 나만 이리 보채는다? 잔말을 듣기 싫다."

흥부 울며 하는 말이,

"어린 자식을 데리고 굶다 못하여 형님 처분 바라자고 불고염치 왔사오니 양식이 만일 못 되거든 돈 서 푼만 주시오면 하루라도 살겠나이다."

놀부 더욱 화를 내어 하는 말이,

"이놈아, 들어 보아라. 쌀이 많이 있다 한들 너 주자고 섬을 헐며, 벼가 많이 있다 한들 너 주자고 노적 헐며, 돈이 많이 있다 한들 너 주자고 쾟돈[22] 헐며, 가루 되나 주자 한들 너 주자고 대독에 가득한 걸 떠내며, 의복가지나 주자 한들 너 주자고 행랑것들 벗기며, 찬 밥술이나 주자 한들 너 주자고 마루 아래 청삽사리를 굶기며, 지게미나 주자 한들 새끼 낳은 돝(돼지)을 굶기며, 콩 섬이나 주자 한들 큰 농우가 네 필이니 너를 주고 소 굶기랴. 염치없고 이면 없는[23] 놈이로다."

흥부 하는 말이,

"아무리 그러하실지라도 죽는 동생 살려 주오."

놀부 화를 더럭 내어 벽력같은 소리로 하인 마당쇠를 부르니 마당쇠가,

"예."

하고 나오거늘, 놀부 분부하되,

"이놈아, 뒤 광문 열고 들어가면 저편에 보리 쌓은 담불이 있지?"

이때 흥부는 그 말 듣고 내심에,

---

21) 하늘은 녹을 받지 않는 사람을 내지 않고 땅은 이름 없는 풀을 내지 않는다. 곧 누구나 사람이면 먹고살 것은 타고난다는 뜻.

22) 쾌는 엽전을 묶어 세던 단위로, 한 쾌는 열 냥 한 묶음.

23) 체면 없는.

'옳다! 우리 형님이 보리 말이나 주시려나 보다.'

하고 은근히 기꺼하더니, 놀부 놈이 마당쇠를 시켜 보리 섬 뒤에 하여 두었던 도낏자루 묶음을 내다 놓고 손에 맞는 대로 골라잡더니 그만 달려들어 홍부 뒤꼭지를 잔뜩 훔쳐 쥐고 몽둥이로 함부로 치는데, 마치 손 잰 중僧의 비질하듯, 상좌 중이 법고 치듯 아주 탕탕 두드리니, 홍부 울며 하는 말이,

"애고 형님, 이것이 웬일이오? 방약무인傍若無人 도척盜跖²⁴⁾이도 이에서 성인이요 무거불측無據不測 관숙管叔²⁵⁾이도 이에서는 군자로다. 우리 형제 어찌하여 이렇게 하오? 아니 주면 그만이시지 때리기는 무슨 일고. 애고 어머니, 나 죽소!"

놀부의 모진 마음 그래도 그치지 아니하고 지끈지끈 함부로 치다가 제 기운에 못 이기어 몽둥이를 내던지고 숨을 헐떡이며,

"이놈, 내 눈앞에 뵈지 말라."

하고 사랑으로 분분히 들어가며 문을 벼락같이 닫으니, 이때 홍부는 어찌 맞았던지 일신이 느른하여 돌아갈 마음 그지없건만, 그중에도 형수나 보고 가려고 엉금엉금 기어 부엌 근처로 가니 놀부 안해가 마침 밥을 푸는지라. 홍부가 매 맞은 것은 고사하고 여러 날 굶은 창자에 밥 냄새 맡더니 오장이 뒤집히어,

"애고 형수씨, 밥 한술만 주오. 이 동생 좀 살려 주오."

하며 부엌으로 뛰어 들어가니, 이년 또한 몹쓸 년이라 와락 돌아서며 하는 말이,

"남녀가 유별한데 어디를 들어오누?"

하며 밥 푸던 주걱으로 홍부의 바른 뺨을 지끈 때리니, 홍부가 그 뺨 한 번을 맞은즉 두 눈에 불이 화끈하며 정신이 어찔하다가 뺨을 슬며시 만져 보니 밥이 볼따귀에 붙었는지라 일변 입으로 훔쳐 넣으며 하는 말이,

"아주머님은 뺨을 쳐도 먹어 가며 치시니 감사한 말을 어찌 다 하오리까. 수고롭지마는 이 뺨마저 쳐 주시오, 밥 좀 많이 붙은 주걱으로. 그 밥 갖다가 아이들 구경이나 시키겠소."

이 몹쓸 년이 밥주걱은 놓고 부지깽이로 홍부를 흠씬 때려 놓으니, 홍부 아프단 말도 못 하고 하릴없이 통곡하며 돌아오니 천지가 망망하더라.

이때 홍부 안해는 우는 아이 젖 물리고 큰 아이 달래는 거동 매우 궁측矜惻하다. 한 손으로 물레질을 왱왱 하며,

"아가 아가, 울지 마라. 어제 저녁 김 동지 집 보리방아 찧어 주고 쌀 한 되 얻어다가 너희들만 끓여 주고 우리 양주는 이때까지 잔입²⁶⁾이라. 너희 부친이 건너편 큰아버지 집에

---

24) 춘추시대 노魯나라의 큰 도적.

25) 주 무왕周武王의 아우. 무왕이 죽은 뒤 주공周公을 모함하고 상商나라 주紂의 아들 무경武庚과 함께 반란을 일으켰다.

가셨으니 돈이 되나 쌀이 되나 양단간에 얻어 오면 밥도 짓고 국을 끓여 너도 먹고 나도 먹자. 울지 마라, 울지 마라. 아가 아가, 울지 마라."

아무리 달래어도 악치듯 우는 자식 무엇 먹여 그치리오. 머리 위에 손을 얹고 두 눈이 뚫어질 듯이 기다릴 제 흥부 안해 거동 보소. 깃만 남은 헌 저고리, 다 떨어진 누비바지, 앞만 남은 몽당치마 떨쳐입고 목만 남은 헌 버선, 뒤축 없는 짚신 끌고 문밖에서 바장이며²⁷⁾ 어린 아이 달랠 적에 흥부 오기를 칠년대한七年大旱²⁸⁾에 대우大雨를 기다리듯, 구년홍수九年洪水²⁹⁾에 볕발 기다리듯, 제갈공명諸葛孔明 칠성단에 동남풍 기다리듯³⁰⁾, 강태공姜太公 위수渭水 변에 주 문왕周文王 기다리듯³¹⁾, 남정북벌南征北伐에 명장名將 믿듯, 어린 아들 굿에 간 어미 기다리듯, 독수공방에 유정 낭군 기다리듯 삼사 끼 굶은 자식들 흥부 오기만 기다린다.

"어제는 쉬이 가더니 오늘은 어찌 이리 더디 가뇨. 무정세월약류파無情歲月若流波도 오늘 보니 헛말이로다."

한창 이리 기다릴 제 흥부는 매에 취하여 비틀비틀 걸어오니 흥부 안해 마주 나가며,

"아이아버지 다녀오시오? 동기간이 좋은 게로세. 큰댁에 가더니 술을 잔뜩 취해 오시는구려. 어서어서 들어가세. 쌀이거든 밥을 짓고 돈이거든 저 건너 김 동지 집에 가서 한 때라도 느루 먹을 것을 팔아 옵세."

흥부 듣고 기가 막히어,

"자네 말은 풍년일세."

흥부가 본디 우애가 극진한지라 차마 그 형의 행사行使를 바로 못 하고 우애 있는 말로 하는데,

"여보 마누라, 큰댁에를 간즉 형님과 형수씨가 나오며 손을 잡고 인제야 오느냐 하며 안으로 데리고 들어가더니, 좋은 약주도 주고 더운점심 지어 주며 많이 먹으라 하시며 형님께서는 돈 닷 냥, 쌀 서 말 주시고 형수씨는 돈 석 냥, 팥 두 말을 주시며, 어서 건너가서 밥 지어 어린것들 살리라 하시고, 하인 불러 지워 가라 하시기에 하인은 그만두라 하고 내가 친히 짊어지고 큰댁에서 나서서 큰 고개를 넘어오다가 도적놈을 만나 다 빼앗기고 그저 왔네."

하며 눈에서 눈물이 비 오듯 하니, 흥부 안해 생각에 시형 내외 마음을 짐작할지라.

---

26) 자고 일어나서 아직 아무것도 먹지 아니한 입.

27) 왔다 갔다 하는 것.

28) 중국 은나라 탕왕 때 칠 년 동안 계속된 가뭄.

29) 중국 하나라 우임금 때 구 년 동안 계속된 홍수.

30) 제갈공명이 적벽강에서 조조의 군사와 싸울 때 동남풍에 힘입어 불을 놓아 크게 이겼다.

31) 강태공은 위수에서 낚시질하고 있다가 주 문왕에게 뽑혔다.

"그만두시오, 알겠소. 형님 속도 내가 알고 시아주버니 속도 내가 아오. 돈 닷 냥, 쌀 서 말이 무엇이오. 내게다 그런 말을 하시오?"

하며 자기 남편을 보니 유혈이 낭자하여 얼굴이 모두 붓고 온몸을 만져 보니 성한 곳이 바이 없으니, 흥부 안해 기가 막히어 땅에 펄썩 주저앉으며,

"애고, 이것이 웬일인가. 가기 싫다 하는 가장 내 말 어려워 가시더니 저 모양이 웬일이오. 팔자 그른 이 몹쓸 년 가장 하나 못 섬기고 이런 광경 당케 하니 잠시인들 살아 무엇 하리. 모질고 악한 양반, 구산丘山같이 쌓인 곡식 누구 주자 아끼어서 저리 몹시 친단 말고."

흥부의 착한 마음 형의 말은 아니 하고,

"여보 마누라, 슬퍼 마소. 가난 구제는 나라에서도 못 한다 하니 형님인들 어찌하시나. 우리 양주 품이나 팔아 살아가세."

흥부 안해 응순應順하고 서로 나서 품을 판다. 용정舂精하여 방아 찧기, 술집에 가 술 거르기, 초상난 집 제복 짓기, 가고家故 있는 집 그릇 닦기, 굿하는 집 떡 만들기, 시궁발치 오줌 치기, 해빙하면 나물 캐기, 춘모春麰 갈아 보리 놓기, 온가지로 품을 팔고, 흥부는 이월 동풍 가래질하기, 삼사월에 부침질하기[32], 일등 전답 무논 갈기, 이집 저집 이엉 엮기, 날 궂은 날 멍석 맺기, 시장갓[33]에 나무 베기, 무곡 주인貿穀主人 역인役人[34] 서기, 각 읍 주인邑主人[35] 삯길 가기, 술밥 먹고 말짐 싣기, 오 푼 받고 마철馬鐵 박기, 두 푼 받고 똥재 치기, 한 푼 받고 비 매기, 식전이면 마당 쓸기, 이웃집 물 긷기, 진주 감영 돈짐 지기, 대구 감영 태전駄錢[36] 지기, 온가지로 다 하여도 굶기를 밥 먹듯 하여 살길이 없는지라, 하루는 생각다 못하여 읍내로 들어가서 환곡이나 한 섬 얻어먹으리라 자기 혼자 마음먹고,

"여보 마누라, 읍내 잠간 다녀오리다."

하고 행장을 차리는데, 헙수룩한 봉두돌빈蓬頭突鬢[37]에 헌 망건을 눌러 쓰고, 울근불근 살이 보이는 다 떨어진 고의적삼에 헌 행전行纏을 무릎 밑에 높이 치고, 양[38]만 남은 헌 파립 죽영竹纓을 달아 쓰고, 노닥노닥 기운 중치막을 행세차로 떨쳐입고 뺌만 한 곰방대를 손에 쥐고 어쓱비쓱 갈지자로 걸어 읍내로 들어가 길청[39]을 찾아가니, 이방이 상좌에 앉았거늘

---

32) 부침은 논밭을 갈아 농사짓는 일.

33) 나뭇갓. 나무를 함부로 베지 못하게 단속하는 땅이나 산.

34) 무곡 주인은 장사를 하려고 곡식을 사들이는 상인. 역인은 물건 나르는 일꾼.

35) 감영과 각 읍 사이의 연락을 취하기도 하고, 각 읍의 공물貢物을 도맡아 주선하여 바치던 사람.

36) 짐을 날라다 주고 받는 삯.

37) 쑥대강이. 머리가 쑥대처럼 마구 흐트러진 것.

38) 갓양태. 갓 아래쪽으로 둥글넓적하게 두른 부분.

흥부가 마루 위에 간신히 올라서며 죽어도 반말로,

"이방, 참 내가 왔지. 이사이 청중廳中에 일이나 없으며 성주城主께서도 안녕하신지? 내가 삼십 리를 왔더니 허리가 뻣뻣하여 그저 앉자."

하더니 곰방대에 담배를 담아 먹으려 하니, 이방이 하는 말이,

"연 생원, 어찌 들어왔소?"

흥부 이른 말이,

"환곡이나 좀 얻어먹자고 왔는데 처분이 어떠할는지?"

이방이 하는 말이,

"가난한 사람이 막중 국곡莫重國穀을 어찌하자고 달라 할까. 그러나 연 생원, 매 더러 맞아 보았소?"

흥부 이 말 듣고 겁을 내어 하는 말이,

"매 맞는 일은 왜 하여? 그런 말은 말고 환곡이나 좀 얻어 주면 어린 자식들을 살리겠구먼."

이방이 하는 말이,

"환곡을 얻자 말고 매를 맞으시오. 이 고을 김 부자를 어느 놈이 영문營門에 무소誣訴를 하여 김 부자 압상 관자押上關子[40] 왔는데, 김 부자는 마침 병이 나고 친척도 병이 있어 대신을 보내고자 하여 나를 보고 의논을 하니, 연 생원이 김 부자 대신 영문에 가서 매를 맞으면 그 삯으로 돈 삼십 냥 줄 터이오. 그 삼십 냥은 예서 환換을 내줄 터이니 영문에 가서 매를 대신 맞고 오는 것이 연 생원 마음에 어떠하시오?"

흥부 이 말이 반가워서 매 맞기 어려운 생각은 아니 하고,

"매는 몇 도나 되겠소?"

"한 삼십 도 될 터이지."

흥부 하는 말이,

"매 삼십 도를 맞으면 돈 삼십 냥을 다 나를 주나?"

"아무렴 그렇지. 매 한 개에 한 냥씩이지."

흥부 이 말 듣고,

"여보, 이런 말 내지 마오. 우리 동네 꾀쇠 아비가 알면 발등을 디디어 먼저 갈 터이니 소문 내지 마시오."

이방이 돈 닷 냥을 먼저 주고 영문에 가는 보고장을 흥부 주며,

"어서 다녀오시오. 내 편지 한 장 갖다 영문 사령 주면 혹시 매를 쳐도 헐장歇杖[41]할 터

---

39) 옛날 구실아치가 일을 보던 곳.

40) 죄인을 잡아 올려 보내라는 공문. 압상은 하급 관청에서 죄인을 체포하여 상급 관청에 보내는 것. 관자는 상급 관청이 하급 관청에 보내는 공문서.

이요, 또 김 부자가 뒤로 장청將廳[42]에 돈 백이나 보낼 터이니 염려 말고 어서 가오."

흥부 어찌 좋던지 반말하던 사람이 별안간에 존대가 한량없다.

"여보 이방님, 다녀오리다."

굽신굽신 하직한 후 우선 노자 닷 냥 둘러차고 자기 집으로 돌아오며 노래를 부르는데 돈타령을 한다. 멀찍이서부터 마누라를 부르며,

"여보 마누라, 돌아보아라. 옛날 이선李善[43]이는 금돈 쓰고, 한漢나라 관운장關雲長은 위魏나라에 가셨을 제 상마上馬에 천금이요 하마下馬에 백금을 말로 되어 드렸으되, 이러한 소장부는 읍내 한번 꿈쩍하면 돈 삼십 냥이 우수수 쏟아진다. 마누라야, 거적문 열어라."

흥부 안해 좋아라고 내달으며,

"돈 말이 웬 말이오? 일숫돈을 얻어 왔소, 월수月收, 파수변派收邊을 얻어 왔소, 오 푼 달변[44] 얻어 왔소?"

흥부 이른 말이,

"아니로세. 변전 일수는 왜 얻겠나?"

"그러면 길에서 얻어 왔소?"

흥부 하는 말이,

"이 돈은 횡재나 다름없는 돈일세."

흥부 안해 하는 말이,

"그러면 필경 길가에서 얻어 왔을 터이니 잃은 사람이 원통치 아니하겠소? 여보 아이아버지, 돈 얻은 길가에 바삐 갖다 놓고 돈 임자가 와서 찾거든 도로 주고, 고맙다고 한 냥이나 주든지 돈냥을 주든지 그는 정당한 일이니 어서 가서 찾아 주오."

흥부 이른 말이,

"마누라 말을 들으니 본받을 말이로세. 내 말을 들어 보소. 내가 길가에서 얻은 돈도 아니요 누가 나를 거저 준 돈도 아니라, 읍내를 들어가니 이 고을 김 부자를 어떤 놈이 얽어서 영문에 정소하였는데[45], 지금 김 부자는 않고 누구든지 대신 가서 볼기 삼십 개만 맞고 오면 돈 삼십 냥에 닷 냥을 노자로 주니 그 아니 횡재인가? 감영에 가서 눈 꿈쩍하고 볼기 삼십 개만 맞으면 돈 삼십 냥이 횡재 아닌가?"

---

41) 장형杖刑을 헐하게 하는 것. 곧 덜 아프게 치는 것.

42) 군아郡衙 또는 감영에 딸린 장교將校들이 있는 곳.

43) 중국 한나라 때 사람으로, 남의 집 종이었다가 나중에 태수太守가 되었다.

44) 월수는 본전에 이자를 합하여 일정액을 다달이 무는 빚돈, 파수변은 닷새마다 이자를 무는 빚돈, 달변은 다달이 정한 대로 이자를 무는 빚돈이다.

45) 영문에 소장訴狀을 제출한 것.

흥부 안해 이 말 듣고 깜짝 놀라 하는 말이,

"여보시오 아이아버지, 매품 말이오? 남의 죄를 어찌 알고 대신이라니 웬 말이오? 살인
죄에 범행했는지, 강도죄에 범행했는지, 기인취재欺人取財[46] 범하였는지 남의 죄를 어
찌 알고. 만일 영문에 올라갔다 여러 날 굶은 몸에 영문 곤장 맞게 되면 몇 안 맞아 죽을
터이니 어서 가서 그 일 파의罷意하오. 마오, 마오, 가지 마오. 만일에 갈 터이거든 나를
죽여 묻고 가오. 내 곧 죽어 모르면 그는 응당 가려니와 살려 두고는 못 가리다. 가지 마
오, 가지 마오, 제발 내 말대로 가지 마오. 만일 갔다가 매 맞아 죽게 되면 뭇 초상이 날
터이니 부디 내 말 괄시 마오."

이렇듯 강권하니 흥부가 옳게 듣기는 하나 돈 삼십 냥이 눈에 어른어른하며 볼기 몇만
맞으면 그 돈 삼십 냥을 공돈같이 쓸 생각에 마누라를 어른다.

"여보 마누라, 볼기 내력 들어 보오. 이놈이 장원급제하여 초헌軺軒[47] 위에 앉아 보며,
오영문五營門[48] 장신將臣 되어 좌마坐馬[49] 위에 앉아 보며, 팔도 감사監司 하였으니 선
화당宣化堂[50]에 앉아 보며, 이 골 이방 되었으니 길청에 앉아 보며, 동리 좌상座上 되었
으니 동리 상좌에 앉아 볼까. 쓸데없는 이 볼기짝 감영에를 올라가서 볼기 삼십 도만 맞
으면 돈 삼십 냥 생길 터이니, 열 냥은 고기 사서 매 맞은 소복蘇復[51]하고, 열 냥은 쌀을
팔아 집안 식구 포식하고, 열 냥은 소를 사서 이십사 삭 어우리[52] 주었다가 그 소 팔아 맏
아들 장가들여 그놈에게 아들 나면 우리에게는 손자 되니 그 아니 경사인가."

흥부 안해 그 말 듣고 생각하니 사리는 그러하나 이런 길은 못 가나니 한사코 말리거늘,
흥부 역시 할 수 없어 영문에 갈 마음 속종으로만[53] 혼자 먹고 겉으로는,

"그리하소. 아니 가리. 짚신이나 삼아 신게 저 건너 김 동지네 가서 짚 한 단 얻어 옴세."

이렇게 속이고 영문에 올라갈 때 삯말이나 타고 가는 것이 아니라 돈 삼십 냥 한목 받아
쓸 작정으로 하루 일백칠십 리씩 걸어 며칠 만에 영문에 다다르니, 흥부가 낙지후落地後[54]
영문 구경은 처음인데 어디가 어디인지 알지 못하고 삼문三門 앞에서 어정어정할 즈음에,
마침 사령 하나가 구복색具服色[55]을 하고 오락가락하거늘 흥부 바라보다가 허허 웃고 하

---

46) 사람을 속여서 재물을 빼앗음.

47) 높은 벼슬아치가 타던, 외바퀴 달린 높은 가마.

48) 훈련도감訓鍊都監, 금위영禁衛營, 어영청御營廳, 수어청守御廳, 총융청摠戎廳.

49) 장수가 타는 말.

50) 관찰사가 일을 보는 정당正堂.

51) 앓은 뒤에 원기를 되찾는 것.

52) 소나 돼지를 남을 주어 길러서 가르는 것.

53) 마음속으로.

54) 태어난 뒤.

는 말이,

"그 사람은 털갓 뒤에다 붉은 꼭지를 달고 다니네."

하며 삼문 앞으로 들어가니, 무수한 군노 사령들이 여기 있고 저기 있어 방울이 떨렁하고 긴대답하는 소리 벽천霹天에 잦아졌다. 흥부 마음에 으슬으슬하여지며 걱정을 하는 말이,

"아마도 내가 저승에를 왔나 보다. 아무리 생각을 하여도 살아 갈 수 없는데. 집에서 마 누라 말이 옳은 것을 고집하고 왔더니."

하며 한참 이리 후회할 때, 방울이 떨렁 긴대답이,

"예이."

하거늘, 흥부 겁결에 갓 벗고 상투를 내밀며 군노 앞에를 들어가서,

"여보시오, 나 먼저 들어가게 하여 주시오."

사령들 하는 말이,

"웬 양반인지 미쳤소? 저리 가오."

흥부 대답하는 말이,

"여보시오, 사람을 놀리지 말고 어서 잡아들이시오."

사령 하는 말이,

"댁이 누구인데 어찌해서 여기 왔소?"

흥부 하는 말이,

"나는 우리 골 김 부자의 대신으로 매 맞으러 온 사람이올시다."

"그러면 댁이 대덕촌 사는 연 생원이오?"

"예, 그러하오이다."

그중에 도사령都使令이 아래 사령을 보고,

"여보게, 저 양반이 김 부자의 대신으로 왔으니 아랫방에 들여앉히고 만일 추열推閱[56]을 하여 매를 칠지라도 아무쪼록 헐장하소. 우리 청에 편지와 돈 백 냥이 왔네."

여러 사람들이 흥부를 위로할새 마침 청령廳令 소리가 나며 무슨 행차가 삼문을 잡고[57] 들어오더니 이윽고 영이 내리는데,

"각 도 각 읍 죄인 중 살인 죄인 외에는 일체 방송放送[58]하오랍신다."

하니, 도사령이 나와서 하는 말이,

"연 생원, 일 잘되었소."

흥부 하는 말이,

---

55) 옷을 갖춰 입는 것.
56) 죄인을 심문하는 것.
57) 삼문을 열고.
58) 죄인을 풀어 주어 내보냄.

"여보, 매를 맞게 되었소?"

도사령 하는 말이,

"무슨 죄인이든지 밖으로 다 방송하라 계시니 어서 집으로 가시오."

흥부 낙심하여 하는 말이,

"여보시오, 나는 매만 맞아야 수가 있소. 매 하나에 한 냥씩 작정하고 왔는데 그저 가면 낭패요."

사령 하는 말이,

"여보 연 생원, 이번에 김 부자 일로 여기에 왔는데 매 아니 맞았다고 만일 돈을 아니 주거든 곧 영문으로만 오면 우리가 어찌하든지 돈 백을 받아 줄 터이니 어서 가시오."

흥부 하릴없이 회정回程할새 향청鄕廳 근처를 지나다가 환자 받는 데서 매질하는 것을 보고 하는 말이,

"거기는 매 풍년이 들었다마는……."

하면서 집으로 돌아오며 신세 자탄을 하고 노자 남은 돈 한 냥으로 떡을 사서 짊어지고 집을 향하여 돌아가더라.

이때 흥부 안해는 가군家君이 감영에 간 줄 알고 후원에 단壇을 묻고 정화수 길어다가 단 위에 올려놓고 비는 말이,

"비나이다, 을축생 연 씨 대주大主 남의 죄 대신으로 매 맞으러 갔사오니 하느님 어진 신명으로 무사히 다녀오기를 천만축수 비나이다."

이렇듯이 정성 들인 후에 방중으로 돌아와서 어린 자식 젖 물리고 혼자 앉아 우는 말이,

"원수의 가난으로 하늘 같은 우리 가장 매품팔이 웬 말인고. 불쌍하신 우리 가장 영문 곤장 맞았으면 돌아올 날 없을 터이요, 태장笞杖을 많이 맞고 장독杖毒 나서 누웠는가, 개개 고찰個個考察[59] 매를 맞고 기운 없어 자진自盡한가? 소식 몰라 어이하나."

이렇듯이 울음 울 때 흥부가 집으로 돌아오니 흥부 안해 반겨라고,

"아이아버지 다녀오시오? 백방白放[60]으로 놓여 오나, 태장 맞고 돌아오나, 형장 맞고 돌아오나. 상처가 어떠하오?"

흥부가 매 못 맞고 그저 온 데 화가 나서 그 마누라를 여지없이 꾸짖는데,

"나더러 상처를 묻느니 네 친정 할아비더러 물어라. 매 한 개 못 맞고 오는 사람더러 이년아 장처杖處니 상처니 다 무엇이니?"

흥부 안해 이 말 듣고,

"좋다, 좋다, 지화자 좋을시고. 매 맞으러 갔던 낭군 매 안 맞고 돌아오니 이런 경사가 또 있는가. 매 맞으러 영문 갈 제 그날부터 후원에 단을 묻고 하느님께 빌었더니 하느님 덕

---

59) 죄인에게 매질할 때에 형리를 감시하면서 낱낱이 살펴 몹시 때리게 하는 것.

60) 무죄 석방.

택으로 백방되어 돌아오니 반가울사. 못 먹고 주린 가장 영문 매를 맞았으면 속절없이 죽을 거를 그저 오니 좋을시고."

홍부 그 마누라 좋아하는 거동을 보고 기가 막히어 기쁜 마음 조금 없고 신세 생각이며 어린 자식 살릴 생각을 하니 비감한 심회가 복발復發하여 해연한 눈물이 비 오듯 하고 무심중 통곡이 나오며 두 손으로 가슴을 꽝꽝 두드리니, 홍부 안해 그 모양을 보더니 기뻐하던 마음은 어디로 가고 비장한 마음이 다시 맹동하여 그 남편을 따라 울며 하는 말이,

"울지 마오, 울지 마오. 안연顏淵 같은 성인도 안빈낙도하여 있고, 부암傅巖에 담 쌓던 부열傅說이도 성군을 만나 부귀영화하여 있고, 신야莘野에 밭 갈던 이윤伊尹이도 성탕成湯 같은 성군 만나 귀히 되고, 한漢 장군將軍 한신韓信이도 초년에 곤궁타가 한고조를 만나 원훈元勳이 되었으니, 세상사를 어찌 측량하오리까. '천불능궁력색가天不能窮力穡稼라.' [61] 하였으니 우리도 마음만 옳게 먹고 부지런만 하였으면 좋은 때를 만날지 어찌 아오리까."

홍부 그 말을 옳게 여겨 자탄 신세만 할 즈음에 마침 김 부자의 조카가 지나다가 홍부 왔단 말을 듣고 와서 찾아보고 하는 말이,

"자네가 주린 사람이 영문에 가서 그 매를 맞고 어찌 다녀왔나?"

홍부가 돈 받아먹으려고 맞았노라 하려다가 마음이 본디 곧은 사람이라 이실직고로 하는 말이,

"맞았으면 해롭지 아니할 것을 맞지를 못하였다네."

김 씨가 그 말을 자세히 듣고 하는 말이,

"자네가 마음은 착한 사람일세. 나도 어디서 들었네마는 무사히 오고야 돈 달랄 수가 있는가. 내가 마침 있는 돈이 칠팔 냥 있으니 쌀말이나 사다 먹소."

하고 가거늘, 홍부가 그 사람 가는 것을 보고 혼잣말로,

"내가 매 한 개 아니 맞고 남의 돈을 공으로 먹으니 염치는 없거니와 열흘 굶고 군자 없다고 어찌할 수 있느냐."

하고, 일변 쌀 팔고 반찬 사서 며칠 살았으나 굶기는 또 그 턱이라 어찌하면 좋으리오. 짚신 장사나 하여 보겠다 하고 하는 말이,

"여보 마누라, 저 건너 김 동지 집에 가서 짚 한 뭇만 얻어 오소. 전답 없어 농사 못 하고 밑천 없어 장사 못 하고 짚신 장사나 하여 보겠네."

마누라 하는 말이,

"아쉬우면 가끔가끔 얻어 오고 또 어찌 말을 하오? 나는 가서 말할 염치 없소."

홍부 화를 내어,

"그만두소. 내 가리."

---

61) 하늘도 힘써 농사하는 사람을 가난하게 할 수는 없다.

하고 그길로 가서 김 동지를 찾으니, 김 동지 나오며,

"자네 어찌 왔누?"

흥부 대답하되,

"수다數多 소솔所率이 차마 굶어 못 살겠기로 짚신이나 삼아 팔자 하고 짚 한 뭇 얻으러 왔나이다."

김 동지 듣고 하는 말이,

"자네 불쌍도 하이. 형은 부자로되 자네는 저리 가난하니 어찌 아니 측은할까."

후면으로 돌아가 오려 짚동 풀어 놓고 한 뭇 두 뭇 짝을 맞추어 내주니, 흥부 백배사례하고 짚을 걸머지고 건너와서 짚신 한 죽 삼아 지고 장에 가 파니 겨우 서 돈을 받은지라, 쌀 팔고 반찬 사 가지고 돌아와서 어린 자식 데리고 한 끼는 살았거니와 짚인들 매양 얻을쏘냐. 흥부 탄식하고 어린 자식을 어루만지며 통곡하니 흥부 안해 기가 막혀 또한 울며 하는 말이,

"지빈무의至貧無依 이내 형세 금옥같이 애중 자식 헐벗기고 굶주리니 그 아니 가련한가. 세상에 주린 사람 뉘라서 구원하며 학철涸轍[62]에 마른 고기 한 말 물로 뉘 살리리. 이 세상에 답답한 일 가난 밖에 또 있는가. 수족을 다 끊치니 척 부인戚夫人 설움[63]이요, 장 신궁長信宮에 꽃이 피니 반첩여班婕妤의 설움[64]이요, 소상강瀟湘江 반죽斑竹 되니 아황 娥皇 여영女英 설움[65]이요, 마외역馬嵬驛 저문 날에 양 귀비楊貴妃 설움[66]이요, 낙양洛陽 옥중 고생하던 숙녀淑 낭자[67]의 설움인들 이 고생에 더할쏘냐."

땅을 치며 우는 거동 차마 어찌 보리오. 흥부 울다가 그 마누라 경상 보고 일변 눈물을 거두고 위로하는 말이,

"'부불삼세富不三世요 빈불삼세貧不三世'는 예로부터 일렀나니 설마 삼대까지 곤란할까. 마음만 옳게 먹고 불의지사不義之事 아니 하면 자연 신명이 도와 굶어 죽지 아니하리니 울지 말고 설워 마소."

---

62) 수레바퀴 자리에 고인 물.

63) 척 부인은 한고조가 사랑한 후궁인데, 한고조가 죽은 뒤 여후呂后가 척 부인의 손발을 끊고 눈을 뺀 뒤 뒷간에 넣어 두고 돼지라 불렀다 한다.

64) 반첩여는 한 성제漢成帝에게 사랑받은 궁녀. 나중에 성제의 총애를 입게 된 조비연趙飛 燕이 그를 시기하여 장신궁에 가두고 거기서 늙게 만들었다.

65) 아황과 여영은 순舜임금의 두 부인. 순임금이 나라 안을 돌아보다가 죽자 아황과 여영이 흘린 피눈물이 소상강 가 대나무에 얼룩졌다 한다.

66) 안녹산安祿山의 난 때 당 현종이 양 귀비를 데리고 마외역까지 왔으나 신하들의 권고에 못 이겨 양 귀비를 버렸다.

67) 소설 《숙향전淑香傳》의 주인공 숙향을 말한다.

2

이렇듯이 세월을 허송할새 그달 저달 다 보내고 춘삼월 호시절을 당하니, 흥부가 이왕에 약간의 식자識字는 있는지라 수숫대로 지은 집에 입춘을 써 붙였으되, 겨울 동冬 가을 추秋 자는 천지간에 좋을 호好 자, 봄 춘春 자 올 래來 자는 녹음방초 날 비飛 자요, 우는 것은 짐승 수獸 자, 나는 것은 새 조鳥 자요 연비여천鳶飛戾天 소리개 연鳶 자요 오색이 찬란하다 꿩 치雉 자, 야월삼경 슬피 우는 두견 견鵑 자, 쌍거쌍래 제비 연燕 자, 인간 만물 찾을 심尋 자, 이 집 저 집 들 입入 자.

일월도 박식薄蝕[1]하고 음양도 상생커든 하물며 인물인들 성식聲息이 없을쏘냐. 삼월 삼일 다다르니 소상강 떼 기러기 가노라 하직하고 강남서 나온 제비 왔노라 현신現身할 제, 고대광실 다 버리고 비거비래飛去飛來 넘놀다가 흥부를 보고 반겨라고 좋을 호 자 지저귀니, 흥부 제비를 보고 경계하는 말이,

"고당화각高堂畵閣 많건마는 수숫대로 지은 집에 와서 네 집을 지었다가 오뉴월 장마에 집이 만일 무너지면 그 아니 낭패랴. 아무리 짐승일망정 나의 말을 신청信聽하고 좋은 집을 찾아가서 완실히 집을 짓고 새끼를 치려무나."

이같이 경계하여도 저 제비 듣지 않고 흙을 물어다 집을 짓고 첫 새끼 겨우 쳐 날기 공부 힘을 쓸새 힐지항지頡之頏之[2] 사랑터니 뜻 아니 한 대망大蟒이 한 놈 별안간 달려들어 제비 새끼를 몰수이 잡아먹으니, 흥부 보고 깜짝 놀라 하는 말이,

"흉악한 저 짐승이 고량膏粱도 많건마는 무죄한 제비 새끼 몰수이 잡아먹으니 악착하고 불쌍하다. 저 제비 대성 황제 나 계시고[3] 불식곡식不食穀食 자라나서 인간에 해가 없고 옛 주인 찾아오니 제 뜻이 유정하되 제 새끼를 보전치 못하고 일시에 다 죽이니 어찌 아니 가련하리. 흉악한 저 짐승이 패공沛公의 용천검龍泉劍에 적혈이 비등할 제 백제白帝의 영혼인가[4], 신장도 장할시고. 영주永州 광야 너른 뜰에 숙淑 낭자의 해를 입던 풍사방의 대망인가, 머리도 흉악하다."

---

1) 일식이나 월식으로 해와 달이 서로 빛을 가리는 것.

2) 새가 날면서 위로 솟았다가 아래로 내렸다 하는 움직임.

3) 대성 황제는 은殷나라 시조 설契. 설의 어머니 간적簡狄이 꿈에 제비의 알을 삼키고 설을 낳았다고 한다.

4) 패공은 한고조 유방劉邦. 한고조가 술에 취하여 밤에 늪지를 지나는데 큰 뱀이 길을 막고 있으므로 칼로 베어 버렸다. 뒤에 사람들이 뱀이 있던 곳에 가 보니 한 노파가 통곡을 하면서 "내 아들은 백제의 아들이었는데, 지금 적제赤帝의 아들이 베어 버렸다." 하고 사라졌다고 한다.

일변 칼을 들어 그 짐승 잡으려 할 제 저 제비 새끼 한 마리가 공중으로 뚝 떨어져 피를 흘리고 발발 떠는지라. 흥부가 이를 보고 펄쩍 뛰어 달려들어 제비 새끼를 두 손으로 곱게 들고 자닝히 여겨 이른 말이,

　"불쌍하다, 저 제비야. 은왕殷王 성탕成湯 은혜 입어 금수를 사랑하리."

　부러진 다리를 칠산七山 조기 껍질로 찬찬 감고,

　"여보 마누라, 당사실 한 바람만 주소. 제비 다리 동여매게."

　흥부 안해 시집올 때 가져온 당사실을 급히 찾아내어 주니, 흥부 선뜻 받아 제비 새끼 상한 다리를 곱게 곱게 감아 매어 찬 이슬에 얹어 두었더니 하루 지나고 이틀 지나고 십여 일이 되더니 상한 다리 완구히 소생되어 비거비래 줄에 앉아 남남지성喃喃之聲[5] 우는 소리 '지지위지지知之爲知之요 부지위부지不知爲不知 시지야是知也'[6]니라. 우는 소리 들어 보니,

　"옛날에 여경일黎景逸이는 옥중에 갇혔을 때 까치가 기쁨을 보報하고, 태사太史 위상魏尙 범죄시에 참새 울어 복직하니 내 아무리 미물이나 은혜 어찌 못 갚으랴."

　둥덩실 떠서 날아갈 제 수상강 기러기는 왔노라 하고 강남으로 기는 제비 가노라 하직한다.

　강남 수천 리를 훨훨 날아가서 제비 왕께 입시入侍하니, 제비 왕이 물어 가로되,

　"경卿은 어찌하여 다리를 절며 들어오느냐?"

　저 제비 여쭈오되,

　"신의 부모가 조선에 나가 흥부의 집에 깃들었더니 뜻밖에 대망의 화를 입어 다리가 부러져 죽을 것을 주인 흥부의 구함을 얻어 살아 왔사오니 흥부의 가난을 면하게 하여 주옵시면 소신이 그 은공을 만분지일이라도 갚을까 하나이다."

　제비 왕 이 말 듣고 가로되,

　"불인인지심不忍人之心[7]은 성인의 본정이니 흥부는 과시 어진 사람이라. 유공필보有功必報는 군자의 도리라, 그 은혜를 어찌 아니 갚으리오. 과인이 박씨 하나를 주는 것이니 경이 가지고 나가 보은報恩하라."

　제비 사은謝恩하고 물러 나가 그렁저렁 그 해를 지내고 명년 삼월을 당하니 모든 제비 나갈새 저 제비 거동 보소. 제비 왕께 하직하고 허공중천 높이 떠서 박씨를 입에 물고 너울너울 자주자주 바삐 날아 성도成都에 들어가 미감 부인麋甘夫人[8] 모시던 별궁 터 구경하

───────────────

5) 재잘재잘 지저귀는 소리.

6) 아는 것을 안다고 하고 모르는 것을 모른다고 하는 것이 참으로 아는 것이다. 《논어》 '위정爲政'에 나오는 구절인데, 여기서는 그저 '지지배배 지지배배' 하는 제비 소리를 글자로 옮겨 본 것이다.

7) 남에게 차마 하지 못하는 마음, 곧 어진 마음.

고, 장판교長板橋[9] 당도하여 장비張飛의 호통하던 곳을 구경하고, 적벽강赤壁江 건너올 때 소동파蘇東坡 놀던 곳 구경하고, 경화문京華門 올라앉아 연경燕京 풍물 구경하고, 공중에 높이 떠서 만리장성 바삐 지나 산해관山海關 구경하고, 요동遼東 칠백 리 봉황성鳳凰城 구경하고, 압록강 얼른 건너 의주義州 통군정統軍亭 구경하고, 백마산성白馬山城 올라앉아 의주 성중 굽어보고, 그길로 평양 감영 당도하여 모란봉 얼른 올라 보고, 대동강을 건너서서 황주黃州 병영兵營 구경하고, 그길로 훨훨 날아 송악산松嶽山 빈 터를 구경한 후 삼각산三角山을 당도하니 명랑한 천봉만학千峰萬壑은 그림을 펴 놓은 듯, 종각鐘閣 위에 올라앉아 전후좌우 각전各廛 시정이며 오고 가는 행인들과 각항 물색을 구경하고, 남산을 올라가서 잠두蠶頭를 구경하고, 당집 위에 올라앉아 장안 성내 굽어보니 즐비할사 천문만호千門萬戶 보기도 장할시고.

그길로 남대문 밖 내달아 동작강銅雀江을 건너 다다라 바로 충청, 전라, 경상 삼도 어름 흥부 집 동리를 찾아 너울너울 넘노는 거동 북해 흑룡이 여의주를 물고 채운彩雲 간에 넘노는 듯, 단산丹山의 어린 봉鳳이 죽실竹實을 물고 오동나무에 노니는 듯, 황금 같은 꾀꼬리가 춘색을 띠고 세류영細柳營에 왕래하듯 이리 기웃 저리 기웃 넘노는 거동 흥부 안해 먼저 보고 반기며 하는 말이,

"여보소, 아이아버지, 전년에 왔던 제비가 입에 무엇을 물고 와서 저리 넘노니 어서 와서 구경하오."

흥부 즉시 나와 보고 심중에 이상히 여기더니 그 제비 머리 위로 날아돌며 입에 물었던 것을 앞에다 떨구니 흥부 집어 들고 하는 말이,

"여보 마누라, 작년에 다리가 상하여 동여 주었던 제비가 무엇을 물어 던지네그려. 누른 수가 금인가 보이. 무슨 금이 이다지 가벼울까?"

흥부 안해 하는 말이,

"그 가운데 누르스름한 것이 참말 금인가 보오."

흥부 하는 말이,

"금이 어이 있을까? 옛날 초한 건곤楚漢乾坤 분분 시에 육출기계六出奇計 진평陳平이가 범 아부范亞夫를 잡으려고 황금 사만 근을 흩었으니[10] 금이 어이 있으리오?"

"그러면 옥인가 보오."

흥부 하는 말이,

---

8) 유비劉備의 두 부인으로서 미 부인과 감 부인을 말한다.

9) 중국 삼국 시대에 장비張飛가 조조曹操와 싸우던 곳.

10) 초나라와 한나라가 패권을 다툴 때 여섯 번이나 기묘한 계책을 낸 한나라 진평이 초나라 항우와 싸울 때 항우의 신하 범 아부를 잡으려고 황금 사만 근을 모아 썼다 한다. 범 아부는 범증范增.

"옥출곤강玉出崑岡이라 하니 곤륜산崑崙山에 불이 붙어 옥석이 다 탄 후에 간신히 남은 옥을 장자방張子房이 옥퉁소를 만들어 계명산鷄鳴山 추야월에 슬피 불어 강동江東 팔천 자제子弟를 다 흩어 버렸으니[11] 옥도 이게 아니로세."

"그러면 야광주夜光珠인가 보오."

"야광주도 세상에는 없나니 제 위왕齊威王이 위 혜왕魏惠王의 십여 승升 야광주를 깨쳤으니[12] 야광주도 없느니."

"그러면 유리 호박인가?"

"유리 호박 더욱 없나니 주 세종周世宗이 탐장貪贓할새 당나라 장갈張褐이가 유리 호박을 모두 술잔을 만들었으니 유리 호박이 어데 있으리오?"

"그러면 쇠가 보오."

"쇠도 인제는 없나니 진시황 위엄으로 구주九州의 쇠를 모아 금인金人 열둘을 만들었으니[13] 쇠도 절종絶種되었나니."

"그리하면 대모玳瑁 산호珊瑚인가 보오."

"대모는 병풍이요 산호는 난간이라. 광리왕廣利王이 수정궁水晶宮 지을 때에 수중 보화를 다 들였으니[14] 대모 산호도 아니로세."

"그러면 씨앗인가 보오."

흥부도 의혹하여 자세 보니 한가운데 글 석 자를 썼는데 '보은박'이라 하였거늘,

"아마도 이것이 박씨로세. 수후隋侯의 배암도 구슬을 물어다가 살린 은혜 갚았으니[15] 보은하러 물어 온가. 뉘라서 주는 것을 흙이라도 금으로 알고 돌이라도 옥으로 알고 해害라도 복福으로 알자."

하더니, 고초일枯焦日[16]을 피하여서 동편 울 아래 터를 닦고 심었더니, 이삼 일에 싹이 나

---

11) 한고조와 항우의 해하垓下 싸움에서 나온 사면초가四面楚歌와 관련된 고사. 초가를 부르게 한 것이 곧 장자방의 계략으로, 일명 계명가라고도 한다. 강동 팔천 자제는 당시 항우 휘하의 군사를 말한다.

12) 전국시대 제 위왕과 위 혜왕이 만났을 때 위 혜왕이 자기 나라에 진귀한 보옥이 많음을 뽐기듯 자랑하고는 제나라에는 무슨 보배가 있느냐고 물으니, 제 위왕이 제나라의 보배는 사람으로 훌륭한 네 신하가 있다고 답한 일화이다.

13) 진시황이 천하를 통일하고 다시는 전란이 일지 않도록 전국의 병장기를 모두 함양으로 모아들여 이를 녹여 열두 개의 사람 모양을 만들었다 한다.

14) 광리왕은 남해 용왕의 별칭이고, 수정궁은 수정으로 장식하여 지었다는 화려한 궁전이다.

15) 수후는 춘추시대 제후인데, 길가에서 큰 뱀이 상처 입은 것을 보고 약을 발라 치료해 주었더니 나중에 그 뱀이 명월주明月珠를 물고 와 은혜를 갚았다고 한다.

16) 책력으로 오행을 풀어 길흉을 매겨, 씨앗을 심으면 말라 버리고 싹이 나지 않는다고 피하는 날.

고 사오 일에 순이 뻗어 마디마디 잎이 나고 줄기마다 꽃이 피어 박 네 통이 열렸으니 대동 강상 당도리선같이, 종로 인경같이, 육관 대사六觀大師 법고法鼓같이 둥두렷이 달렸으니 흥부가 좋아라고 문자를 써서 하는 말이,

"유월에 화락花落하니 칠월에 성실成實이라. 대자大者는 여항如缸하고 소자小者는 여분如盆하니[17] 어찌 아니 기쁠쏘냐. 여보소, 아기어머니, 비단이 한 끼라[18] 하니 한 통을 따서 속일랑은 지져 먹고 바가지는 팔아다가 쌀을 팔아 밥을 지어 먹어 보세."

흥부 안해 하는 말이,

"그 박이 하도 유명하니 하루라도 더 굳히어 쾌히 견실하거든 따서 봅세."

이처럼 의논할 제 팔월 추석을 당하였는데 굶기를 시작하며 어린 자식들은,

"어머니, 배고파 죽겠소. 밥 좀 주오. 얼렁쇠네 집에서는 허연 것을 눈덩이처럼 뭉쳐 놓고 손바닥으로 부비어 가운데 구멍 파고 삶은 팥을 집어넣어 두 귀가 뾰족뾰족하게 만들어 소반에다 놓습다. 그것이 무엇이오?"

어미 하는 말이,

"그것이 송편인데 추석날 해 먹는 것이란다."

또 한 녀석이 나오며,

"대갈쇠네 집에서는 추석에 쓰려고 검정소 새끼를 잡습다."

흥부 마누라 웃으며,

"아마 돝(돼지)을 잡던가 보다."

한참 이리할 제 흥부는 배가 고파 누웠더니 흥부 마누라 치마끈을 바르르 졸라매고 목수의 집에 가서 톱 하나를 얻어다 놓고 굶어 누운 가장을 혼들혼들 깨우면서,

"일어나오, 일어나오. 박이나 한 통 따서 박속이나 지져 먹읍시다."

흥부 마지못하여 일어나서 박을 따서 놓고 먹줄을 반듯하게 맞춘 후 양주 톱을 잡고 켠다.

"슬근슬근 톱질이야, 당기어 주소 톱질이야. 가난타고 설워들 마소. 팔자 글러 가난, 사주 글러 가난, 벌지 못하여 가난, 미련하여 가난, 산소 글러 가난, 밑천 없어 가난, 가난한 걸 한탄 마소."

흥부 안해 이른 말이,

"산소 글러 가난하면 아주버님은 잘살고 우리는 가난한가? 장손만 잘되는 산소던가? 에여라 톱질이야, 슬근슬근 당겨 주소. 북창한월성미파北窓寒月聲微波[19]에 동자박도 가야

---

17) 큰 놈은 항아리만 하고 작은 놈은 동이만 하니.
18) 비단옷을 입는 것보다 먹는 것이 더 낫다는 말.
19) 추운 달밤 북창에서 일하는 소리 아직 그치지 않았다. 또는 '성聲'을 '성晟'으로 보아 '북쪽 창에 비치는 새벽달이 잔물결을 친다.'로 해석하기도 한다.

可也로다. 당하자손만세영堂下子孫萬世榮에 세간박도 가야로다. 이 박 한 통 타거들랑 금은보패가 나옵소서."

홍부 안해 화답하여 밀거니 당기거니 슬근슬근 톡 타 놓으니 오색 채운이 일어나며 청의 동자靑衣童子 한 쌍이 나오는지라. 홍부 깜짝 놀라 하는 말이,

"팔자가 그르더니 이것이 웬일인고. 박 속에서 사람 나오는 것 보아라. 우리도 얻어먹을 수 없는데 식구는 잘 보탠다."

그 동자 거동 보아라. 이는 봉래산蓬萊山 학 부르던 동자 아니면 필경 천태산天台山 약 캐던 동자로다. 좌수左手에 병을 들고 우수右手에 대모반玳瑁盤을 가져 눈 위에 높이 들어 홍부 전에 드리며 하는 말이,

"은병에 넣은 것은 죽은 사람 혼을 불러내는 환혼주還魂酒요, 옥병에 넣은 것은 앞 못 보는 소경 눈 뜨는 개안주開眼酒요, 금전지金箋紙에 봉한 것은 말 못 하는 사람 말하게 하는 능언초能言草와 곱사등이, 반신불수 절로 낫는 소생초蘇生草와 귀머거리 소리 듣는 총이초聰耳草요, 이 보에 싸인 것은 녹용, 인삼, 웅담, 주사朱沙 각종이오. 이 값을 의논하면 억만 냥이 넘사오니 매매하여 쓰옵소서."

홍부 마음에 너무 황홀하여 연고를 물으려 한즉 동자 벌써 간데없는지라.

홍부의 거동 보소. 춤을 추며,

"얼씨구 좋을시고 좋다. 지화자 좋을시고. 세상 사람 들어 보소. 박속을 먹으려다 금시 발복今是發福되었구나. 인간 천지 우주 간에 부자 장자들이 재물은 많다 한들 이런 보배는 없을지니 나 같은 갖은 부자 어데 또 있으리."

홍부 안해 하는 말이,

"우리 집에 약국을 벌였으면 좋겠네."

홍부 이른 말이,

"약국을 신설하면 알 이가 누가 있어 약을 사러 올까. 내 마음에는 빠른 효험이 밥만 못하이."

홍부 안해 이른 말이,

"그도 그러하니 저 박에나 밥이 들었는지 또 켜 봅세."

하고 박 한 통을 또 따다 놓고 켠다.

"슬근슬근 톱질이야. 당기어 주소 톱질이야. 우리 집이 가난하기 삼남에 유명터니 부자 득명富者得名 만만재물 일조에 얻었으니 어찌 아니 좋을쏘냐."

홍부 안해 이른 말이,

"아까 나온 약이 얼마나 되는가 구구九九 좀 놓아 볼까?"

홍부 하는 말이,

"자네가 구구를 놓을 줄 아는가?"

홍부 안해 대답이,

"주먹구구라도 맞으면 좋지."

하며 소리를 한다.

"구구팔십 일광로一狂老는 적송자赤松子 찾아가고[20], 팔구칠십 이태백李太白은 채석강采石江에 완월玩月하고[21], 칠구육십 삼청선자三淸仙子[22] 학을 타고 놀아 있고, 육구오십 사호선四皓仙[23]은 상산商山에 바둑 두고, 오구사십 오자서伍子胥는 동문東門 상에 눈을 걸고[24], 사구삼십 육수부陸秀夫[25]는 보국충성 갸륵하고, 삼구이십 칠육구는 전국 적의 사절이요, 이구십 팔진도八陣圖[26]는 제갈량諸葛亮의 전법이요, 일구 구궁수九宮數[27]는 하도낙서河圖洛書[28] 그 아닌가. 사만 오백 냥어치나 되나 보오."

흥부 웃고,

"제법이로세."

흥부는 흘구구로 대중없이 부르며 슬근슬근 쓱싹 쿡칵 툭 타 놓으니 박 속으로 온갖 세간이 다 나온다. 자개함롱 반닫이며 용장龍欌, 봉장鳳欌, 귀뒤주, 쇄금들미 삼층장, 게자다리 옷걸이며 쌍룡 그린 빗접고비, 용두머리 장목비, 놋촛대, 백통 유기, 샛별 같은 요강, 타구 그득히 벌여 놓고 운단 이불, 대단요며 원앙금침 잣베개를 반닫이에 쌓아 놓고, 사랑 치레 더욱 좋다. 용목 쾌상, 벼룻집, 화류 문갑, 가께수리, 용연 벼루, 거북 연적, 대모 책상, 호

---

20) 일광로는 장량張良을 가리키는 듯하다. 장량이 유후留侯에 봉해진 뒤 "내가 세 치 혀로 임금의 스승이 되었으니 족하다. 이제는 적송자를 따라 놀겠노라." 하고 세속의 부귀를 버렸다.

21) 이태백이 채석강에서 밤에 뱃놀이를 즐기다 술에 취하여 물에 비친 달을 움키려다가 빠져 죽었다고 한다.

22) 삼청의 신선. 삼청은 신선이 사는 옥청玉淸, 상청上淸, 태청太淸의 세 궁.

23) 진秦과 한漢이 바뀌던 때에 어지러운 세상을 피해 상산에 은거했던 네 노인으로, 동원공東園公, 기리계綺里季, 하황공夏黃公, 녹리 선생用里先生. 모두 수염과 눈썹이 희어서 사호라 한다.

24) 춘추시대 오나라 충신 오자서가 오왕에게 월나라를 급히 쳐야 한다고 자주 간하였으나 왕은 듣지 않았다. 끝내 태재太宰 비嚭의 참소가 있어, 왕이 자결하라는 명을 내리자 오자서가 죽으면서 "내 눈을 파내어 오나라 동문 밖에 걸어 두어서 월나라 군대가 쳐들어와 오나라를 멸망시키는 것을 보게 해 달라."고 했다 한다.

25) 송나라 때 충신으로 송나라가 원나라에 패하자 어린 황제를 업고 물에 뛰어들어 죽었다.

26) 팔진은 병법에서 진을 치는 여덟 가지 형식으로, 제갈량의 팔진도가 가장 유명하다.

27) 역서에서 구성九星을 오행五行과 팔괘八卦의 방위에 맞추어서 길흉화복을 판단하여 내는 수.

28) 하도는 중국 고대 복희伏羲 시절에 황하黃河에서 나온 용마龍馬의 등에 실려 있던 그림으로 《주역》 팔괘의 근본이 되었고, 낙서는 우禹임금 시절에 낙수洛水에서 나온 거북의 등에 있었다는 글씨로 《서경》 홍범구주洪範九疇의 근본이 되었다고 한다.

박 필통 황홀하게 벌여 놓고 서책을 쌓았으되 《천자》, 《유합類合》, 《동몽선습童蒙先習》, 《사략史略》, 《통감通鑑》, 《논어》, 《맹자》, 《서전書傳》, 《시전詩傳》, 《대학》, 《중용》 질질이 쌓아 놓고 그 곁에 순대모 안경, 화류 체경, 진묵眞墨, 당묵唐墨, 순황모 무심필純黃毛無心筆을 산호 필통에 꽂아 놓고 각색 지물이 또 나온다. 낙곡지, 별백지別白紙, 도침지搗砧紙, 간지簡紙, 주지周紙, 피딱지, 갓모, 유삼油衫, 유지油紙, 식지食紙 다 나오며 또 피륙이 나온다. 길주吉州 명천明川 가는베, 회령會寧 종성鍾城 고운 베, 당포唐布, 춘포春布, 육진포六鎭布, 바리포, 사승포四升布, 중산포, 가는 무명, 강진康津 해남海南 극세목, 고양高陽 꽃밭들 이 생원의 맏딸아기 보름 만에 마쳐 내던 세목 관디차29)로 봉해 있고, 의성목義城木, 안성목安城木, 송도松都 야다리목이며 가는 모시, 굵은 모시, 임천林川 한산韓山 극세저며 각색 비단 또 나온다. 일광단日光緞, 월광단月光緞, 서왕모西王母 요지연瑤池宴에 진상하던 천도天桃 무늬 황홀하고 적설積雪이 만공산滿空山한데 절개 있는 송조단, 등태산 소천하登泰山小天下 하던 공부자孔夫子의 대단大緞이요, 남양초당南陽草堂 경景 좋은데 만고지사萬古志士 와룡단臥龍緞이 꾸역꾸역 나오고 쓰기 좋은 양태문, 매매 홍정 수갑사首甲紗, 인정 있는 은조사銀條紗요, 부귀다남富貴多男 복수단福繡緞, 삼순구식三旬九食 궁초宮綃로다. 뚜루룩 뚜벅 말굽장단, 서부렁섭적 새발문, 뭉게뭉게 운문단雲紋緞, 만경창파 조개단, 해주海州 자주紫紬, 몽고蒙古 삼승三升, 모본단模本緞, 모초단毛綃緞, 접영, 영초影綃, 관사官紗, 길상사吉祥紗, 생수삼팔주生水三八紬, 왜사倭紗, 갑증甲繒, 생초生綃, 춘사春紗 등물이 더럭더럭 나올 적에 흥부 안해 좋아라고 이리 뛰고 저리 뛰며 하는 말이,

"붉은 단 푸른 단아, 퍽도 많이 나온다. 우리 한풀이로 비단으로 다 하여 입어 봅시다."

비단 머리, 비단 댕기, 비단 가락지, 비단 귀이개, 비단 저고리, 적삼, 치마, 바지, 속곳, 고쟁이, 버선까지 비단으로 하여 놓으니, 흥부 하는 말이,

"여보 마누라, 나는 무엇을 하여 입을꼬?"

흥부 안해 하는 말이,

"아기아버지는 비단 갓, 비단 망건, 당줄, 관자까지 모두 비단으로 하고 그것이 만일 부족하거든 비단으로 큼직하게 자루를 지어 내려 쓰시오."

흥부 웃으며,

"숨 막혀 죽으라고 그러나? 또 한 통을 타 봅세."

먹줄 쳐서 톱을 걸어 놓고,

"어이여라 톱질이야. 수인씨燧人氏는 불을 내어 교인화식教人火食 하여 있고, 복희씨伏羲氏는 그물 맺어 교인전어教人佃漁 하여 있고, 황제씨黃帝氏는 백초百草를 맛보아서 약을 내고, 잠총蠶叢은 누에치기 시작하여 만인간 입히었고, 의적儀狄은 술을 내고, 여와씨女媧氏는 생황笙簧 내고, 채륜蔡倫은 종이 내고, 몽염蒙恬이는 붓 만들고, 그나마

---

29) 관복감으로.

천종만물千種萬物이 유지자有志者의 창조함이니 우리는 박 타는 재주를 창조하여 봅세.
슬근슬근 당기어라."

슬근슬근 쓱싹 툭 타 놓으니 순금 궤 하나에 금거북 자물쇠로 채웠으되 '흥부 개탁開坼
하라.' 하였거늘 흥부 은근히 좋아라 하여 꿇어앉아 열고 보니 황금, 백금, 오금烏金, 심상
좋은 천은天銀이며 밀화蜜花, 호박, 산호, 금패錦貝, 진주, 주사, 사향, 용뇌龍腦, 수은이 가
뜩 찼거늘, 쏟아 놓으면 여전히 가뜩가뜩 차고, 쏟고 나서 돌아보면 글로 하나 가뜩하니, 흥
부 내외가 좋아라 밥 먹을 새 없이 밤낮 엿새를 부리나케 쏟고 보니 어언간에 큰 장자長者
가 되었구나. 흥부 너무 좋아라고 그 마누라더러 하는 말이,

"이렇게 많은 재물을 집이 협착하여 어따가 두면 좋겠소? 우리 저 박 한 통 마저 타고 집
이나 지어 봅세."

하고, 한 통 남은 것을 마저 따다 놓고 흥을 내어 켠다.

"여봅소 마누라, 정신 차리고 힘써 당겨 주소. 슬근슬근 톱질이야, 우리 일을 생각하니
엊그제가 꿈이로다. 남 없이 고생타가 일조에 부가옹富家翁이 되니 어찌 아니 즐거우리.
슬근슬근 톱질이야, 당기어 주소 톱질이야."

슬근슬근 툭 타 놓으니 박 속으로서 일등 목수들과 각색 곡식이 나올 적에 목수 등은 우
선 명당을 가려 터를 닦고 집을 짓는데 안방, 대청, 행랑, 곳간, 선자扇子추녀, 말굽도리, 내
외 분합分閤, 물림퇴와 살미살창 가로닫이 입구 자로 지어 놓고, 앞뒤 동산에 기화이초奇
花異草를 난만히 심어 있고, 양지에 방아 걸고 음지에 우물 파고, 문전에 버들 심고 울 밖에
원두 놓고, 안팎 고왕(광)에 곡식이 쌓였으니, 동편고에는 정조精粗가 만 석이요 서편고에
는 백미가 오천 석, 전후 고왕에는 두태豆太 잡곡이 각 오천 석이요, 참깨 들깨가 삼천 석이
요, 또 딴 노적한 것이 십여 더미요, 돈이 이십만 구천 냥이요, 일용전 몇 천 냥은 침방 속에
들어 있고, 온갖 비단과 은금보패는 다시 고에 쌓고, 말니 같은[30] 사내종, 열쇠 같은 계집
종, 앵무 같은 아이종 나며 들며 사환하고 우걱뿔이, 자빡뿔이[31] 우걱지걱 실어 들여 앞뒤
뜰에 노적하고 담불담불 쌓아 놓으니, 흥부 안해 좋아라고 춤을 추고 돌아다닌다. 흥부 이
른 말이,

"여봅소 마누라, 춤추기는 명일明日이 내무진來無盡[32]이니 덤불 밑에 있는 박 한 통 마
저 켜 봅세."

흥부 안해 하는 말이,

"이 박일랑 켜지 마오."

흥부 가로되,

---

30) 말의 이빨처럼 뻣뻣하고 힘차 보인다는 뜻.
31) 우걱뿔이는 뿔이 안으로 굽은 소, 자빡뿔이는 뿔이 뒤로 잦혀지고 끝이 뒤틀린 소.
32) 잇따라 와서 끝이 없는 것.

"내게 태인 복을 어찌 아니 켜리오. 잔말 말고 톱이나 당깁소. 슬근슬근 톱질이야, 당기
어 주소 톱질이야."

슬근슬근 툭 타 놓으니 박 속으로 여화일미인如畵一美人[33]이 나오며 흥부에게 나볏이
예수禮數하거늘, 흥부 대경大驚하여 황급히 답례하고 하는 말이,

"뉘시관데 내게다 절을 하시오?"

그 미인이 함교함태含嬌含態 아리따이 대답하되,

"나는 월궁 선녀로다."

"어찌하여 내 집에 와 계시오?"

선녀 대답하되,

"강남국 제비 왕이 나더러 그대 부실副室이 되라 하시기로 왔나이다."

흥부 듣고 대희하나, 흥부 안해 내색하고 하는 말이,

"에그, 잘되었다. 우리가 전고에 없는 간고를 겪다가 인제 발복이 되었다고 저 꼴을 누가
두고 본단 말고. 내 언제부터 그 박을 켜지 말자 하였지!"

흥부 하는 말이,

"염려 마소. 조강지처를 괄시할까."

하고, 고대광실 좋은 집에 처첩을 거느리고 향락으로 세월을 보내더라.

3

이 소문이 놀부의 귀에 가니 찢어 죽여도 죄가 남을 놈의 심술이 제 아우 잘되었단 말을
듣고 생각하되,

"이놈이 도적질을 하였나? 별안간 부자가 되었다니 내 가서 욱대기면 반가산半家産은
뺏어 오리라."

하고, 벼락같이 건너가 흥부 문전 다다라 보니 집치레도 보던바 처음이요, 고대광실 높은
집에 네 귀마다 풍경 소리. 이를 보고 심술이 탱중撑中하여,

"이놈의 주제에 맹랑하고 외람하다. 추녀 끝에 풍경 달고 이것들이 다 어디로 도적질 갔
나 보다."

소리를 벽력같이 지르되,

"이놈 흥부야!"

---

33) 그림 같은 미인 한 사람. 양 귀비라 되어 있는 판본도 많다.

이때 마침 흥부는 출타하고 흥부 안해 혼자 있다가 종년을 불러 이르되,

"밖에 손님이 와 계신가 보니 나가 보아라."

앵무 같은 여하인이 대답하고 맵시가 똑똑 듣는 태도로 대문턱에 나가 서서,

"어데 계신 손님이오니까?"

놀부 놈이 평생에 그런 모양은 처음 본지라 기가 차서,

"소인 문안드리오. 그러나 이 집 주인 놈은 어데 갔나이까?"

저 계집 무안하여 쫓겨 들어와서 고하되,

"어데서 기이한 광객이 왔습니다. 댁 생원님더러는 그놈 저놈 하고 쇤네를 보고는 문안을 드리며 전수全數이 트집바탈이옵디다."

흥부 안해 의심하여 묻는 말이,

"그 양반 모양이 어떠하더냐?"

종년이 대답하되,

"머리는 부엉이 대가리 같고 수리 눈에 왜가리 주둥이, 맹꽁이 모가지 체격으로 욕심과 심술이 더덕더덕하옵디다."

흥부 안해 들더니,

"요란스럽다. 지껄이지 마라."

하며, 일변 옷끈을 고쳐 매고 급히 맞아 들여 예수하고 보이니, 놀부 놈은 괴춤에다 손을 넣고 뻣뻣이 서서 답례도 아니 하고 보더니 비단옷 호사한 것이 심술이 나서 한다는 말이,

"영문營門 기생으로 맵시 내고 거들거리네."

흥부 안해 들은 척 아니 하고,

"이사이 혼솔渾率이[1] 편안들 하시오니까?"

이놈의 대답이 트집이나 잡듯이,

"평안치 아니하면 어이할 터이오?"

흥부 안해 유공불급唯恐不及[2]하여 일변 모란석, 비단요를 내어 깔며,

"이리로 앉으시오."

이놈이 옮기어 앉다가 부러 미끄러지는 체하더니 칼을 빼어 장판방을 득득 하며,

"에, 미끄러워. 그대로 두었다가는 사람 상하겠군."

부벽付壁 글씨를 알아보는 듯이,

"웬 부벽에 달은 저리 많이 그려 붙였을까?"

화계花階의 화초를 보고,

"저 꽃을 당장 피게 하려면 동나무[3] 서너 단만 들여놓고 불을 지르면 단번 환하게 핍네

---

1) 온 집안이.

2) 오로지 미치지 못할까 두려워함.

다. 저 학두루미 다리가 너무 길어 못쓰겠으니 한 마디 분지르게 이리 잡아 오오."

기침을 칵 하며 가래침 한 덩이를 벽에다 탁 뱉으니, 흥부 안해 보다가 하는 말이,

"성천成川 숯타구, 광주廣州 사타구, 의주義州 당타구, 동래東萊 왜타구 갖추 놓였는데 침을 왜 벽에다 뱉으십니까?"

놀부 하는 말이,

"우리는 본디 눈에 보이는 대로 아무 데나 뱉소."

흥부 안해 차집[4]을 불러,

"점심 진지 차려 드리어라."

놀부 이른 말이,

"아무 집이든지 계집이 너무 덤벙이면 집안이 망하는 법이었다. 아무려나 반찬과 밥을 정하게 맛있게 많이 차려 오렷다."

온 집안이 별성행차別星行次[5]나 든 듯이 쌀을 회게 쓿어 질도 되도 아니 하게 지어 놓고 벙거짓골, 너비아니, 염통 산적 곁들이고 난젓, 굴젓, 소라젓, 아감젓 갖추 놓고 수육, 편육, 어회, 육회, 초장, 겨자 각기 놓고 각색 채소, 장볶이, 섞박지, 동치미며 기름진 암소 가리(갈비) 잔칼질하여 석쇠에서 끓는 대로 번차례 바꾸어 놓고 암치, 약포藥脯, 대하大蝦를 보풀어서 곁들이고 숭어구이, 전복채를 갖추갖추 차려 놓고 은수저, 은주전자, 은잔대, 반주를 따뜻이 데워 각상에 받쳐 들고 앵무 같은 어른 종, 아이종이 눈썹 위에 공손히 들어 앞에 갖다 놓고 전갈傳喝 비슷이,

"마님께서 졸지에 진지를 차리느라고 찬수가 변변치 못하다고 하옵셔요."

놀부가 생전에 이런 밥상을 처음 받아 보매 먹을 마음은 없고 밥상을 깨두드려야 마음에 시원할 터인 고로 수저를 들고 밥상을 탁탁 치며,

"이 그릇은 얼마 주고 또 이 그릇은 얼마나 주었소? 사발이 너무 크고 대접이 헤 널브러지고 종자(종지)는 너무 작고 접시는 바라져야 좋지."

하며 함부로 두드리니, 흥부 안해 보다가,

"당화기唐畵器는 성이 말라 자칫해도 톡톡 터지니 너무 치지 마옵소서."

놀부 놈 화를 내어,

"이 밥 아니 먹으면 고만이지요."

하며 발로 밥상을 탁 치니, 상발은 부러지고 종자는 뒹굴고 접시는 폭삭, 사발은 떨꺽, 수저는 떙그렁, 국물은 장판방 네 구석에 이리저리 흐르니, 흥부 안해 이른 말이,

"아주버님 들으시오. 불령한 마음이 계시거든 사람을 치시지 밥상을 치십니까."

---

3) 조그맣게 단으로 묶어서 땔감으로 파는 잎나무.
4) 부잣집에서 집안 살림 따위 일을 맡아보는 여자.
5) 임금의 명령을 받들어 남의 나라로 가는 사신 행차.

부러진 상발, 깨어진 그릇, 흐르는 국물, 마른 음식 다 주워 담고 걸레수건으로 모두 다 씻어 내며,

"밥이 어떻게 중한 것이라고 밥상을 치셨소. 밥이라 하는 것이 나라에 오르면 수라요, 양반이 잡수면 진지요, 하인이 먹으면 입시요, 제배儕輩가 먹으면 밥이요, 제사에는 진메이니 얼마나 중한가요. 동네가 알고 보면 손도損徒가 싸고[6], 관가에서 알면 볼기가 싸고, 감영에서 알면 귀양도 싸오."

놀부 하는 말이,

"손도를 맞아도 형의 대신 아우가 맞을 것이요, 볼기를 맞아도 형의 대신 아우가 맞을 것이요, 귀양을 가도 아우나 조카 놈이 대신 갈 것이니 나는 아무 걱정 없소."

한참 이리할 제 흥부가 들어오더니 제 형에게 공손히 엎쳐 보이며,

"형님 행차하셨습니까?"

하며 일변 눈물을 떨어뜨리니, 이놈 하는 말이,

"너 뉘 통부通訃 보았느냐? 이놈, 눈깔 보기 싫다."

흥부 하인 불러 분부하되,

"큰 생원님 잡수실 것 다시 차려 오너라."

놀부 떨뜨리고[7] 하는 말이,

"이놈, 네가 요사이는 밤이슬을 맞는다 하는구나?"

흥부 어이없어 대답하되,

"밤이슬이 무엇이오?"

놀부 꾸짖어 가로되,

"밤이슬을 맞고 다니며 도적질을 얼마나 하였느냐?"

흥부 놀라 대답하되,

"형님, 이 말씀이 웬 말씀이오?"

전후사를 세세히 고하니, 놀부 이른 말이,

"이러하면 네 집 구경을 자세 하자."

흥부 데리고 돌아다니며 보더니 그 부요富饒한 거동을 보고 심중에 계염[8]이 불붙듯 할 차 월궁 선녀 또 나와 보이거늘 놀부 놈 하는 말이,

"이는 어떤 부인이냐?"

흥부 대답하되,

"이는 내 첩이올시다."

---

6) 손도 당해도 싸고. 손도는 오륜에 벗어난 짓을 한 사람을 그 고장에서 쫓아내는 것.

7) 젠체하며 뽐내고.

8) 남이 가진 것이나 잘하는 것을 부러워하며 시샘하는 마음.

놀부 골을 내어 하는 말이,

"아따 이놈, 첩이라니? 부랑지설浮浪之說 말고 내게로나 보내어라."

흥부 대답하되,

"이 미인은 강남 제비 왕께서 주신 바요, 이왕 내게 몸을 호적시켰으니 형님께로 보내는
것은 망발이올시다."

놀부 가로되,

"그는 그러하거니와 저기 휘황찬란한 장은 이름이 무엇이뇨?"

흥부 대답하되,

"그것은 화초장花草欌이올시다."

"그것은 네게 당치 아니하니 내게로 보내어라."

"에그, 이것은 미처 손도 대 보지 못했나이다."

"아따 이놈아, 내 것이 네 것이요 네 것이 내 것이요 네 계집이 내 계집이요 내 계집이 네
계집이니 무슨 관계가 있으랴마는, 계집은 못 하겠다 하니 화초장이나 보내어라. 만일
그도 못 하겠다 하면 온 집에다 불을 싸놓으리라."

흥부 가로되,

"그러면 하인 시켜 보내오리다."

"네 놈에게 무슨 하인이 있으리오. 이리 내놓아라. 내가 질빵 걸어 지고 가리라."

흥부 하릴없어 질빵 걸어 주니, 이놈이 웃옷을 벗어 척척 접어 장 위에다 얹더니 짊어지
고 제집으로 오다가 화초장 이름을 잊어버리고 다시 흥부 집으로 가서,

"이놈아, 장 이름이 무엇이냐?"

흥부 나와,

"화초장이올시다."

놀부 놈이 다시 짊어지고 이름을 잊을까 염려하여 '화초장 장 장 장' 하면서 오다가 개
천을 만나 건너갈 제 또 잊어버리고 생각하되,

"아차 아차, 무슨 장이라던가? 간장, 초장, 송장도 아니오."

이처럼 중얼대며 제집 안으로 들어가니, 놀부 계집이 내달으며,

"그것이 무엇이오?"

"이것 모릅나?"

"과연 알지는 못하나 참 좋기도 하오그려."

놀부 가로되,

"진정 모르나?"

놀부 계집 하는 말이,

"저 건너 양반의 댁에 저런 장이 있는데 화초장이라 하옵디다."

놀부 가로되,

"옳지, 화초장이지."

놀부 계집 욕심은 제 서방보다 한층 더하여, 좋은 것을 보면 기절을 일쑤 하고, 장에 갔다가 물건 놓인 것을 보든가 돈 세는 것을 보다가 죽어 엎어져 업혀 와서 석 달 만에야 일어나는 위인이라. 어찌 욕심이 많던지 남의 혼인 구경을 가면 신부의 새 금침을 덮고 땀을 내어야 옳질 아니하는 년이라, 화초장을 보더니 수선 시초를 차리는데,

"얼씨구, 곱기도 하다. 우리 남편이 복인이지. 어디를 가든 그저 올 리 만무하지. 수저 같은 것을 보면 행전 귀퉁이에 찔러 오거나 화저, 부삽 같은 것은 괴춤에 넣어 온다, 중발을 갓모자에 넣어 온다, 강아지를 소매에 넣어 온다 허행은 않거니와 가던 중 제일일세. 어데서 가져왔습나?"

놀부 대답하되,

"그것을 곧 알 양이면 이리 와서 듣소."

하더니,

"에그, 분하여라. 흥부 놈이 부자가 되었데."

놀부 계집이 바싹 다가앉으며,

"어떻게 부자가 되었단 말이오? 도적질을 한 것이지."

놀부 이른 말이,

"작년에 제비 한 쌍이 흥부의 집에 와서 집을 짓고 새끼를 쳤는데, 대망大蟒이가 다 잡아먹고 한 놈이 날아가다가 떨어져 다리가 부러진 것을 흥부가 동여 주었더니, 올봄에 그 제비가 은혜를 갚노라고 박씨 하나를 물어다 준 것을 심었더니, 박 네 통이 열리어 탄즉 보물을 무수히 얻어 부자가 되었다네. 우리도 제비 다리 부러진 것 하나 만났으면 그 아니 좋겠습나."

하고, 그해 동지섣달부터 제비를 기다린다. 그물 막대 둘러메고 제비를 후리러 나간다. 한 곳에 다다르니 날짐승 하나 떠오거늘 놀부 하는 말이,

"제비가 이제야 온다."

하고 그물을 들어 잡으려 하니, 제비가 아니요 태백산 갈까마귀 차돌도 못 얻어먹고 주려 청천에 높이 떠서 갈곡갈곡 울고 가니, 놀부 눈을 멀겋게 뜨고 바라보다가 하릴없이 돌아다니면서 제비를 몰아들이려 하나 제비 오는 싹이 아주 없으니 성화 발광하거늘, 그중에 어떤 놈이 놀부를 속이려고 놀부더러 이른 말이,

"제비를 아무리 기다린들 제비 있는 곳도 모르고 어찌 기다리오? 제비 싹 일쑤 보는 사람이 있으니 데리고 다니면 쉬 알리라."

하거늘, 놀부 듣고 대희大喜하여 제비 한 마리 보는 데 이십 냥씩 정하고 높은 산에 올라 제비 싹을 바라보더니 그 사람이 놀부더러 하는 말이,

"제비 한 마리가 강남서 먼저 나오니 불구不久에 자네 집으로 올 터이니 우선 한 마리 값만 먼저 내소."

놀부 대희하여 이십 냥을 준 후 또 한참 바라보다가 놀부더러 이른 말이,

"제비 한 마리가 또 날아오니 이도 자네 집으로 나오는 제비로세."

놀부 놈이 제비 나온다는 말만 반가워 달라는 대로 값을 주고, 그렁저렁 동지섣달 다 지나고 춘절이 돌아오니, 놀부 놈의 거동 보소. 제비를 후리러 나간다. 복희씨伏羲氏 맺은 그물을 후로쳐 둘러메고 제비만 후리러 나간다. 이여차, 저 제비야, 백운白雲을 무릅쓰고 흑운黑雲을 박차고 나간다.

"너는 어디로 가려느냐. 내 집으로만 들어오소."

허다한 제비 중에 팔자 사나운 제비 하나 놀부 집에 이르러 의막依幕하고 흙과 검불을 물어다 집을 짓고 알을 낳아서 안을 적에 놀부 놈이 주로로 제비 앞에 대령하여 가끔가끔 만져 보니 알이 다 곯고 다만 한 개가 남아 새끼를 까매, 때가 가고 날이 가니 그 새끼 점점 자라 날기를 공부하나 대망이를 주야로 기다려도 형영形影이 없는지라. 놀부 놈이 민민답답하여 배암 하나 몰러 갈 제 삯꾼 십여 명을 데리고 두루 다니며 능구리, 살무사, 흑구렁이, 독구렁이, 무좌수, 살배암, 율모기 되는대로 몰려 하고 며칠을 다녀도 도마배암 하나 못 보고 집으로 오는 길에 해포 묵은 까치독사 홍두깨만 한 놈이 있거늘 놀부가 보고,

"얼씨구, 이 짐승아, 내 집으로 들어가서 제비 집으로 스르르 지나가면 제비 새끼 떨어지는 날 나는 부자 되는 것이니 네 은혜를 내라서 갚되 병아리 한 못, 계란 열 개 한 번에 내 줄 것이니 쉬 들어가자."

그 독사가 독이 나서 물려고 혀만 늘름늘름하니 놀부가 발을 내민대 배암이 성을 내어 놀부의 발가락을 딱 물어 떼는지라, 놀부가 입을 딱 벌리며,

"애고!"

하더니 눈이 어둡고 정신이 아득하여, 일변 집으로 돌아와 침을 맞고 석우황石牛黃을 바르니 모진 놈이라 죽지 않고 살아서 제가 대망인 체하고 제비 새끼를 잡아 내리어 두 발목을 지끈둥 분지르고 제가 깜짝 놀라는 체하며 이른 말이,

"불쌍하다, 이 제비야. 어떤 몹쓸 대망이가 와서 네 다리를 부르질렀누(분질렀누). 가련하고 불쌍하다."

이렇듯이 경계하고 흥부와 같이 칠산七山 조기 껍질로 부러진 다리를 싸고 청올치로 찬찬 동여 놓되, 이놈은 워낙 무지한 놈이라 제비 다리를 동이되 곱게 못 동이고 마치 오강五江 사공의 닻줄 감듯, 육모얼레에 연줄 감듯, 각전各廛 시정 통비단 감듯 칭칭 동여 제비 집에 얹어 두었더니, 그 제비 간신히 살아나서 구월 구일을 당하매 모든 제비 들어갈 제 다리 부러진 저 제비 놀부 집을 떠나간다. 반공중에 높이 떠서 가노라 하직할 제,

"원수 같은 놀부야, 명년 삼월에 나아와서 다리 분지른 은혜를 갚으리니 좋이좋이 잘 있거라. 지지위지지."

라 울고 돌아가 제비 왕께 현신現身하니, 이때 제비 왕이 각처 제비를 점고할새 다리 저는 제비를 보고,

"너는 어찌하여 다리를 저는다?"

그 제비 아뢰되,

"거년에 폐하께서 웬 박씨를 내보내사 흥부가 부자 된 연고로 그 형 놀부 놈이 신을 생으

로 잡아 여차여차히 하와 생병신이 되었사오니 이 원수를 갚아 주옵소서."

제비 왕이 듣고 대로大怒하여 가로되,

"이놈이 불의의 재물이 많아 전답과 전곡이 진진津津하되 착한 동생을 구제치 아니하니 이는 오륜에 벗어난 놈으로 또한 심사가 불량하니 그저 두지 못할지라. 네 원수를 갚아 주리니 이 박씨를 갖다 주라."

제비 바라다보니 한편에 금자로 썼으되 '보수報讐박' 이라 하였거늘, 그 제비 사은하고 나와 명년 삼월을 기다려서 박씨를 입에 물고 강남서 떠나 청천에 둥덩실 높이 떠서 밤낮으로 날아와 놀부 집을 바라고 너울너울 넘놀거늘, 놀부 놈이 제비를 보고 이른 말이,

"유신有信하다, 저 제비야. 어데 갖다 인제 오느냐. 소식 적적 망연터니 모춘삼월 좋은 때에 날 찾아 돌아오니 한량없이 반갑도다."

저 제비 박씨 물고 이리저리 넘놀거늘 풀밭에 내려지면 잃을까 겁이 나서 삿갓을 젖혀 들고 쫓아가니 저 제비 박씨를 떨어뜨리는데 놀부 놈이 좋아라고 두 손으로 집어 들고 자세 보니 한 치나 되는 박씨에 글자를 썼으되 '보수박'이라 뚜렷이 썼으나 무식한 놈이 어찌 알리오. 다만 은혜 갚을 박씨라고 희희낙락하여 좋은 날 가리어 동편 처마 아래 거름 놓고 심었더니, 사오 일이 지난 후에 박나무가 나더니 그날로 순이 돋고 삼 일 만에 덩굴이 벋는데, 줄기는 배 돛대만 하고 박잎은 고리짝만씩 하게 사방으로 얼크러져 동네 집을 다 덮으니, 놀부 동네로 다니며,

"상중하 남녀노소들은 내 말을 들으시오. 내 박순 다치지 마시오. 집이 무너지면 새로 지어 주고, 기물이 깨어지면 십동갑十同甲9)으로 값을 쳐주고, 박 속에서 비단이 나오면 배 잣감, 휘양감을 줄 것이니 박 넌출만 다치지 마시오."

이 박 넌출이 별로 무성하여 마디마디 잎이요 줄기마다 꽃이 피어 박 십여 통이 열렸으되 크기가 만경창파의 당도리선같이, 백운대 돌바위같이 줄레줄레 열렸구나.

놀부 대회하여 저의 계집과 의논하는 말이,

"흥부는 박 네 통 가지고 부자가 되었으니, 우리는 박 십여 통이 열려 있으니 그 박을 타게 되면 천하 장자長者 되어 의돈猗頓이를 곁채에 들이고 석숭石崇이를 잡아다가 부릴 것이니10) 만승천자萬乘天子를 부러워할까."

이처럼 좋아하며 그 박 굳기만 굴지계일屈指計日11)하여 기다릴 제 하루가 이틀씩 포집어 가지 않는 것을 한하더니 그렁저렁 하삼삭夏三朔 다 지나고 팔구월을 당하니 십여 통 박이 하나 썩은 것도 없이 개개個個 쇠뭉치처럼 굳었구나.

---

9) 열 곱.

10) 의돈과 석숭은 중국 춘추시대 때 노魯나라와 진晉나라의 큰 부자.

11) 손가락 꼽아 가며 그날을 기다림.

4

놀부 놈의 거동 보아라. 희불자승喜不自勝하여 어서 박을 켜서 재물을 얻으려고 그중에 먼저 열린 큰 박 하나를 우선 따다 놓고 저의 계집과 켜려 하니, 그 박이 쇠처럼 굳어 저희끼리는 할 수 없는지라 하릴없이 삯꾼을 얻는데, 우선 건너 동네 목수를 청하여 먹통, 자 가지고 오라 하고, 이웃 동네 병신이든지 성한 사람이든지 힘꼴이나 있는 자는 다 청해 놓고, 밥 삼시, 술 다섯 차례, 개를 잡고 돝을 잡아 먹이며, 망할 때가 되어 그렇던지 이놈의 오장육부가 뒤집혀 전에는 밥 한술 남 주는 법 없고 제사 음식도 차리는 법이 없던 위인이 독술, 섬떡을 함부로 하여 놓고 동네 사람을 다 청하여 진진히 먹이며 삯을 후히 정하려 하니, 그중에 언청이와 곱사등이 두 사람이 기운이 세어 동리 사람이 가래지[1] 못하는 위인이라. 이날 때나 만난 듯이 두 놈이 내달아 하는 말이,

"매 통에 이십 냥씩을 선셈을 해 주어야 우리 둘이 노나 먹겠다."

곱사등이 그 말을 잇달아 내달으며,

"아무렴, 그렇지. 그것 덜 받고 그런 힘든 일을 할 잡놈이 어데 있겠나. 여보 놀부, 들어 보게. 이것이 자네 일이고 동네 정분으로 삯을 이처럼 염廉하게 정하였으니 그런 줄이나 알고 재물 얻은 후에는 다시 상금으로 생각하소."

놀부 마음이 흐뭇하여 박 열 통에 선금으로 이백 냥을 선뜻 내주니 언청이, 곱사등이 두 놈이 분반分半하여 가진 후에 박 한 통을 들여놓고 켠다. 곱사등이가 톱을 먹이는데,

"슬근슬근 톱질이야."

언청이가 소리를 받아 하는데,

"흘근흘근 흡질이야."

곱사등이 하는 말이,

"이놈 째보야, 흡질이란 말이 무슨 소리냐?"

째보 이른 말이,

"입술 없는 놈이 무슨 소리를 잘하겠느냐마는 이담은 잘할 것이니 염려 마라."

곱사등이 소리를 먹인다.

"슬근슬근 톱질이야, 힘을 써서 당겨 주소."

언청이 째진 입을 억지로 오므리고 소리를 받되,

"어이여라 끙이야 캉키어 주소."

곱사등이 언청이의 뺨을 딱 붙이며,

---

1) 맞서서 옳고 그름을 따지지.

"이놈, 눌더러 흐끙흐끙이야 하느냐?"

언청이 하는 말이

"너더러 욕을 하였으면 네 아들놈이다."

곱사등이 하는 말이,

"그러면 뺨을 잘못 쳤구나. 오냐, 있다 칠 뺨 있거든 시방 친 뺨으로 대신 에우자. 어이여라 톱질이야, 슬근슬근 당기어 주소."

쩨보 대미처[2] 받되,

"어이여라 홉질이야."

곱사등이 이른 말이,

"이놈 쩨보야, 삯을 후히 받고 남의 술밥만 잔뜩 먹고 보물 박을 타면서 그래도 홉질이란 말이야? 이쪽 뺨마저 맞겠다."

언청이 화를 내어,

"네가 내 뺨에 게방게방揭榜[3]하였느냐? 여차하면 뺨을 치게. 언제라 외조할미 콩죽 먹고 살았으랴. 이놈 네 꼬부라진 허리를 펴 놓으리라."

곱사등이 의심하여 눙치고,

"어서 타자. 홉질 소리만 마라. 어이여라 톱질이야."

언청이는 길게만 빼어 소리한다.

"어이여라 흘근흘근 당기어라. 어이여라 홉질이야, 어여라 애고 고질이야."

한참 이리할 제 슬근슬근 흘근흘근 툭 타 놓으니, 박 속에서 강청으로 글 읽는 소리가 나되 한 양반은 《맹자》를 읽는다.

"맹자견양혜왕孟子見梁惠王하신대……."

또 한편에서는 《통감》 초권을 읽는다.

"이십삼 년이라. 초명진대부위사조적한건初命晉大夫魏斯趙籍韓虔하여 위제후爲諸侯하다."

또 한편은 도련님이 앉아 《천자》를 읽는다.

"하늘 천 따 지 검을 현 누를 황."

늙은 양반은 관을 쓰고, 젊은 양반은 갓을 쓰고, 새서방님은 초립草笠 쓰고, 도련님은 도포 입고 꾸역꾸역 나오니, 놀부 기막히어 하는 말이,

"어디로 백일장 보러 가시오?"

저 생원님 호령하되,

"이놈 놀부야, 네 아비 개불이와 네 어미 똥녀가 댁종[4]으로 드난하다가 모야무지暮夜無

---

2) 곧바로.

3) 방을 내어 붙임.

知[5] 도망한 지 수십 년에 이제야 찾았구나. 네 어미아비 몸값이 삼천 냥이니 당장에 바치렷다."

일변 업쇠를 불러 결박을 하는데 참바, 짐바, 빨랫줄로 잔뜩 묶어 낙락장송에 높이 달아매고 참나무 절굿공이로 함부로 짓찧으며 분부하되,

"네가 몇 형제인가?"

놀부 겁결에,

"독신이올시다."

"계집 동생은 없느냐?"

놀부 대답하되,

"누이 삼 형제올시다."

"맏년은 몇 살이냐?"

"지금 스물두 살이올시다."

"네 집에 그저 있느냐?"

"용산 삼개 큰 배 부리는 부자의 첩으로 주었습니다."

"둘째 년은?"

놀부 여쭈오되,

"지금 열아홉 살이온데 다방골 공물 도장貢物導掌의 첩이 되었습니다."

"셋째 년은 어디로 갔느냐?"

놀부 여쭈오되,

"셋째는 올해 열여섯 살이온데 아직 출가치 못하옵고 그저 있습니다."

그 양반이 대희하여,

"내가 박통에 들어앉아 심심하더니 그년 현신現身시켜라. 인물이 쓸 만하면 내가 첩을 삼겠다."

놀부 겁결에 대답은 하고 나왔으나 어디 누이가 있어야 현신을 시키지, 이런 걱정이 있나. 놀부 계집이 보다가 대담하여 하는 말이,

"아주버니네 잘산다는 말은 조금도 아니 하고 없는 누이를 있다 하여 당장 현신을 시키라 하니 이런 걱정이 있단 말이오?"

놀부 뒤꼭지 치며 하는 말이,

"흥부를 망신시키자고 마음먹고 한 말이 입 밖에 나오면 딴소리가 되고 딴 사람이 되네 그려. 아기어머니가 머리를 땋아 늘이고 들어가서 잠깐 현신할밖에 수 없네."

놀부 계집 이른 말이,

---

4) 어떤 집에 드나들며 사는 종.
5) 어두운 밤이라 아무도 알지 못함.

"첩을 삼겠다 하는데 어찌 현신을 하오? 없다고 하오그려."

놀부 놈이 첩 삼겠다는 말에는 깜짝 놀라 들어가서 고하되,

"소인의 누이가 놀라서 어디로 달아나고 없으니 황송하오이다."

저 양반이 골을 잔뜩 내어 호령하되,

"달아나면 어디로 갔을꼬? 어서 바삐 현신시키라."

놀부 기가 막혀 돈 삼천 냥을 은근히 드리며,

"용서하여 주옵소서."

그 생원이 못 이기는 체하고 놀부 불러 이른 말이,

"돈을 용용에 쓰다가 떨어질 만하거든 또다시 오마."

하고 가거늘, 간 뒤에 놀부 계집 탄식하며 이른 말이,

"고개 너머 아주버님네는 첫 통에 보물이 있더라 하니 그것은 웬일이며, 우리는 무슨 일로 첫 통에 상전이 나왔소? 그 박 그만 타지 맙시다."

놀부 이른 말이,

"흥부네도 모르면 모르거니와 첫 통에 양반이 나왔겠지. 그 각다귀 같은 양반 떼가 게라고 아니 갔겠나?"

곱사등이 어데 가 숨었다가 나오며,

"여보게 놀부야, 보물이 호령을 그다지 하며 돈을 그처럼 뺏어 가나?"

언청이 나오며,

"놀부 자네, 비단이 나오면 삯전 외에 주머닛감 주마 하더니 그 양반들 따라온 하인이 내 삼승三升 주머니를 떼어 갔다. 그놈에게 부대낀 생각을 하면 비단도 귀찮고 고만 타겠다."

놀부 할 말이 없으니까 언청이를 원망하는 말이,

"이는 네가 톱질도 잘못하고 소리도 괴이하게 한 까닭으로 보물이 변하여 사邪가 되어 내 지기志氣를 떠보느라고 그런가 보니, 차후는 아무 소리도 말고 톱질이나 힘써 당기어라."

째보가 삯 받기에 골몰하여 아무 말도 못 하고 그리하마 하고 또 한 통을 따다 놓고 탈새,

"슬근슬근 톱질이야, 당기어 주소 톱질이야."

째보는 아무 소리도 못 하고 당기거니 밀거니 슬근슬근 툭 타 놓으니, 박 속으로서 우르르하고 가야금 든 놈 한 패가 나오더니 하는 말이,

"우리가 놀부의 인심이 좋단 말을 듣고 일부러 왔으니 한바탕 놀고 갑세. 행하行下[6]는 자연 후히 줄 터이니."

둥덩둥덩 사면으로 뛰놀며 함부로 욕하며 쌀섬을 내놓아라, 돈 백을 내놓아라, 술 밥을

---

6) 놀이가 끝난 뒤에 기생이나 광대에게 주는 돈.

내놓아라 정신없이 지저귀니, 놀부 그 거동을 보고 어이없어 일찍이 쫓아 보내는 것이 상책이라 하고 돈 백 냥, 쌀 한 섬 주어 보낸 후 또 한 통을 따다 놓고,

"슬근슬근 톱질이야, 힘을 써서 당기어라."

슬근슬근 쓱싹쓱싹 툭 타 놓으니 박 속으로서 한 노승이 나오는데, 세대삿갓 숙여 쓰고 백팔 염주 목에 걸고 먹장삼 떨쳐입고 삼절죽장 손에 들고 나오며 '나무아미타불 관세음보살 나무대세지보살'을 쉴 새 없이 불러 염불하며, 그 뒤에 상좌 중들이 바라, 요령, 경쇠, 북을 들고 나오며,

"이놈 놀부야, 우리 스승님이 네 집을 위하여 수륙도량[7] 칠칠 사십구 일을 정성들이었으니 재물로 의논하면 몇만 냥이 든지 모르니 돈 오천 냥만 바치어라."

놀부 묻는 말이,

"나를 위하여 무슨 재를 한단 말이오?"

노승이 다시 꾸짖어 가로되,

"이놈 놀부야, 들어 보아라. 네 수다한 재물을 턱없이 바라니 부처님께 재도 아니 올리고 공연히 재물을 얻을까 싶으냐?"

놀부 묻는 말이,

"그리하면 이담에는 재물이 나오리까?"

노승이 가로되,

"이 뒤에 나오는 사람은 자세히 알 듯하다."

놀부 재물이 생기도록 불공하였다는 말을 듣고 돈을 아끼지 아니하여 돈 오천 냥을 주어 보내니 쩨보 하는 말이,

"이번도 내 탓이오?"

하며 비웃적거리니, 놀부 분함을 이기지 못하는 중에도 이 뒤에 재물이 나온단 말에 비위가 동하여 또 한 통을 따다 놓고 쩨보를 달래어 켜라 하니, 놀부 계집 말리는 말이,

"켜지 마오, 제발 덕분 켜지 마오. 그 박을 켜다가는 패가망신할 것이니 제발 덕분에 켜지 마오."

놀부 놈이 화를 내어 꾸짖는 말이,

"소사스러운 계집년이 무슨 일을 아노라고 방정맞게 날뛰는고."

주먹으로 관자놀이를 쳐서 쫓은 후에 쩨보와 곱사둥이를 달래어 박을 켠다.

"슬근슬근 톱질이야, 당기어 주소 톱질이야."

슬근슬근 쓱싹쓱싹 툭 쪼개 놓고 보니, 박 속으로서 요령 소리가 나더니 명정銘旌, 공포功布가 앞서 나오며 상여 한 채가 나온다. 전나무 대채[8]에 편숙마줄[9]을 걸어 메고 상두 소

---

7) 절에서 올리는 수륙재水陸齋. 수륙재는 물과 뭍에 떠도는 귀신과 아귀에게 공양하는 재.
8) 상여를 받치고 있는 가로대.

리[10]를 하는데,

"너호 너호 너호. 남문 열고 바라[11] 쳤네, 계명산천鷄鳴山川이 밝아 온다. 너호 너호 너호. 앞고달이[12] 평돌남아, 일락서산 해 떨어진다, 절가기[13]는 웬일이냐. 뒷고잡이 김돌쇠야, 남의 다리 아파 온다, 기어가기는 웬일이냐. 너호 너호 너호."

그 뒤에 상제喪制 다섯이 나오는데 모두 병신 상제만 나온다. 곱사등이 상제, 소경 상제, 언청이 상제, 귀머거리 상제, 벙어리 상제 합 다섯이 나온다.

불쌍하다 불쌍하다, 소경 상제 불쌍하다. 소경 상제 거동 보소. 상두 소리 징험하여 슬피 울며 따라갈 제 소경 상제 속이려고 상두 소리 없이, 요령 소리 없이 가만가만 메고 가니, 소경 상제 의심하여,

"요놈들, 앞 못 보는 사람을 속여? 눈 어둔 사람 속이면 큰 벌을 받느니라."

이때 마침 마주잡이 송장이 지나가며 너호 너호 소리하니, 소경 상제 지음知音하고,

"옳지, 우리 상여 여기 간다."

하며 대고 울며 따라가니, 상두꾼 이른 말이,

"저 상제 잘못 오오."

소경 상제 가장 아니 속는 듯이,

"너호 너호 소리를 하고서 누구를 속이려고?"

하면서 따라갈 제, 저편에서 상여소리를 또 내며,

"소경 상제, 어서 오소. 너호 너호 동무들아, 너호 너호 놀부가 부자란다. 대접 잘못하거든 연촛대[14]로 먹여 대자. 너호 너호."

하고 상여를 놀부 집 마당에 내려놓고,

"이놈 놀부야, 대상臺上 진지는 백여 상이니 소 잡고 잘 차려라."

맏상제 나앉으며,

"우리가 강남서 오기는 네 집터에 산소를 모시자고 왔으니 바삐 한 채를 헐고 전답 있는 대로 팔아 들이어라. 갖은 석물石物 하여 세우고 가겠다."

이리할 제 상두꾼들이 놀부를 서슬 있게 부르더니,

"이놈 놀부야, 돈 만 냥만 주면 상여를 우리가 도로 메고 가마. 상여만 없고 보면 송장 없는 장사를 지낼 터이냐?"

---

9) 누인 삼 껍질을 꼬아서 만든 줄.

10) 상엿소리.

11) 파루罷漏. 밤새 통행을 금지한 것을 풀어 주는 종.

12) 상여를 앞에서 메고 가는 사람.

13) 앞으로 가지 않고 좌우로 가는 것.

14) 담뱃대.

놀부 생각에 그 말이 옳은 듯하여 전답을 급히 헐가방매歇價放賣하여 돈 삼천 냥을 비대 발괄하여[15] 내놓으니, 상두꾼들이 상여를 메고 가는지라. 놀부 놈 따라가며,

"여보, 다른 통에 보물 없소?"

상두꾼 이른 말이,

"어느 통에 들었는지는 모르나 생금 한 통이 들기는 들었습네다."

놀부 놈이 옳다 하고 박 한 통을 따다 놓고,

"슬근슬근 톱질이야, 당기어 주소 톱질이야."

슬근 쓱삭 툭 타 놓으니, 박 속으로 팔도 무당들이 뭉게뭉게 나오더니 징, 북을 두드리며 각색 소리를 다 한다.

"청유리라 황유리라 화장청정세계華藏淸淨世界는 대부진각시[16]로 노소서. 밤은 닷새 낮은 엿새, 사십 용왕 팔만 황제가 노소서. 내 집 성주 와가瓦家 성주, 네 집 성주 초가 성주, 오막 성주, 집동 성주가 절절히 노소서. 초년 성주 열일곱, 중년 성주 스물일곱, 마지막 성주 쉰일곱, 성주 삼위가 대활레로[17] 노소서."

또 한 무당이 소리한다.

"성황당 뻐꾹새야, 너는 어이 우짖느냐. 속 빈 고양낡[18]에 새잎 나라고 우짖노라. 새잎이 우거지니 속잎이 날까 하노라. 넋이야 넋이로다, 녹양심산綠楊深山 넋이로다. 영이별이 전송하니 정수定數 없는 길이로다."

이런 별별 소리도 하고 또 한 무당 소리한다.

"바람아, 월궁에 달월이로세. 월광 안신 마누라 설설히 내리소서. 하루도 열두 시요, 한 달 서른 날, 일 년 열두 달, 과년夥年[19]은 열석 달, 만사를 도와주소서. 안광당安光堂 국 사당國師堂 마누라, 개성부 덕물산德勿山 최영崔瑩 장군 마누라, 왕십리 아기씨당 마누라 설설히 내리소서."

놀부 모든 무당 굿하는 경상을 보고 식혜 먹은 고양이 모양으로 한구석에 섰으니, 무당들이 장구통을 들어 놀부 놈의 흥복통을 벼락같이 치니, 놀부 놈이 눈에서 번갯불이 나는지라 분한 중 슬피 울며 비는 말이,

"이 어인 곡절이뇨? 맞아 죽을지라도 죄명이나 알고 죽으면 원이 없겠으니 제발 덕분 살려 주오."

무당들 하는 말이,

---

15) 사정을 하소연하면서 간절히 빌며.
16) 무당들이 모시는 여자 귀신.
17) 제 마음대로.
18) 회양목.
19) 윤년閏年.

"이놈 놀부야, 다름 아니라 우리가 네 집을 위하여 굿을 많이 하였는 고로 죽을힘이 다 들었으니 값을 바치되 일 푼 영축盈縮 없이 꼭 오천 냥을 바쳐라. 만일 거역하면 네 대가리를 빼어 놓으리라."

놀부 놈이 대겁하여 오천 냥 내주고 만단애걸하여 보낸 후에 열에 받치어 하는 말이,

"성즉성成則成하고 패즉패敗則敗라. 남은 박을 또 따다 타 보리라."

하고 한 통을 따다 놓고 째보더러 당부하는 말이,

"이왕 켠 박은 모두 헛일이니 신수 불길한 탓이라. 다시는 너를 시비할 개자식 없으니 염려 말고 어서 켜 다고."

째보 놈 하는 말이,

"만일 커다가 중병이 나면 뉘게다 떼를 쓰려고 이런 시러베아들 소리를 하느냐? 우스운 자식 다 보겠다."

놀부 능쳐 개유開諭하되 째보는 떨뜨리며 하는 말이,

"복 없는 나를 권치 말고 유복한 놈 얻어 타라."

놀부 이른 말이,

"아따, 이 사람아, 내가 맹서를 주홍같이 하였거든 다시 자네를 탓할까. 만일 무슨 시비를 또 하거든 내 뺨을 개 뺨치듯 하소."

하고 공전 이십 냥을 삯전 외에 더 주니, 째보 놈이 못 이기는 체하고 받아 꽁무니에 수쇄收刷하고 박을 탈새,

"슬근슬근 톱질이야, 당기어라 톱질이야."

밀거니 당기거니 슬근슬근 타다가 우선 들여다보니 박 속에 금빛이 비치거늘 놀부 가장 낌새나 아는 듯이,

"이애 째보야, 저것 보이느냐. 이 박은 짜장 황금이 든 박통이니 어서 타고 바삐 보자."

슬근슬근 툭 타 놓으니, 아따 박 속에서 수천 명 등짐장수들이 빛 좋은 누른 농을 지고 꾸역꾸역 나오니, 놀부 놈이 대경하여 묻는 말이,

"여보시오, 그 진 것이 무엇이오?"

그 장사 대답하되,

"이것이 경이오."

"경이라니 무슨 경이오?"

"면경面鏡, 석경石鏡, 만리경萬里鏡, 요지경瑤池鏡이요 담뿍 치는 다발경[20]이다. 얼씨구 좋다, 경이로다. 지화자 좋을시고. 요지연瑤池宴[21]을 둘러보소, 이선李仙의 숙淑 낭자요, 당 명황唐明皇의 양 귀비요, 초패왕楚覇王의 우미인虞美人이요, 여포呂布의 초선貂

---

20) 여기서 경은 '경黥치다' 는 뜻으로, 다발경은 곧 호되게 벌을 주는 것을 말한다.

21) 요지에 사는 신선 서왕모西王母가 천도天桃가 익을 때 베푸는 잔치.

蟬이오. 팔선녀八仙女를 둘러보소, 난양 공주, 영양 공주, 진채봉, 가춘운, 계섬월, 적경홍, 심요연, 백능파, 이런 미색을 보았느냐?"

하며 온 집을 떠드니, 놀부 놈이 기가 막히나 다른 박이나 타서 보려고 돈 삼천 냥을 내놓고 비는 말이,

"여보시오 여러분네, 말을 들어 보오. 내가 박으로 하여 패가망신을 하게 되었으니 이것이 비록 약소하나 노수路需나 보태어 쓰실 양으로 일찍이 헤어지면 다른 박이나 타서 보려 하오."

여러 등짐장수들이 수군수군 공론하더니 놀부더러 이른 말이,

"뒤 박통에는 금과 은이 많이 들었는가 싶으니 정성 들여 켜 보라."

하고 일시에 헤어지니, 놀부 또 한 통을 따다 놓고 탈새,

"슬근슬근 톱질이야, 당기어 주소 톱질이야."

슬근슬근 툭 타 놓으니, 박 속으로서 수천 명 초라니탈[22]이 나오더니 오두방정을 다 떤다.

"바람아 바람아, 네 어디로서 불어온다? 동남풍에 불어왔나? 대 자 운을 달아 보자. 하걸夏桀의 경궁요대瓊宮瑤臺, 달기妲己를 희롱하는 상주商紂의 녹대鹿臺, 멀고 먼 봉황대鳳凰臺, 보기 좋은 고소대姑蘇臺, 만세무궁 춘당대春塘臺, 한 무제漢武帝 백량대柏梁臺, 조조曹操의 동작대銅雀臺, 천대, 만대, 살대, 젓대, 붓대 다 던지고 우리 한바탕 놀아 보자."

일시에 달려들어 놀부 놈 덜미를 잡아 내어 가로만죽을 치니, 놀부 거꾸로 서서,

"애고애고, 초라니 형님, 이것이 웬일이오? 아무 일이든지 말씀만 하면 분부대로 하오리다."

하고 손이 발이 되도록 애걸하니, 초라니 호령하되,

"이놈 놀부야, 돈이 중하냐, 목숨이 중하냐?"

놀부 울며 대답하되,

"사람 생기고 돈이 났으니 돈이 어찌 중하다 하오리까."

초라니 꾸짖어 가로되,

"이놈, 그러면 돈 오천 냥만 시각 내로 바치라."

놀부 하릴없어 돈 오천 냥을 내주며,

"분부대로 돈을 바치오니 앞 박통 속 일이나 자세히 일러 주소."

초라니 하는 말이,

"우리는 각 통인 고로 자세히는 알지 못하되 어느 통인지 분명히 생금이 들었으니 다 타고 볼 것이니라."

---

22) 초라니는 하회 별신굿 탈놀이에 나오는 인물. 양반집 하인으로 방정맞은 성격이다.

하고 헤어져 가거늘, 놀부 이 말 듣고 생허욕이 치받쳐 동산으로 치달아 박 한 통을 따 가지고 나오니, 째보가 가장 위로하는 척하고 이른 말이,

"이 사람, 그만 켜소. 초라니의 말을 어찌 믿을까. 또 만일 봉변이 나면 돈 쓰는 것은 예사어니와 자네 매 맞는 것을 차마 볼 수 없네."

놀부 하는 말이,

"아무러면 어떠한가. 아직은 돈냥이나 있으니 또 당해 볼 양으로 마저 타고 끝을 보세."

째보 이른 말이,

"자네 마음이 저러하니 굳이 말리지는 못하거니와 이번 타는 박은 더 생각하여야 하겠네."

놀부 놈이 홧김에 돈 열 냥을 선셈해 주고 또 한 통을 탈새,

"슬근슬근 톱질이야, 당기어 주소 톱질이야. 이 박을 타거들랑 잡동사니는 나오지 말고 금은보패나 나옵소서."

슬근슬근 툭 타 놓으니, 박 속으로 수백 명 사당, 거사 들이 뭉게뭉게 나오며 소고를 두드리고 저희끼리 야단스레 놀며 소리를 하는데,

"오동추야 달 밝은 밤에 님 생각이 새로워라. 님도 응당 나를 생각하리라. 나나나 산이로다."

또 어떤 사당은 방아타령을 한다.

"천천히 완보하여 박석재를 넘어가니, 객사청청유색신客舍靑靑柳色新은 나귀 매던 버들이요 위성조우읍경진渭城朝雨浥輕塵은 내 발 씻던 청파로다[23]. 광한루야 잘 있더냐, 오작교야 무사하냐."

또 한 놈은 달거리를 하는데,

"정월이라 십오야에 망월望月하는 소년들아, 망월도 하려니와 부모 봉양 늦어 간다. 신체발부身體髮膚 사대절四大節을 부모님께 타고나서 호천망극昊天罔極 중한 은혜 어이하여 다 갚으리. 이월이라 한식일寒食日에 천추절千秋節이 적막하니 개자추介子推[24]의 넋이로다. 원산遠山에 봄이 드니 불탄 풀이 난다더라."

어떤 사당은 노래하고 어떤 사당은 단가短歌 하고 어떤 사당은 권주가勸酒歌 하고 온가지로 뛰놀 적에 거사 놈 거동 보소. 노랑 수건 평량자平涼子[25]에 길짐을 벗어 놓고 엉덩이

---

23) "위성의 아침 비 말끔히 씻긴 길 먼지, 객사 둘레 버들가지 더욱 푸르게 단장했네." 당나라 시인 왕유王維의 '송원이사안서送元二使安西'의 두번째 구와 첫번 구이다.

24) 중국 춘추시대 사람으로, 진晉나라 문공文公이 공자 시절 망명할 때 개자추가 십구 년 동안 섬겼다. 문공이 왕이 된 뒤 멀리하자, 개자추는 어머니와 함께 면산緜山에 숨었다. 나중에 문공이 개자추를 나오게 하려고 산에 불을 질렀으나 나오지 않고 어머니와 함께 불타 죽었다. 한식날은 개자추를 조상하는 데서 비롯되었다 한다.

를 흔들고 사당을 어르면서 번개 소고를 풍우같이 두드리며 판염불, 긴영산[26]에 흔들거려 한바탕을 놀더니 놀부를 보고 달려들며,

"옳다, 이놈, 이제야 만났구나."

하더니 여러 놈이 놀부의 사지를 갈라 잡고 헹가래를 치니, 놀부 눈이 뒤집히고 오장이 나오는 듯하니,

"애고, 이것이 웬일이오. 사람 살려 놓고 말을 하시오."

여러 사당과 거사들이 일시에 하는 말이,

"네가 목숨을 보전하려거든 전담 문서를 다 바치어라. 만일 어기다가는 생급살이 내리리라."

반닫이를 떨걱 열고 골김에 문서를 모두 내주니, 여러 사당과 거사들이 나누어 가지고 헤어져 가니, 째보가 이 형상을 보고 몸을 빼칠 생각이 들어서 놀부를 보고 하는 말이,

"나는 집에 급히 볼일이 있으니 잠깐 다녀옵세."

놀부 하는 말이,

"이 사람아, 다 된 벌이를 애초에 버리지 마소. 아직도 박이 여러 통 남아 있고 어느 통이든지 생금이 많이 들었다 하니 차례로 타고만 보면 종말에 좋은 일이 아니 있겠나. 이제는 통마다 샀을 선셈으로 더 주리."

째보 그제는 허락하고 또 한 통을 탄다.

"슬근슬근 톱질이야."

슬근슬근 툭 타 놓으니 박 속으로서 수백 명 왈짜들이 밀거니 뛰거니 나온다. 누구누구 나오던고. 이죽이, 떠죽이, 난죽이, 바금이, 딱장이, 군평이, 태평이, 여숙이, 무숙이, 하거니, 보거니, 난장몽동이, 아귀쇠, 악착이, 조각쇠, 섭섭이, 든든이. 제반 자제들이 꾸역꾸역 휘몰아 나와 차례로 앉더니 놀부를 잡아내어 빨랫줄로 찬찬 동여 나무에다 동그마니 달아매고 매질 잘하는 왈짜 하나를 택출擇出하여 분부하되,

"저놈을 사정 두지 말고 단단히 치라."

왈짜 대답하되,

"그처럼 치다 만일 죽든지 하면 어찌하며 살인 차첩殺人差帖[27]은 누구더러 맡으랍나?"

여러 왈짜 공론하되,

"우리가 통문通文 없이 이렇게 모이기 쉽지 아니하니 이놈을 발기기는 나중 할 양으로 실컷 놀려 먹다가 헤어지면 그 아니 심심파적이 될까."

여러 놈들이 손뼉을 치며 그 말이 옳다 하고 놀부를 치려 할 제 털평이 대강짱이[28]에 앉

---

25) 패랭이.
26) 판염불은 서도 민요의 하나, 긴영산은 '현악 영산회상'의 첫째 곡조.
27) 살인한 사람 앞으로 내보내는 구인장.

왔다가 말을 펴 가로되,

"우리가 잘하나 못하나 단가 하나씩 부딪쳐 보되, 만일 개구開口치 못하는 친구가 있거든 떡벌로 시행합세."

저희끼리 공론이 되더니 털평이 먼저 단가 하나를 부르되,

"새벽 서리 날 샌 후에 일떠서라 아이들아. 뒷산에 고사리가 자랐으리니 오늘은 일찍이 꺾어 오너라. 새 술안주 하여 보자."

또 한 왈짜 단가 하되,

"공변된 천의天意를 힘으로 어찌 얻을쏜가. 함양咸陽의 아방궁阿房宮[29] 불 지름도 오히려 무도하거든 하물며 의제義帝[30]를 빈강彬江에서 죽인단 말가."

또 군평이 나앉으며 뜨더귀시조[31]로 방구放口할새,

"사랑인들 님마다 하며 이별인들 다 서러우랴. 임진강 대동강수요 황릉묘黃陵廟[32]에 두견 운다. 동자야, 술 걸러라. 취코 놀게."

또 떠죽이 '풍' 자 운을 달아 소리한다.

"만국병전 초목풍萬國兵前草木風, 채석강선 낙원풍采石江船落遠風, 일지홍도 낙만풍一枝紅桃落晚風, 제갈공명 동남풍諸葛孔明 東南風, 어린아이 만경풍慢驚風[33], 늙은 영감 변두풍邊頭風[34], 광풍, 대풍, 허다한 풍 자를 다 어찌 달리."

또 바금이는 '사' 자 운을 달아 노래한다.

"한식동풍 어류사寒食東風御柳斜, 원상한산 석경사遠上寒山石逕斜, 도연명陶淵明의 '귀거래사歸去來辭', 이태백李太白의 '죽지사竹枝詞', 굴삼려屈三閭의 '어부사漁父辭', 양소유楊少游의 '양류사楊柳詞', 그리워 상사相思, 불사이자사不思而自思, 만첩청산등불사萬疊靑山登佛寺, 말 잘하는 동지사冬至使, 화문花紋 갑사甲紗."

또 태평이는 '년' 자 운을 달아 노래한다.

"적막강산 금백년寂寞江山今百年, 강남풍월 한다년江南風月恨多年, 우락중분 미백년憂樂中分未百年, 인생부득 갱소년人生不得更少年, 한진부지년寒盡不知年, 금년今年, 거년去年, 억만년이로다."

---

28) 대가리. 머리.

29) 진시황秦始皇이 함양에 세운 궁궐. 항우項羽가 진을 무너뜨린 뒤 아방궁을 불살랐다.

30) 초 회왕楚懷王. 항우가 초패왕이 된 뒤 회왕을 높여 명분으로만 의제라 했다가 나중에 죽여서 빈강에 던졌다.

31) 온장으로 부르는 것이 아니라 여기저기에서 뜯어다가 맞춘 시조.

32) 순임금의 두 부인 아황娥皇과 여영女英의 사당.

33) 어린 아이들이 구토 설사를 하며 경련을 일으키는 병.

34) 편두통.

또 떠죽이 떠죽대며 '인' 자 운을 단다.

"양류청청도수인楊柳靑靑渡水人, 양화수쇄도강인楊花愁殺渡江人, 편삽수유소일인編揷茱萸少一人, 서출양관무고인西出陽關無故人."

또 아귀쇠는 '절' 자 운을 단다.

"꽃 피어 춘절春節, 잎 피어 하절夏節이라. 황국 단풍 추절秋節이요, 수락석출水落石出[35]에 백설이 펄펄 날리니 동절冬節이라. 충절忠節이 없으면 무엇 하리."

또 악착이는 '덕' 자 운을 단다.

"세상에 사람 되어 나서 덕 없이는 못 살리라. 만년 영화는 자손의 덕, 충효전가忠孝傳家는 조상의 덕, 교인화식敎人火食 수인씨燧人氏 덕, 용병간과用兵干戈 헌원씨軒轅氏 덕, 삼국 성주聖主 유현덕劉玄德, 서촉西蜀 명장 장익덕張益德[36], 난세 간웅 조맹덕曹孟德[37], 서량西涼 명장 방덕龐德, 단단한 목떡, 물렁물렁 쑥떡, 이 덕 저 덕 다 버리고 오늘 놀음은 놀부 덕이라."

여숙이는 '질' 자 타령을 한다.

"삼국 풍진風塵 싸움질, 유월 염천炎天 부채질, 세우 강변細雨江邊 낚시질, 심산궁곡深山窮谷 도끼질, 낙목공산落木空山 갈퀴질, 젊은 아씨 바느질, 늙은 영감 잔말질."

또 변통이는 내달아 '기' 자 타령을 한다.

"곱사등이 복장 차기, 아이 밴 계집 배 치기, 옹기 장사 작대 치기, 불붙는 데 부채질하기, 해산한 데 개닭 잡기, 역환疫患 모신 집에 말뚝 박기, 달아나는 놈 다리 치기."

이렇듯이 놀더니 저희끼리 둘러앉아 각각 통성명通姓名, 거주居住 묻는다.

"저기 저분은 어데 사시오?"

그놈이 대답하는 말이,

"나 왕골 사오."

"아니 왕골 사다가 자리를 때우려 하오?"

"아니오, 내 집이 왕골이란 말이오."

군평이 내달아 새김질하는 말이,

"예, 옳소. 이제야 알아듣겠소. 왕골 산다 하니 임금 왕 자 고을 곳 자이니 동관대궐[38] 앞에 사나 보오."

"예, 옳소. 영낙이 아니면 송낙이오."

"또 저분은 어데 사시오?"

---

35) 물이 줄어 바닥의 돌이 드러난다는 뜻으로, 겨울 강의 경치를 이르는 말.

36) 장비張飛. 익덕은 장비의 자.

37) 조조曹操. 맹덕은 조조의 자.

38) 예전에 창덕궁을 달리 이르던 말.

그놈이 대답하되,

"나는 하늘 근처에 사오."

군평이 또 새김질하되,

"사직社稷은 하늘을 위하였으니 아마 무덕문武德門[39] 근처에 사시나 보오."

"또 저 친구는 어데 사시오?"

"나는 문안 문밖이오."

군평이 이내 새김질로 대답하는 말이,

"창의문彰義門 밖 한북문漢北門[40] 안이 문안 문밖이 되니 조지서造紙署 근처에 사시나
보오."

"그곳은 아니오."

"예, 그러면 이제야 알겠소. 대문 안 중문 밖 사시나 보니 행랑어멈 자식인가 싶으니 저
만치 서 계시오."

"또 저분은 어데 사시오?"

그놈 대답하되,

"나는 휘뚜루 골목 사오."

군평이 하는 말이,

"내가 아무리 새김질을 잘하여도 그 골은 처음 듣는 말이오그려."

그놈이 대답하되,

"나는 집 없이 두루 다니기에 하는 말이오."

군평이 또 묻는 말이,

"바닥 첫째로 앉은 저분은 어데 사시오? 성자는 무슨 자를 쓰시오?"

그놈이 대답하되,

"내 성은 두 사람이 씨름하는 성이오."

군평이 하는 말이,

"나무 둘이 아울러 섰으니 수풀 임林 자 임 서방이시오."

"또 저 친구는 뉘라 하오?"

"예, 내 성은 목두기[41]에 갓 씌운 성이오."

군평이 하는 말이,

"갓머리 안에 나무목을 하였으니 댁이 송宋 서방이시오."

"또 저분은 뉘라 하시오?"

---

39) 경희궁의 문.

40) 지금의 홍지문弘智門.

41) 목둣개비, 곧 재목을 다듬을 때에 잘라 버린 나뭇개비.

"예, 내 성은 계수나무란 목 자 아래 만승천자란 아들자 자를 받친 성이오."

군평이 대답하되,

"그러면 알겠소. 댁이 이李 서방이시오."

"또 저분은 뉘라 하시오?"

그놈은 원간 무식하기가 기역자를 보면 거멀못으로 아는 놈이라 닭치기⁴²⁾로 대답하는 말이,

"나는 난장뚜기란 목 자 아래 역적쇠 아들이란 아들자 자를 받친 이 서방이오."

"또 저분은 뉘라 하시오?"

"예, 나는 뫼산 자가 사면으로 두른 성이오."

군평이 가만히 새김질로 생각하되,

"뫼산 자 넷이 사면으로 둘렀으니 밭전 자 전 서방인가 보오."

"또 저분은 뉘라 하오?"

그놈은 성이 배가인데, 정신이 아주 없는 놈이라 배를 사서 주머니에 넣고 다니더니 성을 묻는 양을 보고 아무 대답 없이 우선 주머니를 열고 배를 찾으니 간 곳이 없는지라, 기가 막히어 뒤통수를 치며 하는 말이,

"이런 제미할, 성으로 하여 망하겠다. 이번도 어느 경칠 놈이 남의 성을 도적질하여 먹었구나. 생래에 성으로 하여 버린 돈이 돈 팔 푼 열여덟 닢이나 되니 가뜩한 형세가 성으로 하여 망하겠다."

하며 부리나케 주머니를 뒤지니, 군평이 책망하되,

"이분, 친구가 성을 묻는 바에 대답은 없고 주머니만 주무르니 그런 제미할 경계가 어디 있으리오."

그놈이 화를 내어 하는 말이,

"남의 잔속일랑 모르고 답답한 책망만 하는구려. 내 성은 사람마다 먹는 성이오."

하며 구석구석 뒤지니 배는 없고 꼭지만 나오거늘 총망중 집어 들고 하는 말이,

"그러면 그렇지, 어데 갈 리가 있나."

하며 배 꼭지를 내두르며,

"자, 내 성은 이것이오."

군평이 하는 말이,

"그러면 게가 꼭지 서방이오?"

"예, 옳소, 옳소. 바로 아셨소."

"또 저분은 뉘라 하시오?"

"예, 내 말씀이오? 나는 성이 안갑이란 안 자에 부어터져 죽는다는 부 자에 난장몽동이

---

⁴²⁾ 생각 없이 함부로 덤벼드는 것.

란 동 자를 합하면 안부동이란 사람이오."

"또 저분은 뉘라 하시오?"

그놈이 아무 말 없이 두 주먹을 불끈 쥐고 내밀며,

"내 성명은 이러하오."

군평이 웃고 하는 말이,

"예, 알겠소. 게가 성은 주가요 이름은 먹인가 보오."

"과연 그러하오."

"또 저기 비켜섰는 저분도 마저 통성합시다. 성자가 무엇이라 하시오?"

"나는 난장몽둥이 아들이오."

"또 저분은 뉘라 하오?"

그놈 대답하되,

"나는 조치안이라 하오."

딱장이 내달아 책망하는 말이,

"여보, 이분, 친구의 통성명하는 법이 오백년유래지고풍五百年由來之古風이어늘 좋지 아니하단 말이 웬 말인가요?"

그놈이 허허 대소하고 대답하되,

"내 성이 조가요, 이름이 치안이란 말이지, 친구가 통성하는데 좋지 않다 할 길이 있소?"

딱장이 하는 말이,

"그는 그럴듯하오."

이처럼 지껄이다가 그중의 한 왈짜 내달으며 하는 말이,

"여보게들, 그렇지 아니해. 우리가 놀기는 명일이 내무진來無盡이니 놀부 놈을 어서 내어 발기자."

하니, 여러 왈짜 하는 말이,

"우리가 통성명하기에 골몰하여 이때까지 두었으니 일이 잘못되었구나. 벌써 찢을 놈이라."

여러 놈들이 그 말이 옳다 하고, 일변 놀부 놈을 잡아들여 이 뺨 치고 저 뺨 치며 발로 차고 굴리며 주무르고 잡아 뜯고, 일변으로 가위주리를 틀며 잔채질을 하며 두 발목을 도지개에 넣고 트니 복숭아뼈가 우직우직하는 놈을 용심지에 불을 켜서 발살에 끼워 단근질을 하며 온갖 형벌을 쉴 새 없이 갈마들어 하니 쇠공이 아들이면 어찌 견디리오. 놀부 놈이 입으로 토혈하며 똥을 싸고 칠 푼 팔 푼 하며 만단으로 애걸하며 비는 말이,

"살려 주오, 살려 주오. 제발 덕분에 살려 주오. 돈 바치라면 돈 바치고, 쌀 바치라면 쌀 바치고, 계집이라도 바치라 하시면 바칠 것이니 잔명을 살려 주옵소서."

여러 왈짜들이 돌려 가며 한 번씩 생주리를 틀더니 그제야 한 놈이 분부하되,

"이놈 놀부야, 들어라. 우리가 금강산 구경 가더니 노자가 핍절하였으니 돈 오천 냥만 바치되 만일 지체하면 된 급살을 내리리라."

놀부 놈이 어찌 혼이 났던지 감히 한 말도 대답지 못하고 돈 오천 냥을 주어 보낸 후 사지를 쓰지 못하는 중에도 종시 허욕에 떠받쳐서 단박에 수가 날 줄 알고 기어 동산으로 올라 박 한 통을 따 가지고 내려와서 쩨보를 달래어 박을 켠다.

"슬근슬근 톱질이야, 당기어라 톱질이야."

슬근 쓱싹 쪄개 놓고 보니, 팔도 소경이란 소경은 다 뭉치어 막대를 뚝딱거리며 눈을 희번덕이고 내달아 하는 말이,

"이놈 놀부야, 난다, 긴다? 네 어디로 가리오. 너를 잡으려고 안남산, 밖남산, 무계동, 쌍계동. 면면촌촌에 얼레빗 살살, 참빗 틈틈, 굴뚝 차례로 주유편답周遊遍踏더니 오늘 이곳에서 만났구나. 네 내 수단을 보아라."

하고 막대를 들어 휘두르니 놀부 놈이 정신이 없이 피하나, 여러 소경이 점을 치며 눈 뜬 사람보다 더 잘 찾아 붙잡는지라 놀부 놈이 달아나지도 못하고 애걸하는 말이,

"여보 장님네, 이것이 웬일이오? 사람을 살려 주오. 무슨 일이든지 분부대로 하리다."

소경들이 그제야 놀부를 버리고 북을 두드리며 경문을 읽는데,

"천수천안 관자재보살 광대원만 무애대비심 신묘장구 대다라니 나무라 다나다라 남막 알약 바로기제 사바라 도로도로 못자못자 연씨성주 원씨천존 남방화제성군 서방금제성군 북방수제성군 태을선군, 놀부 놈을 급살탕으로 점지하여 주옵소서. 급급여율령사바아."

이렇듯이 경을 읽더니 놀부를 개장 개 두드리듯 함부로 치니, 놀부 견디다 못하여 돈 오천 냥을 내주고 생각하니,

'집안에 돈이라고는 한 푼 남은 것이 없이 탕진가산하였으니 이제는 살아갈 길이 망연하다. 이왕 시작한 일이라 주판지세走坂之勢요 고진감래苦盡甘來라 하였으니 나중에야 길한 일이 없으랴.'

하고 동산으로 올라가서 박 한 통을 따다 놓고 쩨보를 달래어 하는 말이,

"이번 박은 겉을 보아 하니 빛이 희고 좋으니 이 속에는 응당 보화가 들었을 것이니 재물을 얻으면 너도 살게 될 테니 정성 들여 타서 보자."

하고 톱을 얹어,

"슬근슬근 톱질이야, 당기어 주소 톱질이야."

밀거니 켜거니 한참 켜다가 궁금증이 나서 귀를 기울여 가만히 들으니 박 속에서 우레 같은 소리가 진동하며,

"비로라, 비로라."

하거늘, 놀부 벌써 무더기 대탈이 또 난 줄 알고 정신이 어찔하여 톱을 슬며시 놓고 멀리 물러가니 쩨보도 톱을 내던지고 달아나려 하거늘 박 속에서 우레 같은 소리로 호령하되,

"너희가 무슨 거례[43]를 이리하고 박을 아니 타느냐? 내가 답답하여 일시를 못 견디겠으니 어서 바삐 켜라."

놀부 황겁惶怯하여 묻는 말이,

"비라 하시니 무슨 비온지 자세히 이르소서."

"이놈, 비로라."

놀부 하는 말,

"비라 하시니 당 명황의 양 귀비오니까, 창오산蒼梧山 저문 날에 아황 여영 이비二妃시오니까? 누구신 줄이나 먼저 알고 박을 마저 켜오리다."

박 속에서 대답하는 말이,

"나는 그런 비가 아니라 한漢 종실宗室 유 황숙劉皇淑[44]의 아우 거기장군車騎將軍 연인燕人 장익덕張益德 장비張飛어니와 네가 만일 박을 아니 켜고 있으면 무사치 못하리라."

놀부, 장비란 말을 듣더니 진저리쳐 엎더지며 입 안의 소리로,

"이야 째보야, 이를 장차 어찌하잔 말이냐? 이번은 바칠 돈도 없으니 하릴없이 죽는 수밖에는 다른 수가 없나 보다."

째보 냉소하고 이른 말이,

"너는 네 죄에 죽거니와 내야 무슨 죄로 죽는단 말고. 그런 말을 다시 하다가는 내 손에 먼저 죽으리라."

"우순 말 말고 어서 타던 박이나 마저 타서 하회下回[45]나 보세."

놀부 하릴없이 타고 보니, 별안간 일원一員 대장大將이 와락 뛰어나오며 얼굴은 숯먹을 갈아 끼친 듯하고 제비턱에 고리눈을 부릅뜨고 장팔사丈八蛇[46] 큰 창을 눈 위에 번쩍 들고 쇠북 같은 소리를 우레같이 질러 가로되,

"이놈 놀부야, 네가 세상에 나 부모께 불효, 형제에 불목不睦하고 친척에 불화하니 죄악이 네 털을 빼어 헤아려도 당치 못할지라, 천도가 어찌 무심하리오. 옥황상제께서 나로 하여금 너를 만단을 내어 무궁한 죄를 속하게 하라 하실새 내가 특별히 왔으니 견디어 보아라."

하고 움파 같은 손으로 놀부의 덜미를 훔쳐 들고 공기 놀리듯 하니, 놀부 정신을 잃었다가 다시 피어나 울며 애걸하며 비니, 장 장군이 그 경상을 불쌍히 여겨 다시 꾸짖어 가로되,

"응당 너를 만단을 낼 것이로되 십분 짐작하여 용서하는 것이니 이후는 어진 동생을 구박 말고 형제 화목하여 살라."

하고 가거늘, 놀부 생경을 한바탕 치고 정신을 차려 또 동산으로 치달아 보니 박 두 통이 그저 남았거늘 한 통을 또 가지고 내려와 째보를 달래는 말이,

---

43) 까닭 없이 굼뜨게 움직이는 것.

44) 유비劉備. 유비가 한 헌제漢獻帝의 아저씨뻘이 된다 하여 황숙이라 일컫기도 하였다.

45) 다음 벌어질 일의 형태나 결과.

46) 장비가 사용하던 창. 장팔사모丈八蛇矛.

"이야 쩨보야, 내 일을 불쌍히 여겨라. 재물을 얻으려 하다가 수다한 가산을 탕진하고 거지가 되었구나. 설마 박통마다 그러하랴. 이번은 무슨 수가 있을 듯하니 아무 말도 말고 켜 보자."

쩨보 응낙하고 박을 켠다.

"슬근슬근 톱질이야, 당기어 주소 톱질이야. 이 박은 켜거든 금은보화가 함부로 나와 흥부같이 살아 보리라."

놀부 계집이 섰다가 하는 말이,

"다른 보화는 많이 나오되 흥부 아주버니같이 첩은 행여 나오지 마옵소서."

놀부 꾸짖는 말이,

"탕패가산하고 상거지가 된 인물이 새암이 어데서 나오는고? 소사스러이 굴지 말고 한편 구석에 가 있으라."

하고 밀거니 당기거니 슬근슬근 타며 귀를 기울이고 들으니 이번은 아무 소리도 없는지라, 놀부 놈 대희하여 쩨보더러 가로되,

"이번은 다 켜도 아무 소리가 없으니 아마 수가 있는 박이라."

하고 급히 타며 보니 박 속에 아무것도 없고 다만 평평한 박뿐이어늘 놀부 대희할 즈음에 쩨보가 생각하되,

'여러 통마다 탈이 났으니 이 박인들 어찌 무사하랴.'

하고 소피하러 가는 체하고 도망질하니, 놀부 놈 쩨보를 기다리다 못하여 박통을 도끼로 쪼개 놓고 보니 아무것도 없고 허연 박속이 먹음직하거늘 제 계집을 불러 가로되,

"이 박은 먹음직하니 우선 배고픈데 국이나 끓여 집안 식구들과 먹고 기운 나거든 남은 박을 우리 둘이 타 봅세. 옛사람이 이르기를 고진감래라 하였으니 그만치 쫓기었으니 필경은 좋은 일 있지. 천의가 무심할 리가 있나. 숱한 재물을 얻을진대 초년고생은 면부득免不得이니 어서 국이나 끓이소."

놀부 계집이 대희하여 박속을 숭덩숭덩 썰고 염장鹽醬을 갖추어 큰 솥에 물을 넉넉히 붓고 통장작을 지피어 쇠옹두리 고듯이 반일을 무르녹게 끓인 후 온 집안 식구대로 한 사발씩 감식甘食하여 먹은 후 놀부는 배가 붕긋하여 게트림을 하며 계집더러 하는 말이,

"그 국 맛이 매우 좋아당동."

놀부 계집 대답하되,

"글쎄요, 그 국이 매우 유명하오당동."

놀부 자식들이 어미를 부르면서,

"이 국 맛이 좋소당동."

놀부 하는 말이,

"그 국을 먹더니 말끝마다 당동당동하니 가장 괴이하도다당동."

놀부 계집 대답하되,

"글쎄요, 나도 그 국을 먹더니 당동 소리가 절로 나오당동."

놀부 자식이,

"여보 어머니, 우리들도 그 국을 먹더니 당동 소리가 절로 나오당동."

"오냐, 글쎄 그러하다당동."

놀부 꾸짖어 가로되,

"너는 요망스리 굴지 마라당동. 무슨 국을 먹었다고 당동하누당동?"

놀부 계집은,

"그 말이 옳소당동."

놀부 딸도 당동, 아들도 당동, 머슴아이도 당동, 놀부 아주미도 당동, 온 집안이 모두 다 당동당동, 무슨 가야금 뜯고 풍류 하는 것처럼 그저 당동당동, 서로 나무라며 당동당동, 이렇듯이 당동당동하니, 울 너머 왕 생원이 들은즉 놀부 집에서 별별 야릇한 풍류 소리가 나거늘 왕 생원이 곧 놀부를 불러 묻는 말이,

"여보아라 놀부야, 너희가 무엇을 먹었관데 그런 소리를 하는다?"

놀부 여쭈오되,

"소인의 집에서 박을 심어 박이 열리어 국을 끓여 먹었더니 그 소리가 절로 나옵니다당동."

생원이 믿지 아니하여 가로되,

"네 말이 무소誣訴로다. 박국을 먹었기로 무슨 그런 소리가 있으리. 그 국 한 사발만 떠 오너라."

놀부 한 그릇을 떠 주니 생원이 받아 맛을 보매 국 맛이 가장 아름다운지라 그 국을 감식하고,

"여보아라 놀부야, 그 국 맛이 유명하구나당동. 아차, 나도당동. 어찌하여 당동하누당동?"

하며 또 당동당동당동 소리가 절로 나거늘 왕 생원이 국 먹은 것을 뉘우쳐 놀부를 꾸짖고 당동당동하며 제집으로 돌아간 후, 놀부 역시 신세를 생각하니 부자가 될 양으로 박을 심었다가 다수한 재산을 다 패하고 전후에 없는 고생과 매 맞은 일이며 끝에 와서는 온 집안 사람이 당동 소리로 병신이 되니 이런 분하고 원통한 일이 어디 있으리오. 일변 낫을 가지고 동산으로 올라가서 박 덩굴을 함부로 노려[47] 버릴새 보이지 않는 덩굴 밑에 박 한 통이 그저 있으되 크기가 인경만 하고 무게가 천 근이나 되는지라. 놀부가 그걸 보더니 분한 생각은 눈 쓸듯 하고 허욕이 버썩 나서 혼잣말로,

"그러면 그렇지. 이제야 보물 든 박을 얻었도다. 무게를 보아도 금이 많이 든 모양이요, 또 재물이 많이 든 고로 남의 눈에 띄지 아니하려고 덩굴 속에 숨어 있는 것을 모르고 공연히 한탄을 하였으며 그전 박통에서 나온 초라니 말이 금이 들기는 어느 박통에 들었으

---

47) 칼로 가로 베어.

리라 하더니 그 양반 말이 과연 옳도다. 황금 든 박이 여기 있는 줄 알았더라면 다른 박을 타지 말고 이 박을 먼저 켰을 것을."

희불자승하여 그 박을 따 가지고 내려오며,

"좋을 좋을 좋을시고, 지화자 좋을시고. 곱사등이 같은 박복한 놈 시종을 아니 보고 달아났으니 제 복이 그뿐이로다."

놀부 계집 내달아 하는 말이,

"그만두오, 그만두오. 박에 신물도 아니 납나? 만일 또 불량한 놈이 나오면 어쩌려고 박을 또 따 가지고 옵나?"

놀부 이른 말이,

"방정맞고 요사한 년, 물렀거라. 이 박은 정통 금박이니 재물 얻으면 넨들 아니 귀히 되랴. 잔말 말고 우리 두 양주 정성 들여 켜 봅세."

박을 앞에 놓고 톱을 대어 탈새,

"슬근슬근 톱질이야, 당기어 주소 톱질이야."

슬근슬근 타다가 반쯤 켜고 놀부가 우선 궁금증이 나서 박 속을 기웃이 들여다보니 그 속이 아주 싯누런 것이 온통 황금 같거늘 놀부 보다가,

"수 났구나, 그럼 그렇지. 마누라 자네도 이 박 속을 들여다보소. 저 누런 것이 온통 황금덩일세."

놀부 안해 하는 말이,

"누른 것을 보니 금인가 싶으오만은 그 속에서 구린내가 물큰물큰 나니 그것이 웬일이오?"

놀부 이른 말이,

"자네도 미혹한 말 조금 하소. 박이 더 익고 덜 익은 것이 있으니 이 박은 아주 농익은 고로 구린 냄새가 나는 줄을 모른단 말인가? 어서 바삐 타고 보세."

슬근슬근 칠팔 번이나 타다가 놀부 양주 궁금증이 또 나서 톱을 멈추고 양편에 마주 앉아 들여다보니, 별안간 박 속으로서 모진 바람이 쏘아 나오며 벽력같은 소리가 나더니 똥줄기가 무자위48) 줄기처럼 내쏘는지라. 놀부 양주가 똥벼락을 맞고 나둥그러지며 똥줄기는 천군만마가 달려 나오는 듯 태산을 밀치고 바다를 메울 듯 삽시간에 놀부 집 안뜰채에 가득하니, 놀부 양주 온몸이 황금덩이가 되어 달아나 멀찍이서 바라보니 온 집안이 똥에 묻혔는지라, 만일 왕십리 거름 장사 알게 되면 한밑천 잡게 되었더라. 놀부 놈이 기가 막혀 발을 동동 구르며 하는 말이,

"여보 마누라, 이 노릇을 어쩌하잔 말이오. 재물을 얻으려다가 수다히 있는 재물을 다 탕진하고 나중은 똥으로 하여 의복 한 가지 없게 되니 어린 자식들과 장장하일長長夏日에

---

48) 물을 퍼 올리는 도구.

무엇 먹고 살아나며 동지섣달 설한풍에 무엇 입고 사잔 말이오. 애고애고 설운지고."

이처럼 땅을 두드리며 통곡할 제 앞뒤 집에 사는 양반 제집까지 똥이 밀려가서 그득한지라, 그 양반들이 공론하고 고두쇠를 벼락같이 부르더니 놀부 놈을 즉각 잡아 오라 분부한대, 고두쇠 놈이 워낙 놀부 놈을 미워하던 터라 조총같이 달려가서 놀부 놈의 덜미를 꽉꽉 짚어 풍우같이 몰아다가 생원님 앞에 꿇린대 생원님이 호령하되,

"이놈 놀부야, 듣거라. 네가 본디 부모에 불효하고 형제간 불목하고 일가에 불화하고 다만 재물만 아니, 도적보다 더 심할뿐더러 무슨 몹쓸 짓을 하다가 동네 양반이 귀가 시끄럽게 네 집에 환란이 첩출하여 패가망신을 하니 그는 네 죄에 싼 일이어니와 네 죄로 하여 내 양반 댁이 똥으로 못 살게 되니 그런 죽일 놈이 어데 있으리오. 네 죄는 종속소기從俗所期[49]려니와 우선 양반 댁에 쌓인 똥을 해전에 다 쳐내되 만일 지체를 할 지경이면 죽고 남지 못하리라."

하고, 일변 고두쇠를 호령하여 놀부를 결박하여 절굿공이 찜질을 하며 기왓장에 꿇어앉히고 똥 쳐내기 전에는 끌러 놓지 말라 하니, 놀부 놈 가뜩 망극 중 기가 막히어 아무 말도 못하다가 기왓장에 꿇어앉은 채 제 계집을 시켜 돈 오백 냥을 갖다 놓고 빨리 삯군을 놓아 왕십리, 안감내, 이태원, 둔점이, 청파靑坡, 칠패七牌 여러 곳에 있는 거름 장사들을 있는 대로 불러다가 삯을 후히 주고 똥을 쳐낸 후에야 놀부가 겨우 놓여 와서 부부 서로 붙들고 갈 바 없이 통곡하더니, 이때 흥부가 놀부의 패가망신함을 알고 대경하여 일변 노복을 시켜 교자 두 채와 말 두 필을 거느리고 친히 건너와 놀부 양주와 조카를 교자에 태우고 말을 태워 제집으로 돌아와 일변 안방을 치우고 안돈安頓시킨 후 의식을 후히 하여 때로 공궤供饋하며 날로 위로하고 일변으로 좋은 터를 정하여 수만금을 들여 집을 제집과 같이 짓고 세간 집물이며 의복 음식을 한결같이 하여 그 형을 살게 하니, 놀부 같은 몹쓸 놈일망정 흥부의 어진 덕에 감동하여 전일을 회과悔過하고 형제 서로 화목하여 남에 없는 형제가 되니라. 흥부 내외는 부귀다남富貴多男하여 향수享壽를 팔십하고 자손이 번성하여 개개 옥수경지玉樹瓊枝[50] 같아 가산이 대대로 풍족하니 그 후 사람들이 흥부의 어진 덕을 칭송하여 그 이름이 백세에 민멸泯滅치 아니하더라.

---

49) 시속에 따라 처리함.
50) 옥처럼 아름다운 나뭇가지라는 뜻으로, 번성하는 집안의 귀한 자손들을 이르는 말.

옹고집전 원문

옛날 태조 대왕 득국得國 후에 황해도 옹진골 옹돌면에 한 토반土班이 있으되 성은 옹이요 이름은 고집이라. 성 하나 못 생기고 이름도 아뭏게나 지었으니, 본읍에서 토반인 고로 향청鄕廳 출입이 여간하고 기특한 외아들이라 옹고집의 칭찬 소리 일읍에 낭자하니, 사람 동난 곳이로다[1].

옹진읍에 신관 도임到任 삼 일 후에 옹고집을 청하여 좌수座首 거행擧行시키니 읍 사람들이 이르되,

"가소강남可笑江南[2]이라."

하더라.

옹고집이 가장 맹랑하다. 욕심 많은 놈을 좌수 소임 하라 하니 안하무인 주제넘어 과過가 무소無少하고[3] 민간탐물民間貪物[4] 과히 하여 억수만재億萬財 부자 되니 되지못한 옹고집은 저 혼자 호사한다.

옹돌면 옹돌촌에 간좌 곤향艮座坤向[5] 터를 닦고 천여 칸을 지어 놓고, 집터를 볼작시면 곤륜산崑崙山 축간봉丑艮峰[6]의 일점 정기가 쭉 뻗쳐서 백두산이 기봉起峰 치고 그 줄기가 우쭐우쭐 내려와서 옹가 집터 생겼구나.

청룡 백호靑龍白虎 세변 되고[7] 득수득파得水得破[8] 배합이라, 옹고집 격을 찾아 양지에

---

1) 사람이 다 없어진 곳이라는 말로 사람다운 사람이 없는 곳이라는 뜻.

2) 참으로 가소로운 일이라는 뜻.

3) 허물이 적지 않고.

4) 백성들의 재물을 탐내는 것.

5) 간방으로 집자리를 잡고 곤방으로 지은 집. 곧 동북방으로 터를 잡고 서남방으로 집을 앉히는 것인데 아주 훌륭한 집터라 한다.

6) 곤륜산은, 중국 전설에 서왕모가 살고 마시면 늙지도 죽지도 않는다는 물이 흐르고 아름다운 옥돌이 많이 난다는 산. 축간봉은 방위로 보아 동북쪽의 봉우리.

7) '세변 되고'는 시변侍邊 곧 옹위, 호위가 된다는 뜻인 듯.

8) 산속에서 나와 산속으로 흐르는 물. 집터에서 처음 보이는 물을 득수得水라 하고 마지막 보이는 물 어귀를 득파得破라 한다.

는 방아 놓고 음지에는 우물 파고 울 밖에는 원두園頭[9] 놓고 뒤울안에는 벌통 앉혀 두고 대대층층 화계花階 뭇고, 왜철쭉, 진달래, 맨드라미, 봉숭아, 청송靑松, 반송盤松이며 녹죽綠竹은 의의依依하여 군자절君子節 자랑하며 문전門前 오류수五柳樹[10] 간에 황금 같은 꾀꼬리는 춘정春情을 불러 있고 명사십리 해당화에 백분白粉 같은 흰나비는 꽃을 보고 왕래하고 고석古石 밑에 뒤웅벌(뒝벌)은 화중花中에다 몸을 싣고 둥실둥실 노는 모양 경개 절승 보기 좋다.

집치장 볼작시면 팔자 난간 오량각五樑閣에 전후 물림퇴[11]를 달아 대대층층 올려 쌓고, 살미살창 가로닫이 내외 분합문[12]을 여기저기 달아 놓고, 안방 골방 가로닫이 국화색 완자창에 유리 경鏡 붙였으며, 각장 장판 소라 반자 당화지唐花紙로 굽도리고(굽도리 하고) 못도지로 도배하고[13] 금전지金箋紙로 벽서壁書를 사면에 붙여 놓고 괘상机床, 연상硯床, 벼루상과 문갑상文匣床[14] 위에 사서삼경 만전서를 쌓아 두고 문방사우 벌여 놓고 언서고담諺書古談 더욱 좋다. 《삼국지》, 《운수지雲水誌》, 《사성기봉四姓奇逢》, 《구운몽전》을 쌓아 놓고 붓걸이를 한편에 놓았으며, 유경촛대 세워 있고 용두별미龍頭鼈尾 장목비[15]를 벽 모솔(모서리)에 보기 좋게 걸어 놓고 세총갓통 총울치를 산호 갓꽂이에[16] 걸어 놓고 한가로이 저 혼자 호사한다.

안팎 중문 솟을사랑 네 귀에 풍경風磬 달고 갖은 호사 할 적에, 남자는 글 읽고 여자애기는 길쌈하고 며늘아기 침재針才하고 딸아기는 고담古談 보고 어린 아기 춤추고, 종놈으로

---

9) 여러 남새를 심은 채마밭.

10) 버드나무. 중국 진晉나라 시인 도연명陶淵明이 집에 버드나무 다섯 그루를 심어 놓고 스스로 '오류선생'이라 한 데서 온 말이다.

11) 들보를 다섯 줄로 지은 집을 오량각이라 하며, 전후 물림퇴는 집 칸에다가 반 칸 너비를 앞뒤로 더 달아서 툇마루를 놓은 것.

12) 살미살창은 촛가지를 짜서 살을 박아 만든 살창. 가로닫이는 옆으로 여닫는 창이나 문. 분합문은 대청 밖에 둔 문.

13) 당화지는 중국에서 들여온 꽃무늬 있는 종이인 듯. 못도지는 모토지毛土紙로 역시 중국산 종이.

14) 괘상은 네모반듯하고 뚜껑이 좌우 두 짝으로 되고 서랍은 하나 있으며 밑이 빈 상으로 궤안机案, 서안書案이라고도 한다. 연상은 문방구를 놓는 작은 책상이고, 문갑상은 문방구 따위를 넣어 두는 세간.

15) 유경촛대는 놋쇠로 만든 등잔 받침을 걸게 만든 촛대. 용두별미는 용의 머리와 자라의 꼬리와 같다는 말. 장목비는 꿩의 꽁지깃을 묶어 만든 비.

16) 총울이 가는 갓을 세총갓이라 하며, 총울치는 햇칡의 속껍질로 꼰 끈. 산호 갓꽂이는 산호로 만든 갓을 거는 꽂이.

밭 갈리고 곰배팔이로 새끼 꼬이고 앉은뱅이로 방아 찧이고 소경은 바자 디디고 절름발이 짐 나르고 등곱쟁이 쌍짐 지우고 벙어리로 사환使喚하고[17] 저 혼자 호사한다.

팔십 당년 노모를 뒷방에다 가두고서 조석을 배고프게 대접하니 연만年晩한 저 늙은이 뒷방에 홀로 앉아 매일 탄식하는 말이,

"삼강오륜 중에 부자유친父子有親 으뜸이라. 저를 낳아 기를 적에 애지중지하여 장중보옥같이 금자동아 은자동아 저를 중히 길렀더니 부모 공경 뜻이 없고 저 혼자 호사한다."

옛날 효자 왕상王祥, 맹종孟宗 같은 이는 얼음 소沼의 잉어 얻어 있고 설상雪上의 죽순 꺾어 부모위친父母爲親하였으니, 옛날 사람의 효자열녀 그 본을 받으면 효자가 되련만 불효한 옹고집이라 저희 모친 원망하는 말이,

"진시황의 만리장성 길게 쌓고 아방궁 넓게 지어 삼천 궁녀로 모시게 하고 억만창생으로 공궤供饋케 하며 억만 세를 누리면서 전지무궁傳之無窮[18]하자더니 여산驪山 두문동杜門洞 대솔이 푸른 곳에 묻히었다.

백전백승하던 초패왕楚覇王도 오강烏江을 못 건너서 자문이사自刎而死[19]하였나니, 인간 칠십 고래희古來稀라, 우리 부모님 이제 죽는다 한들 어느 뉘가 단명短命타 하랴. 자고로 볼지라도 공부자孔夫子도 팔십 장수 못 하였고 배어의 어시물로도 삼십 조사三十早死 하였으니, 우리 모친 이제 죽는다 한들 어느 뉘가 명이 짧다 하리오. 이내 말은 탄탄대로에 가는 말이라 나를 그르다 뉘 시비하리오."

하며 큰소리치니, 천하에 이런 불효가 있으리오.

이때에 옹고집이 또한 중을 보면 사지결박 귀 뚫기, 왕수박 같은 대가리 음양혈陰陽穴을 짚어 가며 뜸을 수천 장씩 놓고, 남을 음해하는 심술이 나무 아들놈이로다[20].

옹고집의 근처에는 착한 사람은 서지 못하리로다. 빌어먹는 거지 아이도 아니 오고 못 중 녀석도 도시 오지 못할세라.

이때 전라도 월출산 월출봉 월출암 사는 한 도사 있으되, 상통천문上通天文하고 하달지리下達地理하며 풍운조화風雲造化와 결승천리決勝千里하는 재주[21]를 가졌으니 별호는 도학 대사道學大師라. 일일一日은 대사, 제자로 더불어 하는 말이,

"황해도 옹진 옹돌면 사는 옹고집이 저의 노모를 박대하고 불도佛道를 멸시하고 중생을 박대하며 인의예지仁義禮智와 오륜삼강을 모르고 예의염치를 알아볼 것이 반점도 없

---

17) 심부름 보내고.
18) 자손에게 끝없이 전해 가는 것.
19) 스스로 목을 찔러 죽는 것.
20) 후레아들놈이로다와 같은 말인 듯.
21) 위로 천문을 통달하고, 아래로 지리를 통달하고, 바람과 구름을 마음대로 일으켜 부리고,
   계략을 써서 천리 밖에서 싸움을 이기게 하는 재주.

고 상풍패속傷風敗俗²²⁾이 날로 심하다 하니 내 친히 나아가 맥을 보리라.

옹고집 만일 내 말을 듣고 순종하면 자비지심慈悲之心으로 저를 극락지도極樂之道로 보내려니와 만일 제 불순하면 일장一場²³⁾ 속여 제 스스로 깨닫게 하리라."

하고, 대사 이에 행장을 차려 갈 적에 칡베 장삼 떨쳐입고 실구랏죽 감투²⁴⁾를 숙여 쓰고 백팔염주 목에 걸고 육환장을 손에 집고 동구에 썩 나서니, 기화요초琪花瑤草는 만발하여 춘경春景을 자아내고 녹수청파綠水靑波는 뚝 떨어져 폭포수 되어 있고 산조山鳥는 슬피 울어 갈 길을 재촉하니, 창잠창잠²⁵⁾ 나아가서 옹가의 집에 다다라서 좌우 산천을 바라보니, 청룡 백호는 실하室廈에 보익輔翼 되어 있고 자좌 오향子座午向 묘득 유파卯得酉破²⁶⁾ 대부자라.

그 옹고집 치장 볼작시면 고대광실 높은 집에 중문, 솟을대문을 달았는데 좌우에 시비들이 오랑가랑하는 거동이 엄엄씩씩한지라.

대사 이에 권선문勸善文을 펼쳐 놓고 목탁을 치며 시주하라 배사拜辭²⁷⁾하니 이윽하여 종할미 나와 이르는 말이,

"저 노장老長²⁸⁾은 우리 댁 소문도 못 들었소? 지금 좌수님이 초당에 목침 베고 잠이 들었으니 만일 대사님 염불 소리를 듣고 놀라 깨면 큰 봉변을 당하올 것이니 어서 바삐 가소."

이에 대사 이르는 말이,

"이 현원각賢圓閣에 계신 양반이 설마한들 그러하오리까. 적선지가積善之家에 필유여경必有餘慶이요, 적악지가積惡之家에 필유여악必有餘惡이라²⁹⁾ 하옵니다. 소승은 전라도 월출산 월출봉 월출암에 있사옵더니 절이 퇴락하여 불상佛像이 풍우를 면치 못하옵기로 좌수님 댁 선심善心을 듣고 불원천리不遠千里하옵고 왔사오니 황금 천 냥만 시주하옵소서."

하는데, 이때에 옹 좌수 대사의 괴이한 소리에 놀라 잠을 깨어 노복奴僕을 불러 묻는 말이,

"밖에서 무슨 소리 요란하냐?"

---

22) 도덕과 풍속을 해치는 짓.

23) 한바탕.

24) 검은 실로 가는 끈을 꼬아 만든 동글납작한 쓰개. 도사나 늙은 중들이 쓴다.

25) 차츰차츰.

26) 청룡 백호가 집의 날개가 되어 집터가 자방(子方, 정북쪽)에 자리 잡고 오방(午方, 정남쪽)으로 향해 묘방(卯方, 정동쪽)에 물이 들어오고 유방(酉方, 정서쪽)으로 물이 빠져나가니.

27) 절하며 말하니.

28) 늙은 중.

29) 착한 일을 많이 하는 집에 반드시 경사가 있고, 악한 짓을 많이 하는 집에 불행이 있다는 말.

하니, 노복이 일시에 아뢰기를,

"밖에 어떠한 중이 와서 시주하라 하나이다."

하는지라. 이에 옹 좌수 그 중을 잡아내어 정하庭下[30]에 꿇리고 두 눈을 부릅뜨고 벽력같이 호통한다.

"아따, 이 중놈 말 듣거라. 시주하면 어떠하며 아니 하면 어떠하냐?"

저 중놈의 거동 보소. 육환장을 두 손으로 잡아 눈 위에 번듯 들고 부복배례俯伏拜禮 여쭈오되,

"우리 절 부처님이 영험하옵시니 시주하오면 무병장수 부귀공명 자손 만당子孫滿堂[31] 하옵나니이다."

하니, 옹 좌수 하는 말이,

"시주하고 귀히 되면 네가 내게 시주하고 자손만당 하려무나. 가소롭고 우습도다. 천생만민天生萬民[32] 생겨날 제 명지장단命之長短과 부귀빈천, 자손 유무가 복불복福不福[33]에 달렸거늘 네 말대로 되면 단명短命할 이 뉘 있으며 무자無子할 이 뉘 있으랴. 속담에 이른 말이 인종지말人種之末[34]은 중이라 하였으니 네가 음흉한 놈으로 아미타불 공부하고 극락세계 간다 하니 극락길을 뉘가 알며, 시주하고 좋다 하니 태곳적 시절에 불법佛法이 없으되 천황씨天皇氏, 지황씨地皇氏가 일만 팔천 살씩 살아 있고 팽조彭祖와 동방삭東方朔[35]이 불공하고 오래 살며, 곽자의郭子儀도 시주하고 백자천손百子千孫 번성하며, 석숭石崇의 거만부巨萬富[36]도 절을 짓고 부자 되었느냐? 너 이놈, 조별부모弔別父母하고 일가친척 다 버리고 외입으로 중이 되어 진충보국盡忠報國하고 부모공양 못 하는 놈이, 어른 보면 시주하고 아이 보면 적선하라 하니 너의 부모는 아주 없느냐, 죽었느냐? 만생만사萬生萬死[37]하여 지은 농공農功 네가 무슨 뜻으로 달라느냐?"

하며 호통 친다. 도학 대사 합장배례 여쭈오되,

"옛적 한나라 시절에 불법을 숭상하와 나라 중흥하여 있고, 명나라 시절에 탁주涿州 소

---

30) 뜰아래.

31) 자손이 많아 집에 그득하리라는 뜻.

32) 하늘이 낳은 만백성.

33) 복이 있든가 없든가 함. 곧 운수.

34) 사람 종자 가운데 가장 못된 것.

35) 천황씨와 지황씨는 전설의 황제들. 팽조는 칠백 살 살았다는 인물. 동방삭은 삼천 갑자를 살았다는 신선.

36) 곽자의는 중국 당나라 현종 때 사람. 석숭은 진晉나라 적에 배를 부려 엄청난 부자가 된 사람. 거만부는 엄청난 재부.

37) 만 번 살고 만 번 죽어. 곧 고생을 많이 하여.

蘇 승상이 청룡사를 짓고 소대성蘇大成[38]을 낳아 장수 되어 있고, 아국我國의 서산대사, 사명당이 임진 이후 불법으로 나라를 도와 일본을 항복받고 아국이 중흥하였사오니, 소승도 석가여래 제자 되어 천축(天竺, 인도) 경문 독송讀誦하여 부모 은공 보답 공부하고 주상 전하 조석으로 발원하여 천지무궁 축원하니 진충보국 그 아니 되며, 만가동영萬家同榮[39]하여 부처님 전 발원하여 자손만대 묵원默願하니 그도 아니 선심이오? 그런 말씀 마시고 금 천 냥만 시주하면 부귀영화 꼭 하시옵고 후생길을 닦아 극락길로 갈 것이오니 시주 아끼지 말고 하옵소서."

하며 재삼 간청하니, 옹 좌수 성을 내어 쇳소리 지르듯 말하되,

"이 요망한 중놈아, 네 아무리 나를 속이고자 하나 내가 네게 속을쏘냐. 우리 모친 만 팔 십 살고 부귀공명 소문 높고 우리 부부 해로하고 아들이 삼 형제요 딸이 오 형제요 노복 이 수십이라. 그러하나 네가 내 관상이나 보아 길흉이나 판단하라."

한대, 대사 이에 관상을 볼 제 얼굴도 보고 귀도 보고 일신수족一身手足, 행지거동行止擧動 다 살핀 후에 이른 말이,

"좌수님 관상을 보오니 수만건곤할[40] 것이요 자손 만당, 부귀공명할 것으로되, 명문名聞 조앙신[41]이 발연勃然히 노하시어 횡액橫厄을 당하올 터이오니, 지극히 조심하여 선심공 덕善心功德 시주하오면 이 액수厄數를 면할 것이요, 그렇지 아니하오면 만년에 급경풍 急驚風이 일어나면 갱불更不 꼼짝 못할 터이오니[42] 각별 조심하와 시주 많이 하옵소서."

한대, 옹고집이 이 말을 듣고 추상같이 호령 왈,

"늙은 종놈 창쇠야, 젊은 종놈 악악쇠야. 너 저 중놈 바삐 잡아내라."

하니, 두 놈이 일시에 달려들어 수박 같은 대구리 뒷덜미를 잡아내어 정하庭下에 꿇린대, 좌수 성을 내어 호령한다.

"네가 산중 도인이라 칭하고 일없이 당기며 남의 전곡錢穀을 무단히 달라 하니 네 뱃심 도 착실하다마는 내 고고조高高祖부터 중놈을 문전에 붙인 바 없되 네 기골을 잠깐 보니 준수하고 늙은 고로 십분 용서하여 내가 말 붙여 관상 보라 하였더니, 말짱에 하는 말이 발연히 급경풍이 일어나면 갱불 꼼짝 못하고 죽을 일을 당하리라 하니 네가 욕을 과히

---

38) 탁주는 중국에 있는 고을이며, 소대성은 우리 나라 고전 소설 〈소대성전〉의 주인공으로, 체구가 매우 크고 밥을 한 말이나 먹는 장수이다.

39) 온 나라의 집안이 함께 영광을 누림.

40) 수만건곤은 춘만건곤春滿乾坤을 잘못 적은 듯. 하늘과 땅에 봄이 가득하고 집안에 복이 가득하다는 뜻. 예전에 입춘날 '춘만건곤복만가春滿乾坤福滿家'라는 구절을 많이 써 붙 였다.

41) 이름이 높은 조왕신竈王神. 조왕신은 부엌을 맡은 신.

42) 급경풍은 갑자기 깜짝 놀라 까무러치는 병. 갱불은 다시 못한다는 뜻.

한다. 이런 패씸한 놈이 어데 있으리오. 내 나이 오십에 무슨 일로 경풍이 나랴. 옛글에
도, '유전有錢이면 사귀신使鬼神이라.'[43] 하였으니 내 재산을 가지고 횡액이야 못 면할
쏘냐. 내 횡액 걱정 말고 급경풍 겪어 보아라."

이어 종놈을 불러,

"저 중놈을 바삐 잡아내어 결박하라."

하고, 수박 같은 대구리의 음양혈을 짚어 가며 뜸을 놓되 남산 누에머리에 봉홧불 놓듯, 오
뉴월 염천炎天에 모깃불 놓듯 삼사백 장 뜸을 놓고 수양산천首陽山川 물푸레로 태장笞杖
삼십 도를 치고 묻는 말이,

"네 견디어 보니 경풍 맛이 어떠하냐?"

한대, 노장이 기가 막혀 하는 말이,

"그런 경풍 두 번만 하다가는 중의 종자 하나도 남지 못하겠소."

하더라. 옹고집이 창쇠, 악악쇠 두 종놈을 불러,

"저 중놈 바삐 끄서 내라."

하니, 두 놈이 달려들어 끄서 내니라.

대사 겨우 정신을 차려 간신히 절문으로 돌아오니 상좌 마주 나와 합장배례한대 대사 법
당에 들어가 제자더러 옹고집한테 곤욕 본 말을 설화說話하니, 상좌 등이 분함을 이기지
못해하더라.

"사부님 신술神術로도 욕을 보셨나니이까?"

"괴이하고 무지하다, 옹가 행실 괴이하다. 저의 행실 내가 알고 취맥取脈[44]코자 나갔더
니 이 지경은 의외로다."

"그놈을 염라대왕에 전갈하여 옹가를 잡아다가 풍도지옥酆都地獄에 가두어 염불출세슨
不出世[45] 못 하게 하사이다."

"아서라, 그도 불가하다."

"그러면 해동청 보라매가 되어 우주 산천 높이 떠서 무수히 당기다가 두 죽지를 옆에 끼
고 표연히 달려 스승님을 몰라보고 욕보이던 놈을 눈을 빼어 보원報怨[46]하사이다."

"아서라, 악형惡刑이니 못 할지라."

"그러면 만첩청산萬疊靑山 맹호猛虎 되어 어둠침침 야삼경에 담을 뛰어넘어 가서 옹고
집을 물어다 먹게 하사이다."

"아서라, 그도 못 하리라."

---

43) 돈이 있으면 귀신도 부린다.
44) 맥을 보는 것. 또는 동정을 살피는 것.
45) 세상에 나올 마음을 먹지 못하는 것.
46) 원수를 갚는 것.

"그러면 만첩청산 구미호 되어 인형人形을 변천變遷하고 단순호치丹脣皓齒로 반케 하고[47] 좋은 말로 옹고집을 달래어 첩이 되어 추풍상한秋風傷寒[48] 급한 병에 절로 죽게 하사이다."

"아서라, 그도 불가하다. 옹고집을 생각하면 즉시 설치雪恥[49]할 것이로되 그렇게 하면 남에게 적악積惡하는 짓이니, 내 일시 저를 속여 제 절로 뉘우치게 하여 나의 도덕을 알게 하여 스스로 항복하게 하리라."

잇짚 한 뭇을 빼어다가 허인虛人을 만들어[50] 이목구비와 언어동정言語動靜과 행지거동, 체지장단體之長短, 형용색태形容色態가 영락없이 옹고집과 같은지라. 부적을 써 속에다 넣고 신장神將[51]을 불러 접신接神하니, 말도 하고 글도 아는 영락없는 옹고집이라. 영귀靈鬼가 접신하여 식이신명識而神明[52]함이 일호 측량키 어렵더라.

대사 분부하되,

"옹가 집을 찾아가서 여차여차하라. 만일 위령違令[53]하면 세상에 용납지 못하게 하리라."

하고, 허인을 옹가 집으로 보내니라.

각설却說[54], 이때 허인이 옹가 집을 찾아가서 중당中堂에 좌정하고 앉았으니 대야 머리에 주걱턱이요 웅계雄鷄 눈[55]에 주먹코요 하릴없이 옹 좌수와 일반이라.

이때에 옹 좌수는 청에 가서 미처 못 나오고 허옹 좌수 좌기坐起[56]하고 노복을 불러 호령하되,

"늙은 종놈 창쇠야, 젊은 종놈 악악쇠야, 사랑방도 쓸어라. 여무새[57]도 하여라. 말죽도 쑤어라. 춘단아, 대야에 소세 물 놓아라."

하고 언연偃然히[58] 앉았으니 분명한 옹가로다.

---

47) 사람의 모습을 바꾸어 붉은 입술과 흰 이 가진 어여쁜 얼굴로 반하게 하고.
48) 가을바람 찬 기운이 몸에 깊이 들어 열병을 앓는 병.
49) 치욕 곧 부끄러움을 씻는 것.
50) 볏짚을 한 뭇 빼 와서 허수아비를 만들어. 허인은 허수아비나 가짜 사람이다.
51) 부처를 호위하고 하늘과 산천을 수호하는 신.
52) 모든 일을 다 알아, 모르는 것 없이 신기하게 밝은 것.
53) 명령을 어기는 것.
54) 옛 소설에서 다른 대목으로 넘어갈 때 쓰는 말.
55) 수탉의 눈.
56) 향청 우두머리인 좌수가 향청에 나가 앉아 일을 보는 것.
57) 마소의 여물로 쓰려고 짚이나 풀 따위를 썬 것.
58) 거만하게.

실옹實翁 좌수 저물게야 집으로 돌아오니 어떤 놈이 사랑에 앉아 분별을 이리이리하며 소란히 굴거늘 좌수 가로되,

"저분은 위爲한[59] 사람이관데 남의 집에 와서 이다지 요란스레 구느뇨?"

하니, 허옹 좌수 나앉으며 호령하여 이르는 말이,

"그는 어떠한 사람이관데 남의 집에 와서 주인을 책망하느냐? 적반하장賊反荷杖 네로구나."

하는지라, 실옹가 어이없어 반향半饗[60]이나 묵묵히 앉았다가 일러 왈,

"그대는 어떠한 객이관데 남의 집에 들어와 주인인 체하고 말을 하느뇨?"

허옹가 성을 내어 소리를 크게 질러 왈,

"내 집 재물이 누거만재累巨萬財란 말을 듣고 흉악한 몹쓸 놈이 용모 거동 같다 하고 나의 세간 욕심내어 남의 집에 들어와서 도침내정盜侵內庭[61]하는 놈, 이를 바삐 잡아내라."

하니, 두 종놈이 달려들어 이놈 보고 저놈 보니 얼굴이 조금도 다름이 없는지라. 좌수 둘이 서로 공투共鬪하니 두 종놈이 하는 말이,

"명월노화明月蘆花 깊은 곳에 학 찾기 쉽되 백수상당白水上塘[62] 찬 바람에 우리 댁 좌수님 찾기란 만무하여."

하고 묵묵히 앉아 보다가 내당에 들어가 마누라께 여쭈니라.

"일이 났소, 사랑방에 일이 났소. 좌수님 둘이 돼서 서로 싸움 하니 듣던바 처음이요, 먹던 배꼭지로다. 가중 대변대사大變大事 났소."

마누라님 이 말 듣고,

"그 말이 웬 말인고? 좌수님 둘이란 말이 웬 말인고? 우리 좌수님 무죄한 중을 보면 사지 결박 귀 뚫기와 불도를 멸시하고 팔십 노모 박대하고 일가문중 멸시한 죄 없을쏘냐. 이내 말 듣지 아니하고 고집불통 많이 하고 갖은 편화偏禍[63]를 다하더니 이 일을 어찌하며 뉘 탓을 삼으리오."

한탄하며 춘단 어미를 불러 바삐 나가 자세히 알아 오라 한데, 춘단 어미 승명承命하고 나아가 자세히 살펴보니 좌수 둘이 서로 마주 앉아 싸움이라.

"네가 옹가냐? 내가 옹가지."

하며 서로 이놈 저놈 하며 호령하고 공투하니, 이목구비, 체지장단과 언어 동정 양 옹을 난

---

59) 어떠한.

60) 반나절. 한참 동안.

61) 도적이 울타리 안의 뜨락까지 침입한다는 말.

62) 명월노화는 달 밝은 밤의 갈꽃이고, 백수상당은 물 맑은 윗목.

63) 짝지게 만난 재앙.

분難分이라. 여출일구如出一口⁶⁴⁾하는 말이 조금도 분간할 길이 바이없는지라, 춘단 어미 어이없어 이르는 말이,

"수지오자웅誰知烏雌雄이라 하되 옛글에 웅비종자어임간雄飛從雌於林間이라 하였으니 조지자웅鳥之雌雄은 알거니와⁶⁵⁾ 우리 좌수님 알기는 못 하겠소니이다. 소비는 모르겠소 이다. 마누라님 나아가 자세히 보옵소서."

하니, 마누라 이 말을 듣고 하는 말이,

"너의 좌수 신임 좌수 할 때에 도포를 바삐 다루다가 불총이 튀어 도포 자락이 탔으니 이 로 분간하여 오라."

한대, 춘단 어미 사랑에 나가 말하니라.

"우리 좌수님 도포 자락이 불에 타서 구멍이 났으니 이를 보면 알지소."

하니, 옹 좌수 나앉으며 도포 안자락을 내어 보이는데 불에 탄 구멍이 완연한지라, 춘단 어 미 하는 말,

"이 양반이 우리 좌수님일시 분명하오."

한대, 헛옹가 나앉으며 하는 말,

"이년아, 가소롭고 우습다. 남산 밤이 들면 사대문 닫고 술 먹기 제격이요, 수벽사명양안 태水碧沙明兩岸苔⁶⁶⁾에 떼 기러기 제격이요, 기생방엔 한량이 제격이요. 춘향 수금중囚 禁中엔 어사님 구제 제격이요, 안질 난 데 노랑 수건이 제격이요, 칠년대한 가물 적에 비 오기가 제격이요, 어린 아이 경풍증에 우황고牛黃膏⁶⁷⁾가 제격이라. 그만한 표적은 내게 도 있다."

하고 도포 자락을 뒤쳐 보이니 그도 또한 같은지라, 춘단 어미 어이없어 먀누라께 여쭈오 되,

"마누라님 나가 보시오, 바삐 나가 보시오. 소비는 알 수 없소. 바삐바삐 나가 보오."

마누라 이 말 듣고 통곡하며 우는 말이,

"여필종부女必從夫하고 부창부수夫唱婦隨하기는 삼종지중三從之中 으뜸이라. 죽어서 도 동혈同穴⁶⁸⁾할사 원이러니 인간이 희갖것고⁶⁹⁾ 조물造物이 시기하여 가중대변家中大 變이 일었나니 이를 장차 어찌한단 말고. 옛일 볼작시면 삼대 영웅 주 문왕도 우뢰웅의

---

64) 한 입으로 나오듯.

65) 누가 까마귀의 암놈 수놈을 알까 하였으되, 옛글에, 숲에서 수놈이 날아 암놈을 따라간다 했으니, 새의 암수야 어찌어찌 구분을 하겠지만.

66) 푸른 물 맑은 모래, 이끼 앉은 두 기슭. 중국 당나라 시인 전기錢起의 시구이다.

67) 우황은 소의 쓸개에 병으로 생긴 누런 덩이. 우황고는 이 우황으로 만든 약.

68) 부부를 한 무덤에 묻는 것.

69) '희짓고'의 잘못인 듯. 남의 일을 훼방하고.

욕을 보고[70] 성현 군자 공부자도 양호액陽虎厄[71]을 입어 광대동에 욕보아 있고 소 중랑蘇中郞은 본이 곤고困苦하였으니[72], 자고로 성현 군자도 곤고하고 일을 만났으되 우리 가변家變 이런 답답한 일이 또 어데 있나."

하며 대성통곡하니, 헛옹 좌수 하는 말이,

"이년아 백홍성아, 듣거라. 늙은 처가 무슨 일로 무시곡읍無時哭泣[73] 한단 말인고. 내가 안즉 살아 있거든 운단 말이 무슨 말인고. 절로 귀환할지라도 우리 부부 백수동락白首同樂 해로하고 귀즉동혈歸則同穴[74]할 터인즉 가장 앞에 통곡이란 무슨 말인고? 문외출송門外出送할 것이니 삼가 조심하라."

하며 호령이 추상같은지라, 며늘아기 겁을 내어 시모님 앞에 나앉아 나직이 간하는 말이,

"사랑의 아버님 꾸중이 엄숙하시니 울음소리 그치소서."

한대, 헛옹 좌수 이 말을 듣고 하는 말,

"며늘아기 내 말을 자세히 들어 보아라. 우리 맏아들 장연 태탄포의 김창길 집의 둘째에게 온갖 기구器具[75] 하일 적에 단청 봉 박아[76] 두 필이요, 제주 총마가 네 필인데 시부媤父 이 늙은이 후행으로 따라갈 제 한가운데 상마上馬 말[77]이 펄쩍 뛰어 내달아서 북두[78]가 끊어져서 놋동이가 떨어져 한복판이 깨어져서 못쓰게 되었기로 벽장 안에 두었으니 내 말이 헛말이랴?"

실옹 좌수 나앉으며,

"어따, 이놈 말 듣거라. 내 할 말 네가 잘 한다. 며늘아기 앉거라. 내 얼굴을 보아라."

하니, 며늘아기 하는 말이,

"우리 시부는 정배기[79]에 금이 있고 뒷덜미에 흰 털이 났으니 그걸 보아야 알리다."

---

70) 우뢰옹은 유리옥羑里獄의 오기인 듯. 중국 주나라 문왕이 숭후호崇候虎의 참소를 입어 유리옥에 갇혔던 일이 있다.

71) 공자가 양호陽虎 때문에 받은 재앙을 말한다. 양호는 중국 노魯나라의 대부로, 공자가 양호로 오인되어 광匡 땅에서 진陳과 채蔡에 포위되어 양식이 떨어져 고생한 일이 있다.

72) 소 중랑蘇中郞은 중국 한 무제 때 사람 소무蘇武. 북방의 흉노에게 사신으로 갔다가 포로로 잡혀 십구 년 만에 돌아왔다. 그가 흉노 땅에서 겪은 고생을 말한다.

73) 때 없이 우는 것.

74) 머리가 희도록 함께 즐기며 살고, 죽으면 한곳에 묻힌다는 뜻.

75) 세간살이. 곧 혼인 예물.

76) 붉고 푸른 비단, 곧 채단 속에 돈을 넣어서.

77) 상마 말은 상등품 말. 곧 좋은 말.

78) 마소의 등에 짐을 실을 때 매는 긴 끈.

79) 정수리.

하는지라, 실옹 좌수 나앉으며,

　"며늘아기 그러하면 네 보아라."

하며 며느리 앞으로 달려드니, 며늘아기 겁을 내어 물러앉거늘 헛옹 좌수 호령을 한다.

　"저런 불학무식不學無識한 놈이 어데 있으리오."

하고 자기 머리의 금과 흰 털을 완연히 보이니, 며늘아기 보고 말하되,

　"이 양반이 우리 시부요. 저 사람은 뉘신지 모르겠소."

하니, 실옹 좌수 이 말을 듣고 대성통곡 우는 말이,

　"유유창천悠悠蒼天 하늘님은 살피소서. 세상천지간에 이런 일이 또 어데 있으리오? 내 일 생각하니 기구망측崎嶇罔測 괴이하다. 버선목이라 뒤집어 보이며 어느 뉘게 항변할까. 그러하나 내가 정녕 실옹가라."

하며 목이 메어 우는지라.

　헛옹 좌수 노복 불러 호령하되,

　"저놈을 바삐 끌어내라."

하니, 종놈들이 달려들어 덜미를 잡아 끌어내니 실옹 좌수 어찌 가만있으리오. 허실 양옹이 싸우는 격은 우전牛廛 마당에 부룹소[80] 싸우듯 한심하더라.

　아무리 하여도 허실을 알 수 없는지라. 창쇠, 악악쇠의 거동 보소. 남문 밖 활터를 찾아 서방님께 이르는 말이,

　"서방님, 일이 났소. 가중대변이 나서 좌수님 둘이 생겼소. 그새에 좌수님이 몇이나 되었는지 모르겠소. 바삐 가사이다."

재촉하니, 아들이 이 말을 듣고 상혼낙담喪魂落膽[81] 기가 막혀 언어도착言語倒錯 하는 말이,

　"화살에 전통 넣어라. 갑작 정신없다. 우리 집에 한 참 내에 좌수님 둘이 생겼으면 삼 일 내에 옹진골에 좌수님 다 찰 듯하다."

하며 화살 전통 둘러메고 총총걸음 바삐 걸어 제집으로 돌아오니라.

　헛옹 좌수 먼저 아들을 반겨 왈,

　"기특하다. 내 아들 어제는 오시삼중五矢三中[82] 못 하고 오늘은 오시삼중 하였으니 그 아니 기특하랴."

하며 돈 열 냥을 내 주며,

　"네 예를 지켜 오시삼중례를 하라."

한대, 실옹 좌수 이 말을 듣고 나앉으며 왈,

---

80) 부룩소. 작은 수소.

81) 몹시 낙담하여 넋을 잃는 것.

82) 화살 다섯 번 쏘아 세 번을 맞히는 것. 오시삼중례는 오시삼중을 한턱을 내는 것.

"어따, 이놈아 내 할 말 다 하누나. 무슨 말을 내가 할까."

하며 서로 싸우는지라.

아들이 어이없어 이놈 보고 저놈 보니 이목구비, 언어동지 다 같은 것이 서로 섞여 싸우니, 누구는 동에 있고 누구는 서에 있는지 알 길이 바이없어, 아들이 기가 막혀 방성통곡 하는 말이,

"이내 팔자 옹가 문중 생겨나서 전곡이 유여有餘하되 푼전용수(分錢容手) 바이없어[83] 돈 한 푼 못 써 보고 고생으로 지내다가 이런 일이 어데 있나. 남의 집 자손들은 협창호협挾娼豪俠[84] 주색酒色 간에 음주동락飲酒同樂 일삼는데 이내 팔자 왕장군지고자王將軍之庫子[85] 이 아닌가. 조물이 시기하고 귀신이 작회作戱하여 망신운亡身運[86]이 들어와서 가중대변 일어나니 어찌 슬프지 아니하리오. 이내 남 유달라 별안간에 부친 둘이 생겼으니 윗사람 부끄럽고 친구 친척 볼 낯 없네."

하며 한참 이리 울고 있을 제, 헛옹 좌수 나앉으며,

"내가 진품 네 아비라. 울지 말고 걱정 마라."

한대, 실옹 좌수 또 나앉으며,

"네 잘한다."

하며 한참 이리 다툴 적에 고을 김 풍헌風憲[87] 사랑에 이르러 오는지라, 헛옹 좌수 반기며,

"김 풍헌, 자네 오는가?"

하니, 김 풍헌 대답하되,

"자네 일간 무사한가?"

하는지라. 이에 헛옹 좌수 하는 말이,

"나는 무사치도 못하네. 가중 괴이한 대변이 났네. 부지하처무지인不知何處無知人[88]이 내 모양 본을 받아 내 재물을 탐내어, 몹쓸 마음 가진 놈이 내 사랑에 들어와서 제가 내인 체하고 가사 분별하는 것이 나와 제와 일반이라 어느 뉘가 분간할까. 고서古書에 하였으되, 지백지신智伯之臣 예양豫讓이는 칠신위뢰漆身爲癩하여 행걸어시行乞於市하되 기처其妻는 불식不識이요 기우其友는 식지識之라[89] 하였으니, 그를 보면 친구가 본시 처보

---

83) 돈이며 곡식이며 넉넉하되 푼돈조차 얻어 쓸 재간이 도무지 없어.

84) 기생을 끼고 호탕하게 노는 것.

85) 왕 장군의 창고지기. 돈 두고 못 쓰는 인색한 사람을 가리키는 말.

86) 망할 운명.

87) 지방에서 면이나 이 단위의 일을 맡아보는 사람.

88) 어데서 왔는지 알 수 없는 사람.

89) 지백의 신하 예양은 몸에 옻칠을 하여 문둥이로 변장하고 저잣거리에서 빌어먹는데, 아내는 알아보지 못하고 친구는 알아보았다. 예양은 자기를 알아주는 왕 지백을 충심으로 섬

다 낫다 하였으니 그대 나를 모를쏜가. 우리 둘을 자세히 살핀 후에 저놈을 쫓아 주게."

한대, 실옹 좌수 답답하여 주먹으로 가슴을 탕탕 두드리며 하는 말이,

"애고 답답, 내 일이야. 저런 놈이 또 어데 있으리오. 제가 낸 체하고 천연하다. 네가 나냐? 내 할 말 네가 하니 내 중병이 나서 죽겠다."

하니, 헛옹가는 성을 내어,

"네가 나냐? 내가 네냐?"

하며 일어서서 붙어 잡고 두 놈이 한 몸이 되어 공투共鬪하는지라.

귀도 같고 코도 같고 눈도 같고 손톱도 같고 의복체도 똑같은지라, 그간 우열을 뉘가 알리오. 김 풍헌이 하는 말이,

"옛글에도 하였으되 신하를 알려면 인군이 제일이요, 자식을 알려면 부모가 제일이라 하였으니 그대 둘이 모친께 들어가 모친님께 물어보소."

하니, 헛옹 좌수 이에 먼저 대답하되,

"김 풍헌의 말이 옳다."

하고 두 놈이 바삐 들어가서 모친님께 물어보니라. 모친님께 물어보니 모친인들 어찌 알리오. 팔십 늙은 노모 탄식하여 울 따름이라.

김 풍헌이 다시 생각하여,

"관정官呈[90]이나 하여 보소."

하니, 실옹가 먼저 원정原情을 지어 가지고 들어가 소지所志[91]를 드리니, 그 소지에 이르기를,

"옹돌면 옹고집이 백발이되 이 민民이 이 골 본토 백성으로 금년 신수 불길하와 천만몽매 밖에 부지하처인이 이 민의 집에 들어와 만단실거萬端實擧하되[92] 용모 행적容貌行跡이 이 민과 상적相適하옵고[93] 체모 행적體貌行跡이 일호 불차一毫不差하옵기로[94], 민지모民之母로 위기모爲其母하고 민지처民之妻로 위기처爲其妻하옵고 민지자民之子로 위기자爲其子 하옵고 민지노복民之奴僕으로 위기노복爲其奴僕하고 민지가사民之家事로 위기가사爲其家事하옵고 민지전답民之田畓으로 위기전답爲其田畓하옵고 민지전곡民

졌는데, 지백이 조 양자趙襄子에게 멸망하자 예양은 조 양자를 죽여 지백의 원수를 갚으려고, 몸에 옻칠을 하여 문둥이로 되고 숯을 먹어 벙어리가 되어 칼을 품고 저잣거리에서 거지 노릇을 하며 있는데, 그의 안해는 그를 알아보지 못했으나 친구는 알아보았다는 고사.

90) 관청에 사정을 호소하는 것.

91) 소송하는 뜻. 또는 소송의 글.

92) 여러 사실을 사실 그대로 들어 말하되. 민민은 관청에 올리는 글에서 자기를 가리키는 말.

93) 외모와 몸놀림이 저와 서로 같고.

94) 몸가짐과 움직이는 자세가 조금도 다름이 없기로.

之錢穀으로 위기전곡爲其錢穀하오매[95] 세상에 이런 강도가 어데 있사오리까. 연유緣由 명정지처明政之處[96]에 알리오니 그놈을 결박착래結縛捉來하와 엄치정배嚴治定配하와 주옵소서."

하였거늘, 또 이때에 헛옹가 소지를 지어 드리니, 그 소지 또한 사정이 실옹가와 조금도 다름이 없고 여출일구 같은지라, 관장이 소지所志를 보고 박장대소하고 제지題旨[97]하되,

"양 옹의 소지가 여출일구하니 불가심상처결不可尋常處決[98]이라."

하니, 두 옹가 일시에 여쭈오되,

"성주城主[99] 덕음으로 명사처분明查處分 하옵소서."

하는지라, 관원이 이놈 보고 저놈 보니 알 길이 전혀 없어 유예미결하던 차에 형방이 여쭈오되,

"저 두 놈을 각각 가두고 한 놈씩 불러들여 물어보사이다. 그렇게 하면 진위를 알 듯하오이다."

하니, 원님이 그 말을 옳게 여겨 양 옹을 하나씩 불러 호적강戶籍講[100]을 받을새 실옹가를 먼저 불러들여 강을 받으니 실옹가 호적을 아뢰되,

"부이 옹송이요 조이 맹송이요 증조이 상송이요 외조이 승송이요 상고 처분詳考處分하옵소서."

하니, 원님이 박장대소 기담奇談으로 대답하되,

"네 호적을 들어 보니 옹송, 맹송, 승송, 상송, 뒤송송하다. 다른 옹가를 불러들이라."

헛옹가 들어와 전후사를 다 아뢰되,

"경오년 봄에 죽동의 판서 내려와 계실 때에 신임 좌수 거행하옵다가 그해 섣달에 갈리옵고 을유 유월 십이일 성주 도임하옵고 금년 삼월 초일일 좌수 시키옵시니 이삼 월 행공行公[101] 하였삽기로 성주 어찌 민을 몰라보시나이까? 호적강도 하려니와 백만사를 역력히 상달上達하오니 일월 같은 명정지하의 명찰처분 하옵소서.

---

95) 내 어미를 자기 어미로 삼고, 내 안해를 자기 안해로 삼고, 내 아들을 자기 아들이라 하고, 내 종들을 자기 종으로 하고, 우리 집일을 자기 집일로 하고, 내 논밭을 자기 논밭으로 만들고, 내 돈과 곡식을 자기 돈과 곡식으로 만드오매.

96) 밝은 정사를 펴는 곳이란 뜻으로, 관가.

97) 판결문을 쓰는 것.

98) 예사로이 처결해서는 안 됨.

99) 자기 고을 관장을 높여 이르는 말.

100) 호주 내외를 중심으로 하여 식구들의 본적지, 이름, 생년월일, 그 밖의 여러 사항을 일러서 바치는 것.

101) 두어 달 동안 공무를 맡아 처리함.

민이 옹진 옹돌면 살기 삼대 유학幼學[102]이옵고 부 학생學生[103]이 옹송이옵고 조 학생이 맹송이옵고 증조 학생이 상송이옵고, 외조는 절충折衝 행行 용양위부호군勇驤衛副護軍[104]의 숭송이요, 부 학생이 이복이요 조 학생이 삼복이요 증조 학생이 사복이요, 외증조 학생 무쇠의 본은 고양이요, 장자 본인은 임오년 유시생酉時生이요, 차자 일회는 을유년 자시 발딱시생이요, 솔비率婢[105] 막덕이 일소생一所生이 춘단이요, 이소생이 하월이요, 삼소생이 추월이요, 사소생이 동절이옵고, 민의 집이 구백구 칸이옵고 좌향은 간좌 오향이요, 전답田畓 결수結數가 합 만 사십 결 두 짐 오 속[106]이옵고, 곡수가를 논지하오면 천자고千字庫에 일만 사천 석이옵고 동편고東便庫[107] 들께가 삼천이옵고, 술로 논지하오면 삼화주 이탁주를 저장하여 두고 금준미주金樽美酒와 옥반가효玉盤佳肴로 벗을 삼아 세월을 보내오니, 남의 것을 생각하며 남의 기물을 탐하오리가. 그 몹쓸 마음 가진 놈이 민을 죽이고 호사할 마음을 가졌사오니, 이런 변은 자고 이후로 금시 처음이오니 저런 놈을 그냥 두오리가. 민의 원을 성주께 원정하오니 형률刑律로 다스려 후인을 징계하와 초향잔폐지민草鄕殘廢之民으로 부귀復歸케[108] 법으로 하소서. 저놈 내정도입內庭盜入하여 초망지경草莽之境[109]이 되어 심지어 관정官庭까지 그 폐가 미쳤사오니 성주 덕분에 백주 강도인을 잡아 엄형 후에 이런 폐가 다시 없게 하옵소서"

하는지라.

원님이 듣기를 다 한 후에 분기 대발憤氣大發[110]하여 헛옹가를 당상에 올려 술을 권하며 왈,

"그런 욕을 보았으니 어찌 가통可痛치 아니하리오?"

헛옹가 왈,

"민의 말씀이야 어찌 다 형언하오리오. 저놈을 이 지경에 다시 없게 하여 주옵소서."

원님이 본시 어진 양반이라 실옹가를 잡아들여 분부하되,

"옹가와 모습이 같다 하고 도적의 마음을 내어 남의 기물 탈취하려 하니 너 같은 놈을 살

---

102) 벼슬하지 않은 유생. 선비.

103) 생전에 벼슬하지 못한 사람에게 하는 존칭.

104) 무관 벼슬로 종사품.

105) 솔거 노비. 주인의 집에 매여 살면서 일하는 여종.

106) 전답의 결수는 논과 밭의 양이나 면적을 가리키는 단위로, 1결은 100짐[負]이고 1짐은 10뭇[束]이고 1뭇은 10줌[把]이다.

107) 동쪽 곳간.

108) 시골 버림받은 백성으로 돌아가도록. 교화된다는 뜻.

109) 저놈이 남의 안마당에 몰래 들어와 어수선하기 짝이 없고 무법천지인 것.

110) 크게 분노하여.

려 두리오."

하고 집장사령執杖使令[111] 건장한 놈으로 결곤決棍 오십 도를 개개 고찰個個考察하여 치니[112], 옹가 오십 도 중장重杖[113]을 당하매 정신이 없어 혼불부신魂不附身[114]하고 죽을 지경에 이르렀는지라, 다시 생각하되,

'꿈이지 생시는 아니로다. 다시 옹가라 하면 죽고 살지 못할 터이니 아뭏거나 아직 살아 목숨을 보전하여 차차 장래를 보리라.'

하며 죽은 체하고 엎드러지니, 원이 분부하여 왈,

"네 이제도 옹가라 하겠느냐?"

실옹가 여쭈오되,

"소인은 성주 엄형 하에 죽게 되었사오니 기망欺罔하오리까. 소인이 서울 장안 성중 후레아들 놈으로서 일찍 부모를 잃사옵고 동서남북 집을 삼고 다니어 남에게 패악무도悖惡無道하와 적원지사積怨之事[115]로 행세하옵더니 옹 좌수님 댁에 갔삽다가 이 지경이 되어 사또께 협착脅捉[116]되었나니이다. 죽을 목숨을 살려 주웁소서."

애걸하니, 사또 착한지라 십분 안사案事[117]하여,

"네 죄상을 나라에 상달하면 엄형 원배嚴刑遠配 할 것이로되, 내 이 골 민지관民之官이 되어 백성을 교화로 다스리지 못하였으니 부끄러운지라. 너같이 무지한 놈을 어찌 죽이지 않으리오만 세상에 났던 본색이 없는지라 살려 주나니 일후는 조심하라."

하고 장교 사령을 불러 압령押領[118]하여 지경출송地境黜送하니, 옹가는 천지간에 망극하고 슬픈 마음 측량할 수 없어 대성통곡하고 전지도지顚之倒之 초행노숙草行露宿 전전걸식輾轉乞食[119]하더라.

세상에 전곡이 유여하고도 부모 동생, 일가친척을 괄시하고 산간 도승을 몰라보고 이런 곡경曲境[120]을 당하니 어찌 천도天道가 무심할 리 있으리오.

---

111) 형장刑杖을 잡고 죄인을 치는 사령.
112) 곤장으로 볼기를 오십 차례 치는데, 한 대 한 대 따져 가며 엄하게 치니.
113) 중한 형장 곧 중한 형벌.
114) 혼이 몸에 붙어 있지 못하고 나감.
115) 남에게 원망을 사는 일.
116) 잡히어.
117) 일을 헤아려 보는 것.
118) 죄인을 데리고 가는 것. 압송.
119) 엎어지며 자빠지며 허둥지둥 가고, 풀이 우거진 길을 가며 한데서 잠을 자고, 정처 없이 다니며 밥을 빌어먹는 것.
120) 곡절 많고 고생 많은 형편.

이때 헛옹가 득소得訴[121]하고 제가 젠체하여 집으로 돌아오니 가족이 붙들고 즐거하며 득송得訟함을 치사하니 헛옹가 탄식으로 관정官呈[122]하던 말이며 그놈을 지경출송한 말을 낱낱이 설화說話하고 친구로 더불어 말하되,

"내 집에 변 나기는 생각건대 노모를 박대한 죄라. 어진 처자의 말을 듣지 아니하고 일가 친척 몰라보고 산간 중과 빌어먹는 거러지를 괄시한 죄로 이러함을 당하였다."

하고 못내 즐기니라.

헛옹가 가산을 총집總集하며 늙은 부모를 공경하며 일가친척과 친구, 벗이며 노복에게 적선으로 일을 삼고 사처의 벗을 모아 날마다 음주동락 노닐 적에 삼일 소연三日小宴 오일 대연五日大宴하고[123] 봉제사奉祭祀 접빈객接賓客과 친구 구제하며 인의예지와 활인活人[124]으로 위주하니, 이름이 고을에 낭자하여 빈곤한 사람들이 활인동活人洞이라 칭하더라.

이때에 옹 좌수 본읍에서 지경출송한 후로 전지도지顚之倒之하여 이르는 말이,

"암행어사 하였던가 헌 파립이 웬일고? 국곡투식國穀偸食[125] 하였던가, 엄형 중장 무슨 일고? 나는 나를 알건마는 할 수 없이 이 지경이 되니 실직고[126] 설운지고. 팔십 노모 슬하를 떠나 하직하고 백 년 처와 이별하고 슬하 자손 생별이라. 전곡 남의 손에 빼앗기고 유리개걸流離丐乞[127] 웬일고? 후회막급을 뉘게다 설화하리오. 애달프고 설운지고."

하며, 옹고집이 동서남북 개걸丐乞하니 세상인심이 사정없어 간 곳마다 사람들 하는 말이,

"저 몹쓸 놈이 남의 재물 탐심 내다가 저 지경이 되었으니 잠이라도 재우지 말고 밥이라도 먹이지 말라."

하고, 아이들도 옹고집을 보고 구박하니 살기 만무하다. 일가친척 찾아가면 옹 좌수네 집에 와서 장난하던 놈이라 하고 끌어내어 쫓으니 이런 답답하고 설운 일이 세상천지간에 또 있으리오.

이곳에서 천대 받는 일도 도리어 가可치 않다 하고 차츰차츰 발행하여 황평 양도黃平兩道[128]로 유리개걸하니 인심이 서어鉏鋙하고[129] 악한 사람도 있어 고생이 막심한지라. 강원도 팔경을 구경하고 금강산으로 돌아들 제, 배는 고프고 갈 길은 험악하여 세상에 머물 마

---

121) 소송에서 이기는 것. 득송과 같음.

122) 백성이 관아에 소장이나 청원서를 내는 것.

123) 사흘에 한 번 조촐한 잔치를 열고 닷새에 한 번 크게 잔치를 베풀고.

124) 사람들을 구제하고 살리는 것. 활인동은 그러한 동네.

125) 나라 곡식을 도적질해 먹는 것.

126) 실로. 참으로.

127) 이리저리 떠돌며 얻어먹는 것.

128) 황해도와 평안도.

129) 낯설어 서먹하고.

음이 반점도 없어 고생을 하느니 차라리 죽느니만 같지 못하다 하고 천방지축 들어가며 좌우 산천을 바라보니 이때는 모춘暮春 망간望間[130]이러라.

곡구谷口에 춘잔春殘하니[131] 꽃은 피어 땅에 떨어지고 운무는 잦아지고 각색 짐승은 슬피 울고 송죽은 의의依依하고[132] 시냇물은 잔잔하고 난봉 공작은 쌍쌍이 왕래하며 무심한 잔나비는 휘파람 하고 두견새는 불여귀不如歸를 찾는데[133] 아무리 불여귀나 형장 맞고 나온 몸이 다시 어찌 돌아갈까.

낙루탄식落淚嘆息하며 박석도薄石道[134]로 들어가니, 이때는 마침 황혼이로되 인가를 찾지 못해 산간 바위 위에서 그 밤을 샐 제 풍진風塵에 곤한 몸이 잠을 이루지 못하여 돌을 베고 반석 위에 누워 잠을 드니, 웬 노인이 청려장青藜杖[135]을 짚고 옹고집을 불러 왈,

"네가 세상에 나서 인간의 악한 일을 많이 하여 세상사를 깨닫지 못하다가 남에게 속아 인심을 잃고 고생을 한들 누구를 원怨하리오. 너를 일러 알게 한 이 전라도 월출산 월출암의 도학 대사를 찾아가서 지성으로 애걸하고 사죄하면 용서할 것이니 부디 찾아가라."

하고 홀연 간 데 없거늘, 놀라 깨나니 석침일몽石枕一夢[136]이라.

그 밤으로 떠나며 하는 말이,

"산신이 나를 깨닫게 하도다."

하고 산신을 향하여 무수 사례無數謝禮하고 차츰차츰 나아가니 동방이 미명未明이라.

인가를 찾아가 주인에게 식량을 얻고 점점 전라도 월출산을 찾아가서 절 동구에 다다르니 천봉만학은 하늘에 닿았고 첩첩산중의 경쇠 소리 은은히 들리거늘, 경쇠 나는 곳을 찾아가니 한 노인이 육환장을 짚고 옹 좌수를 보고 하는 말이,

"옹돌면 거부巨富 옹고집인다?"

한대, 고집이 가장 놀라 땅에 엎드려 사죄하되,

"제가 죽어도 아깝지 아니하오나 제발 덕분 살려 주옵소서."

---

130) 늦은 봄날 보름께.

131) 골짜기 어귀에 봄이 남아 있고.

132) 아름답게 무성하고.

133) 촉蜀의 두우杜宇라는 임금이 신하에게 왕위를 빼앗기고 죽어 두견새가 되었는데, 타향을 떠돌며 울기를 '귀촉도 불여귀歸蜀道不如歸', 곧 '고향으로 돌아가자, 돌아가는 것만 못하느니.' 했다는 고사에서 온 말로, 고향으로 돌아가고픈 바람을 이야기할 때 쓰는 말이다.

134) 잔돌이 깔린 길.

135) 명아줏대로 만든 지팡이.

136) 돌베개 베고 누워 꾼 꿈 한 자락.

애걸하니, 노승이 말씀하되,

"네 정성 부족하기로 내 도를 베풀어 너를 죽이고자 하였더니 이제 네 와서 잘못한 일을 회과悔過하니 차후는 불의를 생각 말고 선심 공덕善心功德을 착실히 하라."

하고 부작 한 장을 주며 왈,

"부작을 가지고 네 집에 돌아가 허인을 상대하여 말할지니 부작을 보이면 알 도리 있을 것이니 바삐 가라."

하거늘, 고집이 부작을 간수하고 노승께 백배사례하고 제집으로 돌아가, 약차약차若此若 此[137].......

---

137) 이리이리하였더라.

두 소설에 관하여

문예출판사 편집부

고전소설 〈홍부전〉과 〈옹고집전〉은 다 작자와 창작 연대가 밝혀져 있지 않으나 여러 문헌 역사 자료에 근거하여 보면 이 작품들이 18세기에 창작 보급된 작품임을 알 수 있다.

고전 소설 〈홍부전〉은 구전 설화에 기초하여 상품 화폐 관계가 사람들의 경제 생활에 깊이 침투한 봉건 사회 말기의 사회 현실을 배경으로 부자인 놀부와 가난한 사람 홍부의 성격을 창조하였다.

홍부와 놀부는 한 형제이지만 그들의 상반된 성격은, 봉건 사회에서 서로 다른 계급인 착취자와 피착취자 사이의 처지와 관계를 반영하고 있다.

놀부는 자본주의적 관계의 발생 발전에 따라 착취 계급 속에서 돈과 재물에 대한 탐욕이 더욱 커 가고 있던 시기의 지주, 토호의 성격 특질을 체현하고 있다. 놀부는 인간의 초보적인 양심이나 도덕마저 완전히 줴버린 착취 계급의 비인간성과 패덕상을 집중적으로 체현한 전형이다. 놀부의 안해도 놀부 못지않게 탐욕스럽고 인색하며 포악하다.

놀부와 그 안해의 풍자적 형상은 봉건 사회 착취 계급의 약탈 행위와 비인간성, 온갖 전횡과 이기욕에 대한 인민들의 격분과 적대감, 경멸감의 상징이며 상품 화폐 관계의 증대에 따라 착취적 성격이 더욱 강화된 봉건 말기 지주, 토호와 같은 착취자들의 악착한 본성을 전형화한 형상이다.

한편 흥부 부부의 형상은 집이 없고 입을 걸 못 입고 끼니조차 에우지 못하는 봉건 시기 근로 농민들의 가난한 처지를 예술적으로 재현한 것이다. 흥부 부부의 형상에는 또한 근면하고 성실하며 정직하고 남을 탓할 줄 모르며 가난을 정해진 운명으로 아는 온순한 농민, 아직 계급적 모순을 깨닫지 못한 가부장적 농민의 성격 특질이 체현되어 있다.

〈흥부전〉은 착취자의 성격을 가진 놀부와 인민적 성격을 가진 흥부 사이에 벌어지는 갈등을 통하여 사리사욕에 눈이 어두운 부유한 계층의 약탈성과 도덕적 파산을 신랄하게 풍자하고 행복하게 살아 보려는 봉건 시기 피압박 피착취 인민들의 지향을 반영한 대표 작품이다.

〈흥부전〉의 독특한 예술적 특징은 재치 있는 풍자와 해학적 수법을 이용하여 등장인물들의 성격형상을 더욱 생동하게 하고 주제 사상을 뚜렷이 나타내고 있는 것이다.

이 밖에도 작품은 대조와 과장의 수법 등을 능란하게 적용하여 성격의 생동성과 개성을 잘 살린 점 들을 들 수 있다.

그러나 〈흥부전〉은 시대적 제한성과 작자의 세계관적 제한성으로 하여 부족한 점도 적지 않게 가지고 있다. 주인공 흥부가 가난을 팔자로 여기고 착취와 압박에 항거할 줄 모르며 놀고먹는 부자를 부러워하는 인물로 그린 것이라든지, 작품 마감에 악인인 놀부가 흥부에 의하여 도덕적으로 감화하게 형상한 것들이다.

하지만 〈흥부전〉은 특색 있는 예술적 형상으로 봉건 말기의 불합리한 사회 현실을 진실하게 반영한 우리 나라 중세 풍자 소설의 대표작으로 의의가 있다.

고전 소설 〈옹고집전〉 또한 〈흥부전〉과 같은 시대 작품이다.

〈옹고집전〉은 구성이 크게 두 부분으로 나뉘어 있다.

첫 부분에서는 옹고집이 갖은 못된 짓을 하며 도사까지 욕보이다가 보복을 받아 가짜 옹고집한테 쫓겨나는 이야기며, 둘째 부분은 옹고집이 제집에서 쫓겨난 뒤 유랑 걸식하며 갖은 멸시와 천대를 받던 끝에 도사의 용서를 받고 다시 집으로 돌아오는 과정을 그렸다.

소설 〈옹고집전〉은 부정 인물 옹고집의 형상을 통하여 인색하고 고집 세고 인류 도덕에 어긋나게 행동하는 지방 토호들의 착취적 본성과 수전노, 패덕한으로서의 추악한 참모습을 풍자하고 있다.

이 작품도 시대적 한계와 작자의 세계관적 미숙성으로 하여 몇 가지 부족한 점을 가지고 있다. 현실성 없는 종교 미신적 환상 수법을 도입한 것이라든가 인색하고 인륜 도덕에 어긋나는 패덕한이 작품 마감에 도덕적 자아를 완성하는 것들이다.

이상과 같이 고전 소설 〈흥부전〉과 〈옹고집전〉은 18, 19세기 우리 나라 풍자 문학 발전에 이바지한 대표 작품으로서 문학사에서 의의가 큰 작품들이다.

글쓴이 옛사람

고쳐 쓴 이 차영덕, 조령출

차영덕은 옛 소설을 공부한 학자로 〈흥부전〉을 비롯한 고전 소설들을 고쳐 썼다.

조령출은 1913년 충남 아산에서 나서 1993년까지 살았으며, 조명암으로도 알려져 있다. 시인, 극작가, 평론가이면서 가요 작가로 '꿈꾸는 백마강', '알뜰한 당신' 같은 노래가 유명하다. 1948년 월북한 뒤 많은 시와 가극, 영화 문학들을 썼고, 국립민족예술극장 총장, 교육문화성 부상, 문학예술총동맹 부위원장 들을 지냈다.

겨레고전문학선집 26

흥부전, 옹고집전

2007년 8월 10일 1판 1쇄 펴냄 | 2018년 1월 15일 1판 2쇄 펴냄 | **글쓴이** 옛사람 | **고쳐 쓴 이** 차영덕, 조령출 | **편집** 김성재, 남우희, 전미경, 하선영 | **디자인** 비마인bemine | **영업 홍보** 안명선, 양병희, 이옥한, 정영지, 조병범, 조서연, 최민용 | **경영 지원** 임혜정, 전범준, 한선희 | **제작** 심준엽 | **인쇄** (주)천일문화사 | **제본** (주)과성제책 | **펴낸이** 윤구병 | **펴낸곳** (주)도서출판 보리 | **출판 등록** 1991년 8월 6일 제 9-279호 | **주소** 경기도 파주시 직지길 492 우편 번호 10881 | **전화** (031) 955-3535 | **전송** (031) 955-3533 | **홈페이지** www.boribook.com | **전자 우편** bori@boribook.com

ISBN 978-89-8428-451-7 04810
        978-89-8428-185-1 04810(세트)

이 책의 국립중앙도서관 출판시도서목록(CIP)은 e-CIP 홈페이지(http://www.nl.go.kr/cip.php)에서 볼 수 있습니다. (CIP 제어 번호: CIP2007002131)